O Homem da Forca

Shirley Jackson

O Homem da Forca

tradução
Débora Landsberg

Copyright © 1951 by Shirley Jackson

Grafia atualizada segundo o Acordo Ortográfico da Língua Portuguesa de 1990, que entrou em vigor no Brasil em 2009.

Título original
Hangsaman

Capa
Elisa von Randow

Imagem de capa
Atalanta, de Will Barnet, 1975. Óleo sobre tela, 76,2 × 59 cm.
© Estate of Will Barnet/ AUTVIS, Brasil, 2021
Reprodução: © Will Barnet Foundation, cortesia de Alexandre Gallery, Nova York

Preparação
Fernanda Mello

Revisão
Camila Saraiva
Thiago Passos

Dados Internacionais de Catalogação na Publicação (CIP)
(Câmara Brasileira do Livro, SP, Brasil)

Jackson, Shirley, 1916-1965
O Homem da Forca / Shirley Jackson ; tradução Débora Landsberg. — 1ª ed. — Rio de Janeiro : Alfaguara, 2021.

Título original: Hangsaman
ISBN: 978-85-5652-125-5

1. Ficção norte-americana I. Título.

21-66757 CDD-813

Índice para catálogo sistemático:
1. Ficção : Literatura norte-americana 813
Cibele Maria Dias – Bibliotecária – CRB-8/9427

[2021]
Todos os direitos desta edição reservados à
EDITORA SCHWARCZ S.A.
Praça Floriano, 19, sala 3001 — Cinelândia
20031-050 — Rio de Janeiro — RJ
Telefone: (21) 3993-7510
www.companhiadasletras.com.br
www.blogdacompanhia.com.br
facebook.com/editora.alfaguara
instagram.com/editora_alfaguara
twitter.com/alfaguara_br

Afrouxe a corda, Homem da Forca,
Ah, afrouxe um pouquinho,
Acho que vejo meu verdadeiro amor chegando,
Mas é bem longo o caminho

O sr. Arnold Waite — marido, pai, homem de palavra — sempre se recostava na cadeira depois da segunda xícara de café da manhã e olhava com certa incredulidade para a esposa e os dois filhos. Sua cadeira era posicionada de modo que, quando colocava a cabeça para trás, a luz do sol, de inverno ou verão, tocasse seu imaculado cabelo com um ar ao mesmo tempo angelical e indiferente — indiferente porque, assim como ele, não considerava a fé um fator essencial à continuidade de sua existência. Quando o sr. Waite virou a cabeça para olhar a esposa e os filhos, o sol se movimentou com ele, fragmentado em padrões sobre a mesa e o chão.

"Seu Deus", costumava dizer à sra. Waite, no outro lado da mesa, "achou que convinha nos dar um dia glorioso." Ou, "Seu Deus achou que convinha nos dar chuva", ou "neve", ou "achou que nos convinha receber a visita de um temporal". O ritual surgiu de um comentário imprudente feito pela sra. Waite quando a filha tinha três anos; a pequena Natalie perguntara à mãe o que era Deus, e a sra. Waite respondera que Deus tinha feito o mundo, as pessoas que estavam nele e o clima; o sr. Waite não era propenso a deixar que tais comentários fossem esquecidos.

"Deus", o sr. Waite disse naquela manhã, e riu. "*Eu* sou Deus", acrescentou.

Natalie Waite, que tinha dezessete anos mas sentia que só se tornara realmente consciente a partir dos quinze, vivia em um canto esquisito de um mundo de sons e visões para além das vozes cotidianas do pai e da mãe e de seus atos incompreensíveis. Nos últimos dois anos — aliás, desde quando em uma manhã clara ela se virou abruptamente e viu pelo canto do olho uma pessoa chamada Natalie, existente, registrada, inescapavelmente situada em um ponto do chão, agraciada por sentidos e pés e um suéter bem vermelho, obscuramente viva — vivera bastante sozinha, sem permitir nem mesmo que o pai acessasse os recônditos de sua mente. Visitava países estranhos, e as vozes de seus habitantes estavam sempre em seus ouvidos; quando o pai falava, era acompanhado pelo som de uma risada distante, que provavelmente ninguém mais ouvia além de sua filha.

"Bem", o sr. Waite comentava, depois de se colocar no lugar de Deus por mais um dia, "só faltam vinte e um dias para que a Natalie nos deixe." Às vezes era "só faltam catorze dias para que o Bud vá embora outra vez". Natalie partiria para seu primeiro ano de faculdade uma semana depois que o irmão voltasse para o colégio; às vezes vinte e um dias se dissolviam em três semanas, e pareciam intermináveis; às vezes pareciam uma questão de minutos escapando tão rápido que ela jamais teria tempo de encarar a faculdade com a reflexão adequada, de formar uma personalidade viável para levar consigo. Natalie tinha um medo aterrador de ir para a faculdade, mesmo a que o pai escolhera para ela, a apenas cinquenta quilômetros. Tinha dois consolos: primeiro, a convicção advinda de sua experiência anterior de que qualquer lugar se torna um lar depois de um tempo, e assim poderia tomar como certa a probabilidade lógica de que após um mês, mais ou menos, a faculdade lhe seria familiar e sua casa um pouco estranha. O segundo consolo era o pensamento recorrente de que poderia desistir da faculdade a qualquer momento, caso decidisse, e simplesmente ficar em casa com a mãe e o pai; essa perspectiva era tão horrível que Natalie se pegava, quando pensava nela com afinco, quase saboreando o medo de ir embora.

Assim, às nove e meia de uma manhã de domingo, os Waite haviam tomado juntos o café da manhã. O sr. Waite era complacente ao toque da luz do sol na cabeça; Bud, remexendo-se na cadeira, suspirava com a profunda resignação de um garoto de quinze anos que voltaria ao colégio em catorze dias; a sra. Waite, com um olhar intenso para a xícara de café, falava com a entonação suave, um pouco melancólica, que reservava ao marido. "Azeitonas para o coquetel", ela disse. Era como se tivesse a intenção de provocá-lo, pois o sr. Waite a fitou por um instante e depois disse, enfático, "Você está querendo dizer que eu vou ter que preparar coquetéis para aquela gente toda? Coquetéis para vinte pessoas? Coquetéis?".

"Não ficaria muito bem você *sugerir* que tomassem chá", declarou a sra. Waite. "Não a *eles*."

Natalie, fascinada, escutava a voz secreta que a seguia. Era o detetive, e ele falava com rispidez, incisivo, em meio à movimentação delicada da voz de sua mãe. "Como", ele interrogou, enfático, "srta. Waite, *como* você explica o lapso de tempo entre a sua visita ao roseiral e a descoberta do corpo?"

"Não sei dizer", Natalie lhe respondeu em sua mente, os lábios inertes, os olhos abaixados escondendo da família o terror que também escondia do detetive. "Eu me recuso a dizer", declarou.

O sr. Waite falava em tom paciente. "Você serve os coquetéis", ele disse, "você vive preparando coquetéis. Tendo copos altos, cada um faz o seu. É o que vão fazer mesmo", acrescentou, reforçando o argumento.

"Não fui *eu* quem os convidou", disse a sra. Waite.

"Não fui *eu* quem os convidou", disse o sr. Waite.

"Fui eu que liguei pra eles", a sra. Waite disse, "mas foi você quem fez a lista."

"Você entende", o detetive disse silenciosamente, "que essa discrepância temporal pode ter consequências seríssimas para você?"

"Entendo", Natalie respondeu. Confessar, ela ponderou, se eu confessar talvez eu fique livre.

O sr. Waite mudou de ideia outra vez; a essa altura ele e a esposa se conheciam bem o bastante para substituir desavenças apáticas por uma relação conjugal mais desgastante, e uma discussão inconsequente, constante, em que os dois tomavam o lado que fosse, era para eles de uma familiaridade tão afável quanto a compaixão enfadonha de um lar vitoriano. "Meu Deus", disse o sr. Waite, "quem dera eles não viessem."

"Posso cancelar", a esposa propôs, como sempre fazia.

"Eu poderia trabalhar um pouco, para variar", disse o sr. Waite. Olhou ao redor, para a esposa que contemplava a xícara de café, para Natalie que fitava o prato, para Bud que pela janela provavelmente mirava um sonho adolescente arrebatador. "Ninguém mais *olha* para ninguém nesta casa", o sr. Waite constatou com irritação. "Você consegue entender que meu trabalho está duas semanas atrasado?", ele reclamou com a esposa. Enumerou com os dedos. "Tenho que resenhar quatro livros até segunda-feira; quatro livros que *ninguém* nesta casa leu além de mim. Tem também o artigo sobre Robin Hood — que eu devia ter terminado três dias atrás. E as minhas leituras, e o jornal de hoje, e o de ontem. Para não falar", o sr. Waite acrescentou com seriedade, "para não falar do livro."

À menção do livro, a família lhe lançou um breve olhar, ao mesmo tempo, e o desviou, voltando-se aos pratos e xícaras menos enfurecidos em cima da mesa.

"Gostaria de poder te ajudar, querido", a sra. Waite disse de um jeito superficial.

"Você tem ciência", o detetive perguntou com sarcasmo a Natalie, "de que está retardando o andamento dessa investigação com seu silêncio teimoso?"

"Escuta", Bud disse de repente, "*eu* não preciso estar nesse negócio, né?"

O pai franziu a testa e soltou uma risada grosseira. "O que você pretende fazer em vez disso?", perguntou; se havia um traço trovejante em sua voz, a família o ignorou por conta da familiaridade de longa data.

"Alguma coisa", Bud declarou com insolência. "Qualquer coisa."

O sr. Waite olhou para a esposa do outro lado da mesa. "Esse meu filho", ele explicou minuciosamente, "tem tamanha aversão pela vida literária que prefere fazer 'alguma coisa — qualquer coisa' a comparecer a um coquetel literário." Um epigrama obviamente lhe ocorreu e ele o testou com cautela. "Um coquetel literário tem poucos encantos para quem", ele começou devagar, procurando um caminho, "é ao mesmo tempo muito inculto para a literatura e muito jovem para a bebida."

A família ponderou; a sra. Waite fez que não com a cabeça.

"A adolescência é uma época em que…", ela sugeriu por fim, e o sr. Waite aceitou: "Em que a pessoa é muito inculta para a literatura e muito jovem para a bebida".

"Muito velha para a literatura?", Natalie perguntou.

Bud riu. "Muito esperta para chegar perto", soltou.

Todos riram, e o súbito ato familiar foi tão agradável que imediatamente tomaram medidas para se afastarem. O sr. Waite foi o primeiro a sair; ainda aos risos, enfiou o guardanapo na argola formada por duas cobras, obscena e curiosamente entrelaçadas ("nada com que uma pessoa deva se sentar à mesa", a sra. Waite costumava dizer), e se levantou, dizendo "com licença" para a esposa. Um instante depois, Bud se levantou e alcançou, com típica e escorregadia graciosidade, a porta antes do pai. "Depois *do senhor*", Bud disse em tom pomposo ao segurar a porta, e o sr. Waite fez uma mesura formal e disse, "Obrigado, jovem". Atravessaram o corredor juntos, e Natalie e a sra. Waite escutaram Bud anunciar, "Na verdade, estou indo nadar".

O terror de ficar a sós com a mãe deixou Natalie quase emudecida; quando a mãe abriu a boca para falar (talvez para dizer "com licença"; talvez estivesse igualmente incomodada de ficar a sós com a filha), Natalie disse às pressas, "Agora eu estou ocupada", e saiu com pouca dignidade pelas portas francesas atrás de sua cadeira e desceu os degraus até o jardim.

Não que realmente preferisse o jardim a vários outros cantos do mundo; preferiria, por exemplo, ter ficado sozinha no quarto com a porta trancada, ou sentada na grama à margem de um riacho à meia-noite, ou, se tivesse total liberdade de escolha, parada, imóvel, encostada numa coluna de um templo grego ou em uma carroça de condenados à guilhotina em Paris, ou em um enorme e solitário rochedo acima do mar, mas o jardim ficava mais perto, e o pai gostava de vê-la de manhã perambulando entre as rosas.

"E a sua idade?", perguntou o detetive. "Profissão? Sexo?"

Era uma bela manhã, e o jardim parecia apreciá-la. A grama tinha se esforçado para estar excepcionalmente verde diante dos pés de Natalie, as rosas estavam pesadas e cheirosas e perfeitas para presentear muitos amantes, o céu estava azul e sereno, como se nunca tivesse visto uma lágrima. Natalie sorria às escondidas, mexendo os ombros rígidos sob a blusa branca fina, agradavelmente consciente de si a partir da linha reta dos ombros até os pés, de modo que parecia, recostada com os ombros apoiados na intangibilidade sólida do ar, uma coisa tênue, uma coisa graciosa, uma coisa de aço e sutil maciez. Respirava fundo, satisfeita.

"Você vai falar agora?", o detetive insistiu, elevando um pouco a voz, embora a mantivesse sob mãos de ferro. "Você acha que sozinha pode ficar contra a força da polícia, o poder e o peso da autoridade devidamente constituída, contra *mim*?"

Um adorável calafrio percorreu as costas de Natalie. "Talvez eu corra riscos em todos os instantes da minha vida", disse ao detetive, "mas por dentro sou forte."

"*Essa* é a resposta?", questionou o detetive. "E se eu dissesse que você foi vista?"

Natalie levantou a cabeça, olhando com orgulho para o céu.

"A governanta", anunciou o detetive, transformando a voz em um murmúrio cruel, cortante. "Ela testemunhou — veja bem, foi sob juramento, srta. Waite, sob juramento — que te viu entrar na casa pelo menos quinze minutos antes de seus gritos convocarem a casa inteira para o escritório, onde você estava de pé diante do corpo assassinado do seu amante. Pois então, srta. Waite, pois então?"

"Não tenho nada a declarar", disse Natalie, praticamente incapaz de formar palavras.

"O que vai ser da sua história agora?", o detetive continuou, sem misericórdia. "Srta. Waite, o que vai ser da sua gloriosa declaração de que estava sozinha no jardim?"

"Não tenho nada a declarar", disse Natalie.

"Me diga, srta. Waite", o detetive prosseguiu, implacável, o rosto mais próximo ao de Natalie, a voz suave e maldosa, "me diga, você põe em dúvida a palavra da governanta? Tem a audácia de dizer que ela está mentindo? Acredita que ela seja incapaz de estimar o tempo?"

"Dez horas, Natalie", a sra. Waite avisou das portas francesas.

"Estou indo", Natalie respondeu. Como quase sempre corria em vez de andar, ela galgou os degraus com um salto longo — como um cervo, pensou quando estava no ar — e passou pelas portas. "Cadê o meu caderno?", perguntou à mãe ao passar, e não ficou para aguardar a resposta; o caderno estava na mesa da entrada, onde o deixara naquela manhã ao descer para o café. De caderno na mão, bateu à porta do escritório.

"Entra, minha querida", disse o pai.

Ele levantou a cabeça, sorrindo para ela do outro lado da escrivaninha enquanto ela entrava. "Bom dia, Natalie", disse em tom formal, e Natalie respondeu, "Bom dia, pai". Compartilhavam da ficção de que esses encontros iniciavam o dia de ambos, embora antes do encontro no escritório geralmente tomassem o café da manhã juntos e dali saíssem para suas ocupações matinais individuais: Natalie observava a manhã da janela de seu quarto e fazia anotações apressadas no bloquinho em cima da mesa, penteando o cabelo de modo que caísse despreocupadamente sobre os ombros, botando o medalhão secreto que sempre usava; o pai despertando, se olhando no espelho, fumando o primeiro cigarro do dia e, presumia-se, de algum modo se vestindo.

"Você parece estar revigorada esta manhã, minha querida", comentou o sr. Waite, e Natalie lhe disse, solene, "Andei pensando muito hoje", e ele assentiu.

"Claro", ele comentou. "O sol brilha, você tem dezessete anos nas costas, as infinitas tristezas de crescer pesam em seus ombros — é *preciso* pensar."

Às vezes, nessas manhãs no escritório, Natalie não sabia se deveria ou não rir das declarações do pai. Em geral era difícil saber se o comentário dele era uma piada porque ele tinha como norma de conduta não rir das próprias piadas, e, sendo ela a única plateia, só podia se fiar nas próprias reações. Dessa vez ficou séria, porque, embora o ar de expectativa do pai parecesse indicar que *era* uma piada, o destaque que dera ao fato de que tinha dezessete anos nas costas lhe causara uma súbita noção da enormidade do tempo: dezessete anos era bastante tempo para se estar viva, se levasse em conta a ideia de que dali a dezessete anos — ou o mesmo tempo que tinha desperdiçado sendo uma criança e uma menina, sendo tola e provavelmente brincando — ela teria trinta e quatro e seria velha. É possível que estivesse casada. Talvez — e a ideia era nauseante — insensatamente atormentada pelos próprios filhos. Desgastada e cansada. Ela se afastou dessa ideia pegajosa e desagradável usando o método habitual — imaginando a doce sensação lancinante de ser queimada viva — e se virou para o pai, ansiosa.

"Bom", ele disse. Estava olhando a papelada sobre a escrivaninha. "Trouxe o seu caderno?"

Em silêncio, Natalie o empurrou por cima da mesa. Havia sempre esse momento de consternação, quando as palavras que tinha escrito cruzavam sua mente sem piedade e a ideia de que o pai as leria a fazia hesitar com o desejo premente de se levantar, sair do escritório, ir para qualquer lugar. Então esse momento passou e ela disse ao lhe entregar o caderno, "Fiz ontem à noite. Depois que todo mundo foi se deitar".

"Passou a noite em claro escrevendo de novo?", o pai perguntou, satisfeito. Começou a virar as folhas devagar, saboreando-as.

"Fui dormir por volta das três", disse Natalie. O pai se ressentia das pessoas que umedeciam o polegar ao ler, e usava tal vulgaridade como um símbolo de grande parte do público leitor, mas era provável que não se desse conta de que, ao virar as folhas do caderno de Natalie, ele umedecia um pouco os lábios com a língua, embora mantivesse os dedos longe da boca, como sempre.

"Esse aqui sempre foi um dos meus preferidos, Natalie", ele afirmou, parando em uma folha. "Esse aqui sobre as árvores. 'Enfileiradas contra o céu' é bom, muito bom. E aquele sobre a sua mãe." Ele riu e virou outra folha. "Espero que ela nunca veja", ele disse, e ergueu os olhos para Natalie com um sorriso de criança.

"Ela nunca se interessou pelos meus cadernos", Natalie disse.

"Eu sei", disse o sr. Waite. "Tampouco se interessa pelos meus artigos." Ele riu e prosseguiu, como se para compensar, "Eu jamais encontraria outra pessoa tão distante quanto a sua mãe, e tão prestativa".

Dessa vez Natalie riu com convicção. Era uma declaração muito real a respeito de sua mãe.

"Pois bem", disse o pai. Ele parou na entrada mais recente do caderno e, com uma hesitação deliberada, levantou os olhos para Natalie e sorriu, se virou para escolher um cigarro do maço em cima da escrivaninha e fez uma cerimônia elaborada ao acendê-lo. "Estou meio preocupado", ele afirmou. "Não sei muito bem se ouso ler."

"Foi a coisa mais difícil que já tive que fazer", Natalie disse. O pai a olhou com uma careta rápida, e ela ponderou e disse, "Foi a coisa mais difícil que já fiz até hoje".

"Todo cuidado é pouco", disse o pai. Ele pôs as mãos nos ombros, cruzando os braços, e abaixou a cabeça em direção ao caderno.

Enquanto o pai lia, Natalie, já tendo superado o nervosismo inicial (depois que lhe entregava o caderno, todas as manhãs, o passo estava dado; era irrecuperável, e só restava aguardar que fosse devolvido), examinou o escritório com um olhar renovado, como fazia todas as manhãs. Era um ambiente extremamente agradável. Os livros que ficavam à espera nas prateleiras do cômodo inteiro tinham o aspecto consumado dos livros que haviam sido lidos, mas não necessariamente pelo sr. Waite; a poltrona de couro ainda exibia as marcas do traseiro largo do sr. Waite, o cinzeiro ao lado já tinha sido tocado por cinzas naquela manhã. O cômodo estava usado, talvez mesmo desgastado, e não havia nele qualquer toque de abandono; era descontraído, como se nada pudesse surpreendê-lo depois de ficar aos cuidados da personalidade inquietante do sr. Waite.

"Que bom", o sr. Waite afirmou de repente. Riu alto, e repetiu, "Que bom. Aqui, onde diz, 'Parece estar perpetuamente surpreso porque o mundo nunca é tão inteligente quanto ele, mas ficaria ainda mais surpreso se descobrisse que talvez ele mesmo não seja tão inteligente quanto imagina'. Palavras demais, Natalie, e acho que você ficou inebriada pela primeira metade da frase e só acrescentou a segunda metade para que ela descesse do mesmo jeito que subiu. Isso poderia ser dito de forma mais organizada. Mas é acertada, muito acertada. E gosto disso: 'Ele tem a reputação de ser muito generoso, embora não se saiba de nenhuma ocasião em que tenha dado alguma coisa aos *pobres*'. Você realmente se excedeu". Ele se recostou e olhou para ela com mais alegria, como ela sabia que faria. "Estou muito contente", declarou. Ele de novo se entregou à leitura, rindo vez por outra. "É claro", ele disse passado um minuto, "que você se dá conta — na verdade, acredito que eu tenha lhe dito isso ao passar essa tarefa — que não posso me permitir contestar nada do que você escreveu aqui."

Natalie disse, "Talvez eu tenha me aproveitado disso".

Ele balançou a cabeça. "Sei que sim", afirmou.

Voltou a ler, e Natalie percorreu o escritório com os olhos; o cadáver estaria ali, é claro, entre a estante de livros de demonologia e a janela, que tinha cortinas grossas que poderiam ser puxadas para cobrir qualquer obra nefasta. Ela seria encontrada à escrivaninha, a menos de um metro e meio do corpo, apoiando a mão no canto para se escorar, o rosto pálido e contorcido pelos gritos. Não conseguiria explicar o sangue nas mãos, na parte da frente do vestido, nos sapatos, o sangue empapando o tapete a seus pés, o sangue debaixo da mão na escrivaninha, deixando uma mancha borrada nos papéis.

"Ah, não", disse o pai. "Bonito não, Natalie. Disso eu discordo totalmente."

"Mas está modificado", explicou Natalie. Foi maliciosa ao escolher as palavras. "Digo especificamente que a beleza é em grande medida arrogância; que são tão raros os arrogantes hoje em dia que uma pessoa assim dá a impressão de ser bonita. Gostei da ideia."

"É uma ideia incomum", o pai refletiu. "A única certeza que tenho é de que você é jovem demais para tê-la." Ele deu um empurrãozinho no caderno para afastá-lo da beirada da escrivaninha e poder apoiar os cotovelos. "Pois bem", ele disse.

Natalie se acomodou, observando-o.

"Em primeiro lugar", disse o sr. Waite, escolhendo cuidadosamente as palavras, "vou discordar de todo esse seu ataque quanto ao problema da descrição. Nenhuma descrição pode ser considerada descritiva — e esta não é a primeira vez que te falo isso — se ficar suspensa no ar, por assim dizer, solta. Ela precisa estar ligada a alguma coisa para ser *útil*. Parece que você negligenciou essa questão na tarefa de hoje."

"Mas imaginei que você tivesse dito...", Natalie começou, mas o pai levantou a mão: não gostava de ser interrompido.

"Eu disse que parece", ele prosseguiu. "Não creio que você perceba o *esforço* que dedicou a essa breve descrição. Sob quaisquer outras circunstâncias, sua atenção a ela não teria sentido, mas eu a encarreguei dela a fim de testá-la, e você fez exatamente o que eu esperava." Ele parou, pensativo. "Entenda", disse por fim, "que não estou botando defeito na sua interpretação. É claro que você tem toda a liberdade de escrever o que quiser sobre mim ou sobre o que for. Estou *interessado* em vê-la escrever o que desejar e em incentivá-la a escrever mais. Mas você *precisa*, caso queira ser uma *boa* escritora, entender suas motivações."

Ele parou e de novo fez uma cerimônia elaborada para acender o cigarro. Em seguida, entrelaçou as mãos sobre o caderno e olhou com franqueza para Natalie, o cigarro queimando gracioso no cinzeiro, a linha de fumaça emoldurando um dos lados da cabeça e o quadrado da janela contornando delicadamente o outro lado.

"Não sou um homem vaidoso", ele começou devagar. "Não me tenho em uma estima elevada. A bem da verdade, a descrição que eu faria de mim mesmo seria *muito* mais severa do que a sua. Você não menciona minha mesquinhez, por exemplo, embora faça alusões a ela nas suas declarações acerca" — ele consultou o caderno — "do fato de que substituo 'ações por palavras'. Você omite uma das minhas características mais importantes, que é a sinceridade brutal que frequentemente me deixa em apuros — uma sinceridade tão direta que, aplicada a mim mesmo, me dá uma imagem de que não posso me orgulhar, embora você diga que sou um homem orgulhoso. Minha imagem sincera de mim mesmo me levou a ter objetivos menos ambiciosos que a maioria dos meus contemporâneos, pois conheço meus defeitos, e, como resultado disso, sou, em muitos aspectos, menos bem-sucedido no sentido mundano. Eles, sem perceberem seus pontos fracos, conseguiram conquistar tudo às cegas, enquanto eu, sempre hesitando por duvidar da minha capacidade, desperdicei minhas oportunidades e fracassei. Você não menciona — e agora estou usando aquela mesma sinceridade brutal contra mim mesmo — que nem sempre sou tão gentil com os meus familiares quanto deveria tratar de ser, talvez por estar preocupado demais com as minhas próprias emoções em detrimento das deles — apesar de que, para falar com amarga verdade, não sou uma pessoa dotada de grandes emoções e, consequentemente, nunca consigo ser sentimental, nunca consigo ser formidável." Ele dava a impressão de que continuaria nesse tema, um de seus preferidos, mas então se recompôs e ironizou, "Me revelo mais a cada palavra que digo. Eu *sou* sincero, Natalie, e às vezes tenho vergonha disso".

"Eu tenho sempre, quando sou sincera", Natalie disse.

"É mesmo?", ele perguntou com curiosidade. "Você sabe quando está sendo sincera?"

"Em geral, sim", afirmou Natalie. "Se fico surpresa comigo mesma por dizer ou pensar alguma coisa, é sincero."

Ele riu e assentiu, e depois disse, "Você me ensina tanto quanto eu te ensino, minha querida". Ambos se calaram por um instante, reavaliando suas virtudes individuais, e então ele prosseguiu, em tom de confidência. "Natalie", ele anunciou solenemente, "a essa altura você já sabe que é natural que meninas odeiem os pais em algum momento de seu desenvolvimento. Eu diria que neste momento da sua vida você está começando a me odiar."

"Não", retrucou Natalie. Ela o fitava. "Claro que não te odeio", ela disse. O comentário viera de tal forma no contexto da discussão que um instante se passou até que pensasse em declarar, "Eu te amo".

Ele balançou a cabeça com tristeza. "Quando você nasceu, e quando o Bud nasceu, eu atinei, ao contrário da sua mãe, que chegaria a hora em que os dois se rebelariam contra nós, nos odiando pelo que representamos, lutando para se livrar de nós; é uma reação tão natural que me envergonho ao pensar que agora sinto uma pontada, uma dor, quando enfim a percebo; demorou a chegar, mas meu despreparo para ela é o mesmo de sempre. Natalie, você *precisa* se lembrar de que é natural, que o ódio de mim não indica que *você* como pessoa odeia *a mim* como pessoa, mas apenas que a filha, ao crescer normalmente, atravessa uma fase em que o ódio dos pais é inevitável. Essa é a sua fase atual." Ele levantou a mão outra vez quando Natalie tentou falar e em seguida, quando ela desistiu, deixou a mão cair sobre as folhas do caderno, que ele tocava ao falar, tateando as páginas que continham a tarefa daquela manhã.

"Isso não significa", ele continuou, pensativo, "… embora, lembre-se, essa seja uma experiência tão nova para mim quanto é para você — isso não significa que eu não seja capaz de ajudá-la, ou aconselhá-la, ou me solidarizar com você; significa apenas que precisamos admitir agora que você é uma menina em desenvolvimento e eu sou um velho, e que um antagonismo básico entre os sexos, somado a um ressentimento filial, nos separa, de modo que nem sempre poderemos ser tão sinceros um com o outro como fomos até agora."

Se está acontecendo, por que ele me fala? Natalie pensou por um instante, e ouviu de longe o detetive confrontando-a, "Está preparada para confessar que você o matou?".

Por um longo minuto o pai a olhou, obviamente à espera de uma resposta que ela foi incapaz de dar; Natalie, a mente funcionando rapidamente, voltou ao que ele tinha falado: o que haveria ali, por exemplo, que indicasse o que ela deveria dizer? Teria feito uma pergunta, talvez? Uma afirmação falsa que ela deveria corrigir? Teria lhe feito um elogio, para ouvi-la desmenti-lo com modéstia?

"Bem", o pai disse por fim, e suspirou. "Não é necessário discutir o assunto em detalhes, minha querida. Em breve você saberá mais sobre ele do que eu. E eu vou aprender contigo."

Ele se recostou na cadeira e lançou um olhar reflexivo para a escrivaninha, os olhos lendo desatentamente as linhas no caderno de Natalie.

"Bonito", ele disse, e riu. "Ah, Natalie, minha querida." E não se conteve ao balançar a cabeça.

Era uma despedida. Nada mais seria identificado. Quando Natalie se levantou, a mente já indo em direção ao jardim, ao almoço, ao restante do dia que se estendia à sua frente, o pai empurrou o caderno por cima da mesa com ar impaciente.

"Você vai estar na festa desta tarde?", ele perguntou, salientando o "você" só o bastante para que Natalie se recordasse da recusa de Bud em comparecer.

"Acho que sim", Natalie disse meio desajeitada, porque se perguntava de onde Bud tirara coragem para anunciar abertamente que não era obrigado a participar dos planos da família.

"Tente ajudar a sua mãe, se possível", o pai lhe pediu. "Receber é difícil para ela." Ele sorriu para Natalie, a mente já passando a coisas mais importantes, as ideias complexas e profundas que eram seu trabalho. "Um ódio radical de gente, creio eu", acrescentou enquanto Natalie se dirigia à porta.

Aos domingos, a família Waite acreditava ter uma vida despreocupada, boêmia, embora nos outros seis dias da semana vivessem como todo mundo. A sra. Waite não contava com os serviços da empregada aos domingos, e aos domingos os Waite geralmente recebiam convidados com o que o sr. Waite presunçosamente considerava ser um lanche improvisado, embora fosse a sra. Waite quem lidasse com o lanche — a única razão pela qual os Waite ainda mantinham uma empregada. O sr. Waite costumava convidar qualquer pessoa que o agradasse para passar a tarde de domingo em sua casa, e da sra. Waite se esperava que oferecesse diversos tipos de lanches para os convidados inesperados do sr. Waite. Estavam inclusos, em geral, uma ou outra sorte de sanduichinhos e canapés para muitas pessoas — já que o sr. Waite nunca conseguia recordar se tinha ou não convidado determinada pessoa — e depois um jantar em forma de bufê; a sra. Waite havia assim estabelecido para si que aos domingos iria para a cama às oito horas em ponto, retirando-se mais ou menos quando Natalie e Bud eram liberados do cativeiro dominical e o sr. Waite estava ficando à vontade com seus convidados festivos.

Natalie e a mãe passavam as manhãs de domingo, depois da reunião de Natalie com o pai, na cozinha, se preparando para os convidados do dia; a sra. Waite considerava esse um bom treino para a filha, e Natalie, falando da mãe para o pai, certa vez comentara, "Ela faz da cozinha um cômodo com uma placa que diz 'Damas' na porta".

A cozinha era, na verdade, o único lugar da casa que a sra. Waite dominava completamente; nem mesmo o quarto era dela, já que o marido, magnânimo, insistia em dividi-lo. Também dividia a mesa de jantar e os préstimos do rádio da sala de estar; acreditava ter a prerrogativa de se sentar no alpendre e usar uma banheira. Na cozinha, entretanto, o sr. Waite confessava em tom divertido que era "constrangedor", e portanto a sra. Waite, um dia por semana, conseguia um tempo de sossego, a não ser pela companhia da filha. Talvez até a sra. Waite sentisse, durante essas horas em que compartilhavam a cozinha, que ela e Natalie estavam unidas em uma relação de mãe e filha, que talvez transmitissem conhecimentos femininos uma à outra, que poderiam, por meio de pequenos lemas e insinuações femininas, separar, pelo menos por um tempo, a família em mulheres contra homens. De qualquer modo, na cozinha, a sós com Natalie, era o único lugar onde a sra. Waite falava, e provavelmente por falar tão pouco nos outros lugares ela transformava a conversa na cozinha em uma espécie de cantilena semanal, um boletim de notícias em que tudo o que a sra. Waite tinha pensado ou tido vontade de dizer ou sentido ou conjecturado durante a semana era desabafado e ponderado, junto com seu refrão de reminiscências e queixas. Natalie admirava a mãe nesses momentos, e, apesar de fazer qualquer coisa para evitar a mínima conversa que fosse com ela na sala de estar, gostava e se beneficiava das conversas de cozinha mais do que até mesmo a sra. Waite imaginava.

Naquela manhã, o ímpeto inicial da sra. Waite veio de seu empadão que, incrivelmente complicado e saboroso, seria devorado em meio à embriaguez dali a poucas horas por pessoas sem consideração ou cortesia. Quando Natalie entrou na cozinha, a mãe estava debruçada sobre o aparador, cortando a carne bem fininha com a faca de açougueiro. "Natalie?", ela chamou sem se virar. "Ouviu ele?", ela prosseguiu, sem verificar se era *mesmo* Natalie e não o sr. Waite vindo anunciar que a casa estava pegando fogo. "*Ouviu* ele? Ele é um velho tonto, é isso o que ele é." Ela prendeu a respiração para cortar com esmero em volta de um osso, e então continuou. "Às vezes eu acho que ele deve ser um grande de um tonto para achar que as pessoas caem na lábia dele. Paranoico", a sra. Waite anunciou com satisfação. "Paranoico. Meu pai ria quando ele chegava, ria mesmo. Paranoico. Natalie, quem dera que a Ethel deixasse os pratos que nem eu deixo. Os pequenos dentro dos grandes. Não dá para acreditar que alguém seja capaz de guardar os pratos com essa organização insana: ela empilha todos juntos sem pensar em tamanho ou segurança. Ele ria. Às vezes acho que só se casou comigo porque meu nome era Charity e estava na moda para gente que nem o seu pai cantar músicas como 'Buffalo Gals' e dançar quadrilha. Charity. O *meu* pai sabia bem o que estava fazendo."

O trabalho de Natalie nas manhãs de domingo em geral começava com a salada. Lavava a alface e as cenouras, tomates e rabanetes, limpava tudo e colocava na água fria para virarem salada no último minuto. Com as duas mãos cheias de folhas de alface, agora, estava diante da pia observando a cachoeira de água descer da torneira por entre o verde-claro da alface. Foi de uma beleza incrível até suas mãos começarem a gelar.

"Preguiçoso demais para fazer qualquer coisa por si mesmo", disse a sra. Waite. "Imagine só um homem-feito aprendendo a dançar quadrilha em Nova York. Eu me lembro da minha mãe, uma verdadeira megera, *aquela* era. A voz dela estava sempre *aqui* em cima, e às vezes eu acho que o seu pai teria aprendido muito com ela, embora antes de morrer, sem o meu pai, ela tenha ficado tão calada. Eu sempre me perguntava como as pessoas tinham casamentos felizes e faziam com que durassem o dia inteiro, todo dia. Tinha a impressão de que minha mãe não era feliz, mas é claro que eu não tinha como saber. Natalie, você trate de ter um casamento feliz." Ela se virou e olhou séria para Natalie, a faca pousada na palma da mão. "Trate de ter um casamento feliz, filha. Nunca deixe que o seu marido saiba o que você está pensando ou fazendo, este é o caminho. Minha mãe poderia ter feito *qualquer* coisa, o que ela quisesse, que meu pai teria deixado, embora o mais provável é que nem tomasse conhecimento. Mas é claro que quando ele morreu ela já estava muito velha." A sra. Waite pegou as fatias finas de carne e começou a arrumá-las na assadeira. "Eu me lembro dos domingos lá em casa", prosseguiu.

"Quer que eu faça ovo cozido?", Natalie perguntou em tom suave.

A sra. Waite refletiu, olhando ao redor como se a caçarola ou a alface tivessem a opinião que esperava. Por fim, disse, "Acho que é melhor fazer, Natalie. Nunca se sabe quantos vão vir". Ela sorriu ao continuar, "Aos domingos, lá em casa, a gente nunca sabia quantas pessoas viriam. Às vezes a gente ia para a casa da minha avó, ou de uma das minhas irmãs. Todas as irmãs se casaram antes de mim, Natalie, você veja só. *Elas* podiam ter me avisado. Ou então elas iam à nossa casa. A gente nunca sabia. Eram como um bando de pássaros — um deles ia para algum lugar e o resto ia atrás. Todos homens grandes, mulheres pequenas. Meus tios — quando me lembro deles, vejo todos sentados nas tardes de domingo, às vezes em uma casa, às vezes em outra. O meu tio Charles, por exemplo; geralmente me lembro dele sentado na cadeira vermelha na nossa sala de jantar — a gente tinha que levar as cadeiras para lá, de tanta gente à mesa — ou então na velha poltrona de angorá marrom que ficava ao lado da lareira na casa dele. A tia — qual era o nome dela mesmo, Natalie? Aquela que se casou com o Charles?".

"Helen", respondeu Natalie.

"Helen", confirmou a sra. Waite. "Bom, ela detestava aquela poltrona, mas eu sempre imaginei que ela só fazia aquele alvoroço todo porque sabia que as esposas sempre detestavam as velharias que os maridos adoravam e tinha medo de que ninguém a respeitasse se deixasse o marido ficar com a poltrona sem fazer estardalhaço. Mas acho que ela nunca ligou muito para fazer isso a sério." Ela deslizou a faca pelo bloco de manteiga em cima do prato e começou a picar uma cebola. "Máscaras africanas extravagantes", ela disse. "Joias de prata baratas e sujas. Discos antigos de blues com letras que você não ia querer entender se sequer *conseguisse* ouvi-las. De qualquer forma, sempre me lembro do tio sentado naquela poltrona. Acho que todas as meninas novinhas — põe mais água aí, Natalie — passam a detestar o lugar onde vivem porque acham que com um marido vai ser melhor. O que acontece é que marido é a mesma coisa, em geral. Quando eu conheci o seu pai, ele tinha um monte de livros que dizia ter lido, e ele me deu uma pulseira de prata mexicana em vez de uma aliança de noivado, e eu olhei meus tios sentados naquelas poltronas malditas — o seu pai me ensinou a dizer malditas, também, e um punhado de palavras que eu também poderia te dizer se quisesses, mas eu *acredito* que você já esteja madura demais para *essa* parte da história — e eu achava que ser casada era tudo o que queria. Só que, claro, é igual, mas agora quem aparece para o jantar de domingo são estranhos, e amanhã o seu pai vai passar o dia inteiro mal se fumar alguma coisa mais forte que cigarro. Vamos fazer salada de batata. Pedi à Ethel que cozinhasse mais batata ontem."

Natalie havia descoberto que, com uma leve pressão sobre o molar, conseguia criar uma dorzinha estimulante que funcionava como contraponto rítmico à voz da mãe; por nada no mundo diria à mãe que estava com uma cárie no dente, mas aquela era uma mudança agradável no corpo em relação ao dia anterior, e estava gostando.

"Sorvete", disse a sra. Waite. "A gente *sempre* tinha sorvete."

"Me diga", o detetive insistiu, se curvando para a frente, "me diga como foi que você fez; pode ter certeza de que não vou usar a informação contra você."

"Não sei", Natalie respondeu em silêncio. "Não me lembro."

"Posso te jurar", o detetive declarou com grande decoro, "que sou uma pessoa sensata na qual você pode confiar. Sou totalmente de confiança."

"Não me lembro", Natalie disse.

"É *claro* que se lembra", o detetive retrucou, impaciente. "Ninguém seria capaz de viver uma coisa dessas e não *se lembrar*."

"Natalie", a sra. Waite chamou, as mãos paradas por um instante enquanto fitava a parede à frente, "o que vai ser de mim quando você for embora?"

Constrangida, Natalie tomou o cuidado de diminuir a chama debaixo dos ovos cozidos. "Vou voltar bastante", ela disse, numa resposta constrangedora.

"As mães ficam muito sozinhas sem as filhas", disse a sra. Waite. "Sobretudo quando é a única filha. As mães ficam mais sozinhas do que tudo."

Uma das coisas que Natalie mais detestava na mãe era o truque invariável da sra. Waite de fazer declarações sérias em uma linguagem que Natalie categorizava como fofa. A sra. Waite, há muito acostumada a ver suas emoções mais sinceras expostas, debatidas e ignoradas, habituou-se a se proteger declarando-as em forma de piadas, com um ar de capricho infantil que irritava tanto Natalie quanto o sr. Waite como nenhuma declaração objetiva de ódio seria capaz de fazer. Por conta disso, Natalie — que às vezes pensava em correr até a mãe com uma expressão voluntária de afeto — disse suscintamente, "Você vai achar o que fazer".

A sra. Waite ficou calada. Tinha posto a caçarola no forno com muito cuidado e voltado sua atenção para a prataria antes de recomeçar, muito acanhada, "E lá em casa, quando a gente não tinha louça para aquelas pessoas todas, a gente pedia a uma das tias que levasse...".

O almoço de domingo era uma refeição improvisada; ao longo dos anos, a sra. Waite tinha convencido o marido a aceitar o fato de que o forno não abrigaria ao mesmo tempo uma refeição especial para os amigos dele e o almoço nutritivo adequado que ele acreditava lhe ser devido. Embora nos assuntos mais corriqueiros o sr. Waite preferisse sacrificar os amigos a ele mesmo, na questão de sua hospitalidade e das prováveis conversas que seriam travadas sobre isso na segunda-feira o sr. Waite estava disposto, com objeções, a se privar do próprio conforto, sempre acreditando que era uma medida temporária atribuível à ineficiência da sra. Waite e que no domingo seguinte ele seria bem alimentado. Como tinha o hábito de saudar ocasiões regulares com comentários regulares, o sr. Waite geralmente observava ao comer seu sanduíche de pasta de amendoim dominical, "Isso não é comida de homem-feito".

Aos domingos, a sra. Waite tinha uma resposta para dar, provavelmente por já ter tido a semana inteira para prepará-la; em geral, respondia, "*Você* faz a janta que *eu* faço o almoço".

À mesa da cozinha ao lado do pai, Natalie olhava com placidez o cenário de competência a seu redor. Os pratos usados de manhã estavam lavados, as xícaras e pires estavam guardados, e as xícaras e pires das visitas estavam à mostra. Os guardanapos da família, dispensados durante o almoço e o jantar atuais, repousavam na bancada e voltariam a ser usados na segunda-feira. Os objetos de cozinha tão familiares — a planta que Ethel deixava ao lado da pia, a chaleirinha, os talheres com cabo de plástico — eram todos empurrados para trás e guardados nos cantos devido aos preparativos para a recepção. Como a mãe e o pai discutiam, Natalie se transportou para uma expedição arqueológica uns milhares de anos depois, se deparando inesperadamente com aquela cozinha e tirando camadas de terra de cima da chaleirinha — "Talvez fosse uma panela", alguém disse sabiamente, e outra pessoa acrescentou, "Ou, claro, um penico; a gente ainda não tem ideia de quais eram os hábitos desse povo". Outras escavações — uns três ou quatro dias depois, e após sérias brigas entre os membros mais experientes e os mais novatos da expedição, com um dos grupos defendendo que seria mais lógico seguirem em frente; aquele era um local infértil para descobertas e além disso tinha ar insalubre — talvez revelassem o crânio de Natalie, e um deles, segurando sua cabeça preciosa nas mãos, virando e examinando aquele objeto com muito cuidado, talvez comentasse, "Vejam esses dentes: eles mostram *certo* conhecimento de odontologia, pelo menos — aqui, uma obturação que parece ser de ouro. Vocês lembram se eles conheciam ouro? Sexo masculino, eu diria, pelo desenvolvimento frontal". Àquela altura, é claro, Natalie ponderou com satisfação, sua vida já teria acabado. Não haveria mais medos para Natalie, não há possibilidade de tomar o caminho errado quando não se passa de um crânio nas mãos de um estranho. "E vejam só", outra voz disse da outra ponta da cozinha, "olhem aqui, esses objetos são esquisitíssimos — *eu* concluo que são enfeites. E olhem aqui, esses dois esqueletos — vejam, olhem *aqui*, eles tiveram *filhos*."

O jardim era exclusividade de Natalie; o resto da família o usava, é claro, mas apenas Natalie o considerava uma parte operante de sua personalidade, e sentia-se revigorada com dez minutos no jardim entre os favores arbitrários de que era encarregada pelos outros. Quando se sentava no canto do gramado, as costas apoiadas na árvore, enxergava, depois dos campos que pareciam macios daquela distância, as montanhas ao longe, já que o pai tivera a sensatez de optar por um local pitoresco em detrimento da escolha da mãe por um canto em que algo pudesse *crescer*; por isso, nos fundos da casa, havia uma horta cultivada com ineficácia pela sra. Waite, que gerava uma safra regular de rabanetes duvidosos e cenouras pálidas, e o restante da terra em torno da casa — pouco mais que um hectare — estava livre para seguir os padrões dos prados, ou dos terrenos baldios. O jardim de Natalie ficava na frente da casa, e era cuidado por um jardineiro que se recusava a encostar na horta, e essa parte do terreno terminava vagamente, numa espécie de penhasco — se a pessoa olhasse bem de longe — abaixo do qual passava a estrada sul. Atrás da casa, atrás até mesmo da horta, o sr. Waite tivera a bondade de deixar que as árvores crescessem sossegadas, e quando Natalie era mais nova, antes de o jardim e a vista do penhasco a arrebatarem, ela se deliciava brincando de pirata e caubói e cavaleiro de armadura entre as árvores. Agora, no entanto, por alguma razão apenas remotamente ligada a cavaleiros de armadura, a árvore do gramado era dela, e ela ignorava as que ficavam abaixo por serem sombrias, silenciosas e desestimulantes.

A vista das montanhas ao longe às vezes era tão perfeitamente compreensível para Natalie que ela forçava as lágrimas a virem aos olhos, ou se deitava na grama, incapaz de assimilá-la depois de um tempo — estava, é claro, bem escondida das janelas da casa — ou de transformá-la em algo mais do que tinha a capacidade de reter; não conseguia deixar os campos e as montanhas em paz, do jeito que as havia encontrado, mas se obrigava a absorvê-los e usá-los, um condutor de algo ao mesmo tempo real e irreal para contrapor aos ataques reais-e-irreais da família. Havia um ponto em Natalie, que ela mesma não entendia direito, e que provavelmente era em função de sua idade, em que a obediência havia terminado e o controle começado; depois que esse ponto foi atingido e cruzado, Natalie se tornou uma pessoa solitária e funcional, capaz de constatar as próprias possibilidades verossímeis. Às vezes, com enorme desgosto, as grandes e mal contidas intenções de criação, os pungentes anseios introspectivos da adolescência a dominavam, e, chocada com a própria capacidade de criação, ela se abraçava com força e obstinação, urrando num lamento silencioso que só poderia ser expressado como, "Deixe-me ver, deixe-me criar".

Se esse sentimento tinha algum significado para ela, era como o ímpeto poético que a levava a redações vergonhosas como as que escondia na escrivaninha; o abismo entre a poesia que escrevia e a poesia que continha era, para Natalie, algo insolúvel.

Deitada na grama na tarde de domingo, enquanto a mãe e o pai discutiam os convidados do dia, ela apoiou o rosto no braço e se perdeu na contemplação dos campos e das montanhas abaixo; o sol atrás das montanhas era, para uma Natalie ainda não muito habituada à banalidade dos milagres, um movimento regular, a cena exagerada e típica de um mundo adulto; tinha visto tantos retratos ruins de sóis atrás de montanhas que se permitia achar o próprio sol ridículo e desnecessário. Mas as montanhas, livres da pressão do sol, eram escuras e sombreadas, e os campos, ainda iluminados por ele, eram claros e verdes, e Natalie, deitada com o rosto no braço, sentia que estava correndo, mais leve do que qualquer coisa que tivesse conhecido, correndo com passos longos e suaves mundo afora. Os pés tocavam o chão — ela conseguia sentir, ela conseguia sentir —, o cabelo batia nas costas sem fazer barulho, as longas pernas se arqueavam e a respiração chegava fria à garganta. A primeira a despertar, a primeira a chegar ao mundo, anuviada, atravessando um país despovoado sem pegadas, subindo as montanhas, colocando as mãos na grama ainda molhada.

As montanhas, de peitos cheios e exuberantes, se ofereceram a ela em uma onda de emoção, virando-se em silêncio enquanto ela se aproximava, recebendo-a, e Natalie, a boca contra a grama e os olhos lacrimejantes de fitar o sol, pegou as montanhas para si e murmurou, "Irmã, irmã". "Irmã, irmã", ela disse, e as montanhas se agitaram, e responderam.

Ela viu o irmão vindo da casa para o jardim e por um breve instante ficou maravilhada com sua presença; devido à súbita e enorme similaridade com ela, imaginou que talvez não soubesse que ela estava ali e quisesse se sentar e olhar para as montanhas, mas ele a procurava, ela entendeu então; ele chamou, "Nat? Nat?".

"Aqui", ela respondeu, e viu quando ele virou a cabeça em sua direção, mas as árvores a escondiam e ele se aproximou, perguntando, "Cadê você?".

Quando a encontrou e se sentou ao lado dela, Natalie percebeu com satisfação que ele não estava mesmo ali antes, já que tirou um minuto para olhar do despenhadeiro primeiro e disse, "A mamãe falou que é pra você entrar e ir se trocar".

"Você vai nadar?", ela perguntou.

Notava que ele estava se decidindo a dizer alguma coisa, e percebeu pelo fato de que seu rosto adquiria uma nova expressão que era algo que fazia tempo ele tinha decidido dizer quando surgisse a oportunidade; ela nunca conseguia saber se o rosto dele era tão familiar por ser muito parecido com o dela ou por vê-lo três vezes por dia do outro lado da mesa. "Escuta", ele disse por fim, e puxou a grama com irritação. "Você *quer* ficar nesse negócio hoje à tarde?"

"Não sei", ela disse. "Não me importo."

"Porque, escuta", ele disse. Qualquer tipo de declaração positiva era uma invasão tão grande de sua própria privacidade que ele quase gaguejava, e estava vermelho. "Eu *levaria* você pra nadar", ele falou.

Não havia o que dizer além de "não", e no entanto era impossível dizer isso. Natalie tentou não olhar para ele, e no entanto o rosto dele estava — tão parecido com o dela, ela tinha certeza — tão infeliz com a ideia de levá-la para nadar que ela o encarou e ele se virou e franziu a testa. "E aí?", ele pressionou. "Você *quer* ir ou *não* quer?"

"Nossa", Natalie exclamou. Foi sua hora de puxar a grama. "Acho que não", ela disse. "O papai quer que eu fique", acrescentou às pressas.

"Está bem", ele disse, aliviado. "O papai quer que você fique."

Fico me perguntando sobre o que ele pensa, Natalie refletiu. "De qualquer forma", ela disse, na defensiva, "são pessoas muito importantes, algumas delas."

"Para que *elas* servem?", ele questionou com desdém. "Poesia?"

Eles se calaram por um instante enquanto o sol removia o último raio de luz sobre eles e o vento frio soprava do penhasco vindo dos campos abaixo. Então Bud se virou até ficar de pé e lembrou, "A mamãe falou que é pra você ir se vestir", e partiu de volta para a casa. "Melhor correr", ele avisou virando a cabeça para trás. "Eles já estão chegando."

"Bem", o sr. Waite disse, alegre. Eram quatro horas e a caçarola estava no forno, as bebidas de domingo estavam arrumadas na despensa, o gelo congelava obedientemente na geladeira, a sala de estar ampla estava em ordem, com cinzeiros situados mais ou menos nos pontos em que os amigos do sr. Waite estavam mais propensos a largar cigarros, e as cadeiras estavam prontas para as reuniões breves, inconclusivas, dos amigos do sr. Waite. Os livros que provavelmente gostariam de consultar durante a discussão (*Ulysses*, C. S. Lewis, *A função do orgasmo*, o romance homossexual inglês mais recente, *Hot Discography*, um *Ramo de ouro* condensado e um dicionário na íntegra) estavam na estante pequena perto das janelas; os livros do próprio sr. Waite — o que tinha escrito e os que continham artigos seus, em vez daqueles a que se referia — estavam modestamente escondidos, encadernados em couro verde, em cima do console da lareira. "Bem", disse o sr. Waite, com a satisfação de um proprietário de terras examinando seus cavalos e cães e sua reserva de caça, e acrescentou, como se falasse com seu guarda-florestal, "Está bonito, tudo isso".

"*Parece* que está tudo pronto", a sra. Waite respondeu, nervosa. Herdara, provavelmente daquela anfitriã incansável, sua mãe, a convicção de anfitriã de que algum fator vital tinha sido esquecido (talvez porque ninguém quisesse convidados, para começo de conversa?), portanto de repente descobriria que não havia cigarros nas caixas de cigarros, ou perceberia que as revistas todas eram do número anterior, ou que a poeira da mesa *tinha* passado despercebida afinal de contas, ou que, de súbito durante o jantar, a sra. Waite teria que virar seu rosto em choque para o marido aturdido quando ocorresse aos dois ao mesmo tempo que o vinho fora esquecido e jazia, nem comprado nem resfriado, na prateleira da loja.

"Caçarola, salada", a sra. Waite disse, curvando os dedos como se contasse, ou talvez como se, com os movimentos recordados, os dedos fossem se lembrar de tudo o que haviam feito e pelos movimentos omitidos fossem ressaltar o fato esquecido, "café, torta. Pãozinho. Cigarro, bala, pretzel. Por favor, não deixe que derrubem cigarro no tapete, ele já está horrível. Natalie, você se arrumou?"

Natalie se pôs ao alcance dos olhos cegos da mãe e disse, "Pus meu vestido azul".

"Ótimo", disse a mãe. "Penteou o cabelo?"

Como se eu pudesse me esquecer de pentear o cabelo, Natalie pensou com alegria. Afinal, tenho dezessete anos, e festa é festa, apesar de ter *só* adultos. E, de qualquer forma, passo tanto tempo me olhando no espelho...

"*Você* já se arrumou?", a sra. Waite perguntou. Depois de tantos anos ela não tinha encontrado um apelido adequado para o marido.

"Claro que sim", ele respondeu, e poderia ter acrescentado: festa é festa... Tinha optado por um paletó de tweed felpudo e parecia mesmo um grande literato; compostura nenhuma poderia abandoná-lo naquele paletó. Era quase equivalente a um par de pistolas e botas de cano alto; o sr. Waite estava pronto para sua própria interpretação de briga de rua.

A campainha tocou.

"Ai, meu Deus", exclamou a sra. Waite. "Caçarola, pãozinho, café... você vai abrir ou vou eu?"

"Eu vou", respondeu o sr. Waite, em um tom que insinuava fortemente que ele não acreditava que a sra. Waite fosse capaz de achar a porta sozinha. Quando ele desapareceu no vestíbulo, a sra. Waite disse a Natalie, "Vou dar uma olhada na cozinha", e correu para o lado oposto.

Natalie ficou na porta que separava o vestíbulo da sala de estar, ponderando, É uma festa e eu já estou aqui mesmo e preciso me lembrar de que o meu nome é Natalie.

Os primeiros convidados foram uma decepção: acabou que eram uma pessoa enorme de gorda chamada Verna Hansen e seu irmão Arthur; o sr. Waite os convidara, sem acreditar que iriam, num espírito de cordialidade dos bons vizinhos, já que a casa deles era a mais próxima da casa dos Waite e o terreno deles era muito maior. Em certa medida por não serem exatamente convidados — por terem sido convidados, por assim dizer, com um intuito ilegítimo — e também porque sinceramente não acreditava que houvesse cadeira na sala de estar capaz de acomodar Verna, o sr. Waite pediu que se sentassem no gramado, nas cadeiras de ferro forjado, que eram mais firmes do que as cadeiras da sala de estar e muito menos caras. Ele levou Natalie até lá fora para distraí-los enquanto saía para preparar seus drinques, e Natalie, apresentada como "Minha filha e nossa anfitriã assistente", se viu, antes de estar de fato pronta para a festa, no gramado, em uma cadeira de ferro, de frente para Verna. Arthur, com um comentário breve e confuso sobre borrifadores de jardins, tinha se afastado delas, e Natalie, se recompondo, entrelaçou as mãos e disse para Verna, com a voz animada, "Este não é um momento *adorável* do dia?".

Verna a fitou por um instante, deu uma olhada para a porta pela qual o sr. Waite havia desaparecido para lhe fazer o drinque, e suspirou. "Ótimo", ela disse, lacônica. "Então você é a Natalie?"

"Isso", confirmou Natalie.

"Seu pai falou de você", disse Verna, insinuando com seu tom inúmeros encontros clandestinos com o sr. Waite, durante os quais provavelmente evocava o nome da filha por conta do remorso... "Vamos ser amigas, pequena Natalie", ela acrescentou. Ela parecia mais gorda sentada, mas o gramado amplo a seu redor era vistoso, e ela o vestia com dignidade. Natalie, que com uma parte da mente julgava qualquer um que a chamasse de "pequena Natalie", estava, com a outra parte do cérebro, muito impressionada com o extremo bem-estar e naturalidade dos modos de Verna; parecia que todos os esforços da vida de Verna tinham sido dispendidos e todos os problemas solucionados, portanto Verna, já bem-sucedida, agora não tinha nada para fazer além de se sentar abundantemente no meio do gramado macio dos outros e chamar os outros, menos afortunados, de "pequena Natalie".

"Posso te ajudar a superar as preliminares", declarou Verna. Ela semicerrou os olhos e pensou. "Detesto todo começo de conversa em que uma pessoa pergunta à outra com a maior sutileza possível que idade tem, e qual é seu nome, e como tem estado." Acrescentou tudo isso de repente, abrindo os olhos como se fosse retirada de suas preliminares pela consciência inesperada de que a pequena Natalie precisava de uma explicação, visto que, como era fato, não estava acostumada com o jeito de Verna. "Eu *gosto* de gente", afirmou Verna, fazendo parecer que as comia de sobremesa. "Em primeiro lugar, devo te dizer tudo o que me ocorrer a meu próprio respeito, e depois você me conta de você." Ela tornou a abrir os olhos e sorriu, e Natalie começou a revirar a mente em busca de pensamentos secretos banais com que pagaria por aquele ar de superioridade. "Sou mais velha do que você, pequena Natalie. Eu devo ter uns quinze anos a mais — é bastante, a contar pela experiência. Encontrei muitas pessoas, as conheci bem, vi seus corações e seus pecados."

Com irreverência, Natalie cogitou dizer, "Deve ter sido muito interessante", mas se conteve.

Verna deu um suspiro profundo. "Meu nome era Edith", revelou de repente.

Natalie pestanejou.

"O Arthur se recusou a mudar o nome *dele*", Verna disse. "Uma besta."

"Já tive vontade de mudar meu nome várias vezes", Natalie declarou, faltando com a verdade.

Verna se remexeu pesadamente, em um gesto que talvez fosse o de se curvar para a frente. "Faça isso, minha querida", ela incentivou. "Faça isso, de qualquer jeito, se for preciso. Você vai ficar admirada com a diferença que um nome novo vai fazer para você. Veja só Edith, por exemplo. Pois bem, quando eu era Edith, era vulgar, e feia, e imprudente. Eu ria muito alto. Aceitava piamente o que as pessoas falavam; quando alguém me dizia, 'Edith, você precisa cuidar mais de si mesma', eu acreditava prontamente. Parece incrível para *você*, não parece? Mas assim era a Edith, não a Verna."

"Por que Arthur não quis mudar de nome?"

Verna encolheu os ombros com violência. "Uma besta", ela declarou. "Ele gosta de ser quem sempre foi. *Agora* ele não teria a audácia, mas ainda pensa do mesmo jeito." Ela riu baixinho, no que claramente era sua risada de Verna. "Pequena Natalie, não descanse até encontrar sua essência. Lembre-se disso. Em algum lugar, bem lá no fundo, encoberto por tudo que é tipo de medo e preocupação e pensamentos mesquinhos, existe um ser puro feito de cores radiantes."

Aquilo era tão parecido com as suspeitas que Natalie às vezes tinha sobre si mesma que ela se virou para Verna, arrebatada por uma onda de calor, e disse, incoerente, "Verna, como é que você sabe?".

Verna deu um sorriso triste. "Eu sei, pequenina", declarou. Com os olhos fixos em algo acima da cabeça de Natalie, ela disse em voz baixa, "*Pelo excesso de amor à vida. Pela esperança e o medo erradicado, agradecemos com uma breve ação de graças...*".

"Vocês estão *aí*", disse o sr. Waite, animado. Entregou um drinque a Verna, e Verna inesperadamente o tomou em silêncio.

"Minha querida", o sr. Waite disse a Natalie, "eu não te trouxe um drinque."

Natalie ficou surpresa. Embora o pai tivesse defendido a ideia de que poderia beber e fumar quando tivesse dezesseis, no ano que se passara ele nunca havia lhe oferecido um drinque. Ela aprendera a fumar com o auxílio entretido da mãe, que lhe dera uma cigarreira, mas por enquanto os terrores furtivos escondidos no álcool eram só vagamente vislumbrados por Natalie; agora pensava com certa vergonha em um trecho secreto de seu diário mais secreto (Começava assim: "Acho difícil imaginar que a ingestão de coquetéis e afins seja um vício ao qual me entregarei mais do que brandamente, pois me parece que qualquer mulher interessada em uma carreira artística embota o viço refinado, aguçado, de sua compreensão por meio da entrega a qualquer estimulante que não o seu trabalho". Essa entrada fora escrita para a publicação derradeira, mas é claro que Natalie pretendia revisá-la com cuidado primeiro.), e disse para o pai, acanhada, "Eu gostaria de provar, uma hora dessas".

"Sirva-se", ele ofereceu, gentil.

"Vinho é uma coisa esplêndida", Verna disse para incentivá-la. "A pequena Natalie e eu", ela disse ao sr. Waite, "estávamos discutindo nossas almas antes de você chegar."

"É mesmo?", replicou o sr. Waite. Ele se virou e olhou para a filha. "Natalie?", ele chamou.

"É uma menina de muito talento", Verna comentou, botando a mão no braço dele para chamar sua atenção. "É uma menina eleita." Ela lhe entregou o copo vazio e declarou, "Eu vou pensar um bocado nessa pequena Natalie".

"Você acha que alguma hora ela *vai* embora?", a sra. Waite cochichou com Natalie; estavam paradas junto à porta. O sr. Waite e Verna conversavam educadamente no gramado e, ao longe, no canto do jardim, viam Arthur, perdido na intensa contemplação do que àquela distância parecia ser um dente-de-leão. "Acho mesmo que ela é maluca", afirmou a sra. Waite.

Natalie estava fingindo ser uma jovem parada à porta de casa ao lado da mãe. Se fizesse tudo o que podia para parecer que tinha dezessete anos, que era inocente, protegida pelos pais, amada, amparada ali naquela casa, então talvez...

Houve um ligeiro movimento no vestíbulo às suas costas; Natalie, os olhos fixos em Arthur, se levantou, aparentemente despreocupada.

"Ela vai fazer o seu pai passar a tarde inteira aí fora", a sra. Waite sussurrou com desespero. "Eu *sei*."

"Realmente", Natalie dizia em silêncio, "*eu* não sei do que você está falando."

"Você finge", o detetive disse, "ser de fato a filha dessa gente? Te reconheceriam como tal?"

"Senhor", Natalie declarou em silêncio, "essa é a minha mãe. Aquele ali é o meu pai."

"E se eu perguntar pra eles?", o detetive retrucou. "Você deve ser muito boba para imaginar que pode contar com a generosidade de estranhos."

"Aos próximos que chegarem", disse a sra. Waite, "vou pedir que entrem. Aí, quando se levantar, ela vai pensar em ir para casa."

"E o seu nome?", inquiriu o detetive.

"Meu nome é..." Natalie hesitou em sua fala silenciosa. Estava prestes a mudar de nome, não era verdade? Mas a hesitação tinha lhe causado problemas: o detetive estava rindo.

"Sim?", ele instigou com sarcasmo. "O seu nome é?"

O sr. Waite se levantou da cadeira no gramado, e, depois de pegar o copo vazio de Verna, se aproximou da porta onde estavam a sra. Waite e Natalie.

"Natalie", ele chamou, de costas para Verna, e sorriu. "Mal te conheço pela descrição que ela fez."

"Você vai ter que *tirar* eles daqui", a sra. Waite cochichou.

O sr. Waite já tinha adotado sua postura de anfitrião, o que significava que sua atitude habitual em relação à esposa se reduzira a uma espécie de desalento tolerante. "Por quê?", ele perguntou. "Não tem bebida à beça?"

A sra. Waite gesticulou em vão; outras pessoas chegavam e ela planejara recebê-las dentro de casa; ali estava o sr. Waite, já efusivo demais para ser confiável, cumprimentando-as com calma e provavelmente planejando acomodá-las no gramado, que não fora arrumado e que só tinha quatro cadeiras de ferro e que portanto os obrigaria a pegar outras da sala de jantar, deixando menos para quando *de fato* passassem para dentro de casa, pois a não ser que pedissem aos convidados que carregassem *suas* cadeiras, elas seriam deixadas ali fora, e então choveria, e as cadeiras da sala de jantar... para não falar que era provável que convidados se sentassem no chão. "Ah, *faça-me o favor*", a sra. Waite disse, enlouquecida.

"Fique calma", o sr. Waite pediu. "Você ficaria surpresa se soubesse como é fácil para as pessoas se divertirem."

"Fácil para *você*, pode ser", retrucou a sra. Waite, mas o marido não a escutou; já tinha ido, os braços abertos, receber os novos convidados.

A certa altura, Natalie contou as pessoas no gramado e descobriu que eram catorze. Sabia que o número de convidados era muito maior, por isso lhe pareceu uma boa ideia ir ajudar a mãe em vez de esperar até depois, quando talvez aparecesse alguém com quem quisesse conversar.

Na cozinha, a sra. Waite, seu coquetel quase todo bebido na pia, passava cream cheese nos biscoitos de sal, muito nervosa.

"Eles já deram fim a quase *tudo*", comentou, sem se virar quando Natalie entrou. "*Por que* é que eu nunca acredito no seu pai quando ele diz que convidou essa gente toda?"

Natalie tirou a faca da mãe e começou a espalhar o cream cheese. "Todo mundo está se divertindo", ela disse. "Não se preocupe."

A sra. Waite pegou o drinque, acabou com ele de um só gole e foi até as garrafas da prateleira que esperavam sua vez. Abriu uma delas com um giro da tampa e despejou uísque no copo. "Eu *nunca* sei o que fazer", afirmou. "Por *mais* que eu me prepare, tem sempre amigos demais do seu pai e não existe no mundo comida suficiente para alimentar todos eles."

Natalie pôs outro biscoito na travessa, cogitou botar mais biscoitos em cima, mas achou que ficaria opulento demais. "Eu vou lá oferecer isso", anunciou. "Você fica aqui, sossegada."

Ainda não tinha bebido, embora fosse impossível passar por Verna sem que ela lhe oferecesse "um golezinho de nada" de seu coquetel. Natalie havia decidido que mais tarde, quando a empolgação inicial da festa se dissipasse, ela provaria uma deliciosa — infelizmente não proibida — amostra de bebida alcoólica, embora a devoção à sua arte ainda predominasse. Portanto, quando foi ao gramado com a travessa de biscoitos com cream cheese, ela tropeçou de forma inteiramente legítima nos pés do homem na cadeira grande, apesar de felizmente ter salvado os biscoitos com cream cheese. "Falha minha, madame", disse o homem na cadeira grande.

Natalie, concentrada no equilíbrio da travessa, só assentiu.

"Minha filha", disse seu pai, que foi ajudá-la, "alguém já te corrompeu?"

Natalie sorriu com prazer, pois sabia por experiência própria que não era uma boa ideia responder ao pai em uma de suas festas, já que nesses momentos nem mesmo a família estava a salvo das ensaiadas tiradas espirituosas, e ofereceu a travessa de biscoitos ao homem da cadeira grande, dizendo, "Quase caiu tudo no seu colo".

O pai se aproximou por trás e disse, por cima do ombro da filha, para o homem da cadeira grande, "*Esta aqui* é a minha filha".

"Uma bela de uma menina", disse o homem na cadeira grande. Ele pegou um biscoito com cada mão e Natalie foi em frente, cuidadosamente, circulando pelo grupo, apresentando a travessa a uma pessoa atrás da outra, respondendo às suas perguntas e atenta a seus pés.

"Natalie, quando é que você vai para a faculdade?"

"Mas como você está *crescida*; estou me sentindo um *velho*."

"Você não está ansiosa para estudar depois desses anos todos com o seu pai?"

Quando chegou ao pai, Natalie pôs a travessa sob as mãos dele, e ele lhe ergueu os olhos e sorriu. Uma garota sombria, bonita, estava sentada ao lado dele, uma garota que Natalie não reconhecia. O pai disse à garota, "Essa é a minha filhinha, minha Natalie. Você não acha que ela vai ser uma beldade quando crescer?". Ele e a garota bonita riram, e o sr. Waite, ainda aos risos, recusou os biscoitos da travessa.

Depois, quando Natalie já estava no outro canto da sala, escutou a voz do pai se elevar sobre as outras.

"… A sacralidade dos excrementos humanos", o sr. Waite dizia. "Permitam-me ilustrar com a minha vida pessoal. Quando Natalie era bebê e brincava no gramado, a mãe dela ignorava as fezes do cão e do gato…"

"Só tomava cuidado para não pisar nelas", disse a garota bonita ao lado do sr. Waite.

"Só tomava cuidado para não pisar nelas", concordou o sr. Waite. "Mas quando a pequena Natalie emporcalhava o gramado, a mãe cuidadosa e diligentemente o limpava com papel-toalha…"

"Não tem uma única coisa que me preocupe muito." A sra. Waite se sentou e segurou as mãos de Natalie, e olhou com sinceridade dentro de seus olhos; parecia, de alguma forma, que aquilo por fim era verdade, e agora, com todas as palavras que conhecia, a sra. Waite não conseguia achar as inéditas, ou as autênticas, ou palavras que não tinham sido aviltadas por uma vida inteira de caprichos e mentiras, para dizer a Natalie que, no final das contas, isso era mesmo verdade. "Não tem uma *única* coisa", a sra. Waite repetiu com franqueza, as lágrimas escorrendo pelo rosto. "É só que — bom, olha, Natalie. Esta é a única vida que eu *tenho* — entende? Digo, é *só isso*. E olha o que está acontecendo comigo. Passo a maior parte do tempo pensando em como as coisas eram boas e me perguntando se um dia vão voltar a ser boas. Se eu seguir em frente e um dia morrer sem que nada tenha voltado a ser bom — não seria ótimo? Você não acha que assim eu não teria sido enganada? Começo a me sentir desse jeito e então penso que vou *fazer* com que as coisas sejam boas, e *fazer* ele se comportar, e simplesmente *fazer* com que tudo seja uma alegria e uma animação, como era antigamente — mas estou cansada demais."

Ela tornou a se deitar na cama, as lágrimas ainda no rosto. Quando estava ansiosa para fazer Natalie entender a verdade do que dizia, ela não tinha chorado, mas agora, percebendo pelo sorriso tímido de Natalie e seus afagos reconfortantes que é claro que Natalie não entendia, ela voltara a chorar descontroladamente. "Eu vivo te dizendo", disse por fim, com tristeza, "vivo te *dizendo* para ver bem com quem você se casa. *Nunca* chegue perto de um homem que nem o seu pai."

"Quer ir lá fora dar uma passeada pelo jardim?", Natalie perguntou, sem saber direito o que havia sugerido. "A gente pode sair pela porta dos fundos."

"Começa tão bom", disse a sra. Waite, contorcendo o rosto em uma expressão horrível de repulsa. "Você acha que vai ser muito fácil. Acha que vai ser bom. Começa sendo tudo que você sempre quis, você acha que é muito fácil, tudo parece simples e bom, e você se dá conta que de repente descobriu o que ninguém teve a sensatez de descobrir antes — que isso é bom e se você administrar direito pode fazer o que bem quiser. Você fica pensando que aquilo que você domina é esse poder, só porque você sente que está com a razão, e todo mundo sempre pensa que quando está com a razão pode sair consertando o mundo. Quer dizer, quando eu ouvia ele falar do tipo de pessoa que nós éramos, eu *acreditava* nele."

"Mãe...", chamou Natalie.

"Primeiro eles contam mentiras", disse a sra. Waite, "e te fazem acreditar nelas. Dão um pouquinho do que prometeram, só um pouquinho, o suficiente para você não deixar de pensar que pôs as mãos no que queria. Aí você descobre que foi enganada, como todo mundo, como *todo mundo*, e em vez de ser diferente e poderosa e de dar as ordens, você foi enganada como todo mundo, e passa a saber o que acontece com todo mundo e como todo mundo é enganado. As pessoas só conhecem um 'eu', o 'eu' pelo qual falam de si mesmos, e não existe mais ninguém que possa ser 'eu' a não ser aquela pessoa, e está todo mundo empacado consigo mesmo e quando descobrem que foram enganados, já foram enganados e talvez a pior parte seja que não existe nada parecido; não dá pra dizer 'Fui enganada e vou tirar o máximo proveito disso' porque você nunca acredita, porque eles deixam que você pense só um pouquinho a respeito da próxima vez para que você não perca a esperança de que talvez você seja um pouquinho mais esperta e um pouco..."

"Mãe", chamou Natalie. "Mãe, para, por favor. Você não está falando coisa com coisa."

"Eu *estou* falando coisa com coisa", disse a sra. Waite. "Ninguém nunca falou coisa com coisa antes."

"Mãe, está tudo bem", disse Natalie. "Você bebeu um pouco demais e não comeu nada. Posso te trazer um café?"

"Minha própria filha", a sra. Waite disse, amargurada. "Não posso nem falar com a minha própria filha. Se eu estivesse morta, você me daria ouvidos."

"Mas como eu poderia...", Natalie começou, e então se deu conta de que era inútil. "Posso te trazer um café?", perguntou. "É só um minutinho, está quente lá embaixo." Lá embaixo, ela ponderou, a festa continuando sem mim, as pessoas rindo e fazendo barulho enquanto eu fico aqui sentada em silêncio e essa voz fraca continua falando.

"Escuta", disse a sra. Waite e, de repente, ela se levantou e se apoiou nos cotovelos e lançou um olhar duro para Natalie. "Você trate de me escutar", ordenou. "Você é a minha filha e a única pessoa no mundo a quem eu tenho o direito de dizer essas coisas. Daqui a uma semana — daqui a uma hora — talvez seja tarde demais para eu sequer tentar te falar. Agora me *escuta*."

"Seu pai tem tentado se livrar de mim esses anos todos. Não se livrar *de mim* — ele não liga se eu fico circulando pela casa, cozinhando e dizendo 'Sim, senhor' quando ele abre aquela boca gorda. Ele só quer que ninguém pense que pode ser igual a ele, ou equivalente a ele, ou coisa assim. E você abra o olho — no instante em que começar a ficar grande demais, ele vai atrás de você também."

"Eu acho que você precisa ficar um tempinho lá fora", Natalie disse, nervosa.

"*Comigo*", a mãe prosseguiu, "foi porque eu não tinha ninguém. Ele escolhe o jeito como pode te assustar mais, entende, e eu não tinha ninguém, porque minha família não me entendia mais depois que fui embora com o seu pai, e eu ficava acordada querendo a minha mãe e ela não queria nada comigo porque àquela altura eu já era diferente. E ele vai descobrir como te amedrontar também, mas não vai ser porque você não tem ninguém, porque *a sua* mãe nunca vai lhe dar as costas. Ela *não vai*, Natalie", disse a sra. Waite em tom de súplica, puxando a manga de Natalie, "não vai, não vai nunca. Eu sei como é, Natalie, e vou sempre te proteger deles, dos malvados. Não se preocupe, pequena Natalie, sua mãe vai sempre te ajudar."

Um constrangimento aflitivo impedia Natalie de desviar o rosto. Olhava para a mãe e a mãe olhava para Natalie; era nessa altura da embriaguez da mãe que Natalie sempre desejava fazer algum comentário solidário e nunca conseguia encontrar as palavras certas, compreensivas. Então de repente o sr. Waite chamou do pé da escada. "Natalie? Está descendo?"

A sra. Waite desatou a chorar e enfiou a cabeça no travesseiro. "Pobre coitada", disse. "Não tem mãe."

Uma espécie de tontura dominou Natalie; não poderia ser a tontura, pensou sem fôlego, induzida por um coquetel fraco bebericado com acanhamento na cozinha. Na verdade era, e tinha quase certeza disso, a leve agitação preliminar de algo prestes a acontecer. Depois de nascida a ideia, soube que era verdade: algo incrível aconteceria, agora, agora mesmo, naquela tarde, naquele dia; esse seria o dia de que se lembraria e se recordaria pensando: aquele dia maravilhoso... o dia em que *aquilo* aconteceu.

"Vamos examinar a sequência dos acontecimentos mais uma vez", o detetive disse, cansado. Ele se recostou e desabotoou o paletó, e Natalie, que o via com mais nitidez do que via as pessoas no gramado, ponderou que, por mais cansado que estivesse, não pararia até conseguir tirar dela o que queria. "Vamos começar do começo", disse o detetive.

"Eu já te contei tudo o que eu sei", Natalie disse em silêncio. Via o pai no outro canto do gramado, inclinado para a frente e sorrindo ao falar, o braço descuidadamente na cintura da garota bonita e sombria. Alguém começou a cantar; em certos momentos da canção muitos paravam de falar e se juntavam ao cantor, até mesmo o sr. Waite e a garota bonita, que riam enquanto cantavam.

"*Um é um e está sozinho e para sempre estará*", todos cantavam.

"*Vou cantar o dois*", a voz solo cantou, com clareza apesar do barulho.

Pelo gramado inteiro as pessoas conversavam, elevavam a voz para se sobrepor ao que alguém dizia, trocavam olhares furtivos, fechavam a cara uns para os outros, falavam, riam, falavam. Como se tivesse acabado de chegar ao gramado, Natalie de repente escutou o aumento do som que sem dúvida sinalizava "festa". Levantava-se e se movimentava e formava redemoinhos, vozes individuais se erguendo por um segundo, o riso flutuando sobre o resto, o som fino dos copos chacoalhando, tão distinto que era ouvido em meio a ruídos mais fortes. Era chocante, barulhento, e Natalie recuou, e se pegou quase pisando de novo no homem que a fizera tropeçar mais cedo, ao servir a travessa de biscoitos.

"Um está fadado a matar o outro hoje", disse o homem, sorridente. Agora estava sozinho, e Natalie dedicou um instante ao estranho reconhecimento do fato de que a voz dele lhe chegava nítida em meio ao barulho; apesar da algazarra da festa, que ela ainda ouvia, soube exatamente o que o homem estava dizendo como se estivessem a sós, ou, talvez, como se a voz dele estivesse dentro de sua cabeça como a do detetive.

Dois, dois meninos brancos feito lírios, vestidos de verde,
Um é um e está sozinho e para sempre estará.

"Sente-se", o homem disse em tom agradável. "Cansada?", ele perguntou quando ela se sentou na cadeira vazia ao lado dele, e Natalie fez que sim.

"Agora deixe-me ver", o detetive dizia, e ela não conseguia calá-lo; a voz lhe chegava tão clara quanto a do homem da cadeira. "Esta manhã você esteve no jardim, não esteve? Foi por volta de que horas?"

"Não me lembro", Natalie disse. "Agora me deixe em paz, por favor; eu quero pensar."

"Pensar?", questionou o detetive. "Pensar? Imagino que você vá pensar no fato de que está muito perto de se meter em um grande apuro?"

"Está se divertindo?", Natalie perguntou, desajeitadamente, ao homem da cadeira. Todas as coisas educadas que ouvira tantas pessoas dizerem naquela tarde haviam fugido de sua mente, e ela só conseguia lhe dar um sorriso vago e dizer uma tolice como "Está se divertindo?".

"Muito", o homem respondeu com sobriedade. "E você?"

"Muito", Natalie repetiu. "*Um é um e está sozinho*", todo mundo cantava, "*e para sempre estará*."

O homem a olhou com curiosidade e Natalie se sentiu afrontada. Ali estava ele, aquele homem, na casa de seu pai — na casa *dela* —, e ele a encarava, muito provavelmente rindo. Pior, era velho, ela percebia agora, muito mais velho do que havia imaginado. Tinha rugas finas e feias em volta dos olhos e da boca, e as mãos eram magras e ossudas, chegavam a tremer um pouco. Natalie formulou um pensamento que pretendia usar para sempre: "Gosto de homens com mãos bonitas", disse a si mesma. "Mãos bonitas são uma beleza peculiar num homem." Tentou se lembrar de como eram as mãos do pai, e só se lembrava dele fazendo coisas com elas — levantando o garfo, segurando um charuto. Olhou para o outro lado do gramado e percebeu que não tinha como ver as mãos do pai — uma estava no bolso, procurando um lápis, e a outra estava na cintura da garota bonita.

"… E então eu vim", o homem dizia. Ele olhou para ela como se esperasse algum apreço pelo auge da história que vinha lhe contando, e, Natalie, ainda exasperada com ele, deu um sorriso educado. "Que bom que veio", disse ela, assim como faria a mãe.

"Você se dá conta", disse o detetive com severidade, "de que foi vista quase o tempo inteiro?"

O homem da cadeira grande ofereceu um cigarro a Natalie e ela aceitou, torcendo muito para não se atrapalhar, para não soprar o fósforo que ele segurava e, de jeito nenhum, deixar transparecer que fumar em público não era algo normal para ela. "Seu pai me contou", ele disse, segurando o fósforo, "que você é uma escritorazinha bastante boa." Falou como se dissesse, "é líder de patrulha das escoteiras", ou, "a melhor da classe em álgebra", e obviamente querendo fazê-la parecer menos com a mãe e mais com uma garota assustada que ainda não estava na faculdade.

Como Natalie queria revidar a agressão, ela disse, com ar de uma menina boba que ainda não estava na faculdade, "Imagino que você também queira escrever?". E viu que tinha acertado quando ele pestanejou e ela sentiu uma nova e louca alegria ao pensar que ali estava Natalie, mulher do mundo o bastante para manter a calma durante a conversa, para perceber e acompanhar e se servir das insinuações de um homem que provavelmente já tinha conversado com muitas pessoas, a maioria mulheres, e escutado inúmeras respostas e que muito possivelmente compreendia quase qualquer intenção. Talvez um dia, Natalie pensou rápido, se repreendendo, eu aprenda a falar por mais tempo e a não parar para pensar no meio da fala.

"... romance?", o homem perguntou.

Não tinha jeito; estavam muito imersos na conversa para Natalie dizer qualquer coisa sem perder todo o terreno que já havia ganhado; ela se trairia completamente se pedisse para ele repetir o que tinha dito; não poderia fingir que não se importava, ou sair dali, ou virar as costas; não havia dúvida de que não poderia recuar e perguntar se ele estava se divertindo. "Não ouvi o que você disse", ela declarou de repente, causando-se tamanho susto que quase foi às lágrimas. "Estava pensando em mim mesma e não ouvi."

Quatro para os evangelistas;
Três, três, rivais,
Dois, dois meninos brancos feito lírios, vestidos de verde.
Um é um e está sozinho e para sempre estará.

"Pensando o quê sobre si mesma?", o homem perguntou.

O detetive inquiriu, curvando-se para a frente, "Você já parou para pensar no enorme perigo da sua postura? O que você me diz sobre a faca?".

"Como eu sou incrível", Natalie respondeu. Ela sorriu. Agora posso me levantar e ir embora, ponderou, quanto mais rápido, melhor. Começou a se levantar, mas o homem se levantou antes e a segurou pelo braço.

"Como ela é incrível", ele disse como se pensasse em voz alta. "Pensando em como ela é incrível."

Um leve calafrio desceu pelas costas de Natalie quando ele a segurou pelo braço, por causa do toque estranho e desconhecido de outra pessoa. Conduzindo-a pelo braço, ele foi em direção à bandeja onde estavam os copos cheios, pegou um e o entregou a ela, e pegou outro para si.

*Cinco para os símbolos na sua porta,
Quatro para os evangelistas*

as pessoas bradaram para eles enquanto iam de um lado para o outro.
"Venha comigo", o homem disse a Natalie. "Quero ouvir mais sobre esse assunto."
"E o sangue?", o detetive interpelou com ferocidade. "O que você me diz sobre o sangue, srta. Waite? *Como* você explica o sangue?"
"Um é um e está sozinho e para sempre estará."
"Você não escapa dessa", decretou o detetive. Ele baixou a voz e repetiu, tão baixinho que ela mal o ouvia, "*Dessa* você não escapa".
O estranho conduziu Natalie para longe das pessoas no gramado, para o outro lado; passado um instante, as pessoas e suas vozes ("*Seis são os seis andarilhos orgulhosos...*") tornaram-se um ruído ao fundo, longínquas, às suas costas no jardim noturno. Andavam devagar; Natalie tinha receio de falar, sem confiança na própria voz naquele novo silêncio, talvez ainda estivesse concentrada no barulho lá atrás, e quando falasse, gritaria. Naqueles poucos minutos o homem andando a seu lado tinha mudado tanto de uma sombra, no jardim iluminado, para outra sombra, no jardim escuro, e sua última declaração para ele fora tão conclusiva, aquele "Está se divertindo?" — que agora lhe parecia ainda menos conveniente do que antes —, que não tinha o que dizer.
Ele falou, por fim. Sem o amparo de outros barulhos, a voz era fraca, e talvez fosse até mais velho do que parecera antes.
"Pois então", ele disse. "Me diz o que ela acha tão incrível nela mesma."
Até que ponto uma pessoa pode se enganar, Natalie refletiu, a respeito de outra? Talvez nesse pouco tempo eu tenha crescido na cabeça dele e agora esteja falando com uma Natalie que ele achava que

poderia segurar pelo braço. Ela sentiu a grama sob os pés, os arbustos roçando o cabelo e os dedos dele no braço. Já não era de tarde; o tempo havia escapulido de Natalie e, embora mentalmente se comportasse, sob as luzes, como se fosse cinco horas, agora percebia, na escuridão, que era bem, bem mais tarde, já havia passado da hora do jantar, já havia acabado qualquer luz do dia. Percebeu que tomava cuidado ao segurar o copo com a mão, e o levantou e bebericou, ficando imóvel enquanto isso.

"Me fala", ele insistiu.

"Não tenho como responder", disse Natalie.

"Você se dá conta", ele disse, achando graça, "que fez uma declaração completamente ultrajante? Você *não pode* se recusar a dar uma explicação."

O que será que eu disse, Natalie pensou; tentou se lembrar e percebeu que assim como os pés vagavam pela grama, a mente vagava pelas centenas de palavras que tinha ouvido e falado naquele dia; era impossível, ponderou, irritada, escolher uma declaração naquela balbúrdia e responder; ele estava pedindo demais. "Onde a gente estava?", ela quis saber.

"Perto de umas árvores", ele disse.

Tinham chegado, então, às árvores onde Natalie encontrara cavaleiros de armadura; conseguia vê-los adiante, crescendo silenciosamente juntos. Eram quase numerosos o bastante para serem chamados de floresta. Natalie ainda era capaz, antes de se aproximar das árvores, de enxergar a trilha sob os pés; a escuridão ainda não era absoluta, mas a luz chegava por vias desconhecidas, pois não havia luar e as luzes da casa não alcançavam tão longe; Natalie pensou por um instante que a luz vinha de seus pés.

"Eu brincava aqui quando era criança", ela contou.

Então adentraram o bosque, e as árvores estavam muito escuras e silenciosas, e Natalie pensou logo, O perigo está aqui, *aqui* dentro, assim que entraram e se perderam nas trevas.

O que foi que eu fiz?, ela se perguntou, caminhando entre as árvores, ciente de seu silêncio aterrador, muito mais ávido à noite, e suas enormes cabeças altivas, e a escuridão que arrastavam ao seu redor com mãos pacientes e mudas.

Quando o homem ao lado se pronunciou, ela ficou aliviada: havia outro ser humano, então, envolvido naquele silêncio e vagando entre as árvores vigilantes, outro mortal.

"Vamos nos sentar aqui", ele disse, e sem falar nada Natalie se sentou ao lado dele, em um tronco caído. Olhando para cima, o que fez no mesmo instante, viu um espaço imensurável passando pelas mãos fechadas das árvores, passando pelas cabeças enormes e implacáveis, subindo e adentrando o silêncio do céu, onde as estrelas continuavam, indiferentes.

"Me conta o que você achou tão incrível a seu respeito", disse o homem; a voz dele estava mais branda.

Ai, Jesus, meu Deus do céu, Natalie pensou, tão enojada que quase falou em voz alta, ele vai *tocar* em mim?

Natalie acordou na manhã seguinte com o sol radiante e o ar fresco, com o movimento delicado da cortina do quarto, com a dança dos raios de luz no chão; ficou deitada, quieta, curtindo a manhã naquele momento descomplicado que acontecia às vezes antes de a consciência retornar. Então, com o escurecer da luz do sol, a súbita frieza do dia, ela despertou e, antes de entender direito o motivo, enfiou a cabeça no travesseiro e disse, quase alto, "Não, por favor não".

"Não vou pensar nisso, não importa", disse a si mesma, e sua mente repetiu, como uma idiota, Não importa, não importa, não importa, não importa, até que, desesperada, ela disse alto, "Não me lembro, nada aconteceu, nada do que eu me lembro aconteceu".

Aos poucos percebeu que estava doente: a cabeça doía, estava tonta, detestou as próprias mãos ao se aproximarem do rosto para tamparem os olhos. "Nada aconteceu", ela entoou, "nada aconteceu, nada aconteceu, nada aconteceu, nada aconteceu."

"Nada aconteceu", ela declarou, olhando para a janela, para o querido dia perdido. "Não me lembro."

"Não vou pensar nisso", ela disse para as roupas, dispostas sobre a cadeira, e ao vê-las se lembrou de que as rasgara com força ao ir para a cama, pensando, arrumo todas de manhã, e um botão tinha caído do vestido e ela o observara rolando para debaixo da cama, e pensara, de manhã eu pego, e cuido disso tudo de manhã, e, de manhã já vai ter acabado.

Se saísse da cama seria verdade; se continuasse na cama haveria a possibilidade de que estivesse muito doente, talvez até delirante. Talvez morta. "Não vou pensar nisso", ela disse, e sua cabeça prosseguiu, infinitamente, Não vou pensar nisso, não vou pensar nisso, não vou pensar nisso.

Um dia, ela pensou, isso vai passar. Um dia eu vou ter sessenta anos, sessenta e sete, oitenta, e, ao me recordar, talvez me lembre de que algo assim aconteceu (onde? quando? quem?) e talvez dê um sorriso nostálgico pensando, Que garota triste, boba, eu era, preciso admitir.

Como eu me preocupava, ela pensaria — teria acontecido de novo àquela altura? "Não vou pensar nisso", ela disse. "Não vou pensar nisso, não vou pensar nisso."

Levante-se, ela pensou, para que um dia, o mais rápido possível, com uma velocidade infinita, de alguma forma, ela possa chegar aos sessenta e nove, aos oitenta e quatro, se esquecendo, sorrindo com tristeza, pensando, Que garota eu era, que garota... Me lembro de uma vez; será que aconteceu comigo ou eu li em algum lugar? Será possível que tenha acontecido assim? Ou será que só vemos isso nos livros? Me esqueci, ela diria, uma senhora de noventa anos, revirando as lembranças, que já estariam — por favor, meu Deus — desbotadas, e apaziguadas, pelo tempo. "Ai, por favor", ela disse, se sentando na beirada da cama, "ai, por favor, por favor."

O momento mais horrível daquela manhã, e daquele dia — horrível em si por existir, horrível nos olhares de soslaio (desconfiados? informados? perceptivos?) da mãe e do pai, no divertimento pesado do irmão, horrível nas palavras recordadas e nos atos impossíveis de se recordar, horrível na luz do sol e nas horas lamentáveis de frio —, o momento mais horrível daquela manhã ou de qualquer manhã da sua vida, foi quando viu no espelho pela primeira vez seu rosto machucado e seu corpo deplorável, equivocado.

Ela desceu para o café usando com estranheza as roupas antigas; tanto de sua vida tinha acontecido no vestido azul que usara na véspera que o suéter velho e a saia pareciam esquisitos, o figurino de Natalie em um papel extraordinário, que ficara semanas em um depósito, esperando que a atriz escolhida os vestisse.

Talvez um gladiador, entrando na arena, reparasse com pouco interesse na areia sob os pés, revolvida com desleixo e ainda exibindo pequenos montes e pegadas que registravam a breve passagem de vítimas anteriores; Natalie, se aproximando da própria mesa de café da manhã, percebeu desatentamente que seu guardanapo, dobrado por ela mesma no café da manhã do dia anterior, fora passado de qualquer jeito pela argola. O rosto da mãe, Natalie viu, estava cansado e ela não olhava para nenhum deles; o pai tinha os olhos vermelhos e franzia a testa. Todos nós, Natalie pensou, e voltou os olhos para a mesa.

"Bom dia a todos", ela disse sem alegria.

"Bom dia", a mãe respondeu, exausta.

"Natalie", disse o pai, sem entusiasmo.

"Oi", disse o irmão; a voz dele tinha um vigor ultrajante, e Natalie ponderou brevemente: ninguém nunca sabe o que *ele* andou fazendo.

Somos uma família sem graça, pensou de novo, se encolhendo para se afastar de sua mente extenuada. "Sem ovo, obrigada", disse de modo gentil à mãe, a tempo de evitar um olhar para o prato de ovos fritos. "Obrigada", disse ao irmão, que lhe passou a torrada sem qualquer interesse perceptível na fome que ela sentia ou não.

A falta de brilho da família aplacou a preocupação de Natalie, e ela começou a perder um pouco da sensação que seu rosto exibia, como o mapa de um país atravessado por um único viajante e tracejado com uma única rota destrutiva, todos os medos daquela manhã, embora ao relaxar mesmo que um pouco o "por favor, por favor, por favor" ainda ecoasse em sua cabeça, enlouquecedor.

"O que ela faria se soubesse o que eu sei?", Natalie perguntou a si mesma, fitando a mãe sob os cílios; "O que ela saberia se fizesse o que eu fiz?". E bem de dentro de sua cabeça veio o eco, "por favor, por favor, por favor". A sra. Waite, que há muito tempo tinha esperanças de convencer Natalie de sua condição de mulher através de palavras, já que não tinha armas melhores a seu dispor, suspirou fundo, e o silêncio à mesa do café da manhã, que antes era um silêncio familiar, se transformou em uma pausa familiar, uma preparação para a fala. Quem falaria?, Natalie se perguntava; não eu, sem sombra de dúvida.

Ela sabia, incrivelmente, que se falasse lhes contaria o que tinha acontecido; não porque desejasse muito contar a ponto de querer contar até para eles, mas porque não era uma manifestação pessoal, e sim algo que transformara todos eles ao transformar o mundo, no sentido de que só existiam de verdade na imaginação de Natalie, portanto a revolução no mundo tinha alterado seus rostos e tornado seus corações menores.

Eu queria estar morta, Natalie pensou concretamente.

O sr. Waite se recostou para que o sol fraco, que perdurava havia muito tempo, tocasse em seu cabelo de um jeito impessoal. "Seu Deus", comentou com amargura para a esposa, "achou que convinha nos dar um dia escuro e feio."

Tudo que no começo é novidade e frescor acaba se tornando velho e bobo. A instituição educacional seguramente não é exceção, embora instruir os jovens seja, por dedução, uma arte exclusiva dos mais velhos, e a novidade na educação seja associada a motins. Além do mais, o mero processo de aprendizado é associado a motins. Além do mais, o mero processo de aprendizado é tão excruciante e tão atordoante que nenhuma fraseologia concebível ou mistura de filosofias é capaz de torná-lo prático como método para fazer o tempo passar durante o que podemos chamar de anos de formação. A faculdade à qual Arnold Waite, depois de muito debate, decidira mandar a única filha era uma dessas organizações extremamente desoladoras que tinham sido criadas com base justo nos mesmos princípios grandiosos e vanguardistas dos grisalhos sedentos de conhecimento, mas que os aplicava com pequenos detalhes diferentes; a educação, os jovens fundadores da faculdade tinham dito ao mundo, em tom ameno, era mais uma questão de atitude do que de estudo. O aprendizado, comentaram também, era estritamente o processo de se acostumar a viver com maturidade em um mundo de adultos. Destacaram com cinismo professoral que adultos eram coisas difíceis de encontrar rapidamente. Como resultado, concluíam — e esse comentário ainda está presente em seus catálogos, apesar de boa parte da tese inicial ter sido alterada e diluída pelos gestores —, frequentar a faculdade deve ser, para meninas e meninos, uma experiência drástica.

    Obviamente, em qualquer faculdade que parta do conceito de educação como experiência, certo grau de confusão deve ser considerado antes que se possa fazer qualquer coisa a respeito do que será ensinado. O aluno deve ser livre, por exemplo? O professor deve ser livre? Ou será que a noção de liberdade deve ser abandonada como ideal educacional e o conceito de utilidade deve substituí-la? Os alunos devem ter a possibilidade de cursar ciências sentimentais tais como grego? Ou geometria? Deveria haver um curso de matrimônio? Qual, exatamente, deve ser a postura adotada pela faculdade em relação a um psicanalista residente?

Talvez fizesse quinze anos que a faculdade existia. Os fundadores achavam que estavam diminuindo seus problemas pela metade, em sua origem, ao eliminar os homens do corpo discente e as mulheres do corpo docente. Tinham dito uns aos outros, com toda sinceridade, tomando cerveja em apartamentos elegantes onde a ideia da faculdade viera à luz, que todos eles acreditavam na informalidade, que mais informações eram extraídas de uma conversa casual do que de dezenas de preleções, que a educação era no final das contas uma questão de dar e receber e deveria ser um prazer bem como um dever. Palavras como "maduro" e "constante" e "vida" e "realista" e "visão" e "humanas" foram profusamente usadas. Ficou decidido que construiriam os prédios da faculdade somente com ripas e "as vigas originais"; supunha-se que dança moderna e o uso irrestrito de gírias nas salas de aula poderiam compor uma aura de abundante cultura geral. Ficou decidido que qualquer uma que desejasse estudar qualquer coisa deveria ser acolhida, embora esportes não fossem incentivados, e consideraram uma grande sorte que ninguém tivesse falado em microbiologia até o quinto ano de vida da faculdade. Torciam ardorosamente para que alunas moderadamente excêntricas — como talvez até as negras, ou indígenas navajo de verdade — desejassem se matricular. Foi voto unânime que as alunas deveriam ter o direito de beber, passar a noite fora, jogar e pintar modelos femininas nuas, sem nenhum tipo de restrição; isso, estava claro, as prepararia para o mundo adulto. Qualquer aluna teria a liberdade de fazer sugestões. Os docentes seriam extraídos, em sua maioria, de um grupo que consideraria o salário insuficiente mais alto do que qualquer um que já tivesse recebido; o primeiro professor legitimamente nomeado de literatura era um rapaz cuja série de artigos em um periódico de política havia suscitado muitos comentários, pois diziam respeito às conotações iliberais de um renascimento de Aristófanes. O corpo docente de música tinha, para um homem, um enorme interesse nas várias utilidades dos instrumentos de percussão, e sem exceção compunha quartetos de tambores para acompanhar as dançarinas da faculdade. Muito se falava sobre velhas baladas inglesas, e uma disciplina inteira com muitas matriculadas passou um semestre analisando a canção popular "Frankie and Johnny". Não se acreditava, entre o pessoal das ciências, que a informação vinha antes da experimentação, a não ser nos casos mais extremos: "Teoria não é nada, experiência é tudo", era o lema usado com mais veracidade no folheto da faculdade. As pessoas da cidade próxima à faculdade tinham a forte impressão de que a comunidade universitária era comunista, e não conseguia entender, quando paravam para pensar, por que tanta gente rica mandava as filhas para lá.

Infelizmente, esse estado de espírito, por mais alegre que pudesse ser para os futuros adultos do mundo, em última análise não era vantajoso para a faculdade. Descobriu-se que certas concessões ao conservadorismo eram desejáveis. Embora o catálogo da faculdade continuasse se apoiando fortemente em "expressão" e "atividades criativas", a prática de ambas se tornou mais limitada, e perceberam que algumas disciplinas obrigatórias eram necessárias. Em vez de, por exemplo, terem permissão para dançar como quisessem, as alunas agora tinham que dançar segundo coreografias. Alunas que antes serviam mesas pela alegria do esforço comum agora ganhavam pequenos salários pelo trabalho. Em vez de poderem jogar e beber livremente, eram proibidas de fazer essas coisas no campus sem a presença tolerante de um docente ou sua esposa, tendo o rapaz que se ressentia de Aristófanes sido demitido depois de dois anos. As alunas poderiam de fato passar a noite fora se suas agendas rigorosas permitissem, mas apenas se um endereço correto fosse deixado com as autoridades da faculdade. Fora penosamente necessário colocar uma espécie de residente em cada centro de moradia; era chamado de "inquilino", ocupava um apartamento de docente e esperava-se que exercesse uma influência semioficial sobre as meninas da moradia e as convidasse para tomar um chá de vez em quando. Esses apartamentos de docentes eram muito procurados porque eram baratos em comparação com o que as alunas das casas pagavam pelos quartos, e porque era um lugar mais confortável para docentes solteiros do que os centros de moradia dedicados aos docentes ou as casas de docentes, surpreendentemente perecíveis.

Portanto, a faculdade era, em suma, um lugar moderno, autêntico, progressista, realista, honesto e humano, com concessões razoáveis ao fato de que deveria ser, e tinha que ser, um projeto de orçamento rigorosamente equilibrado, uma fábrica na qual as entradas precisavam necessariamente ser compatíveis com as despesas. Tinha um presidente de barba feita que jogava golfe e fazia discursos meio humorísticos nos Clubes de Mulheres, um conselho de curadoria que sempre aparecia em festas regadas a xerez e visitas de inspeção, um corpo docente com trajes acadêmicos mais ou menos adequados para usar na colação de grau e um conjunto de alunas que ia dos membros de olhar audaz da primeira classe a se graduar, quase sem exceção formada por mulheres divorciadas e extenuadas do mundo, àquelas bem-formadas das classes mais recentes, que não tinham dificuldades para voltar e se reencontrar com os filhos pequenos.

Também é necessário observar que se descobriu que as "vigas originais" precisavam de consertos constantes, sendo substituídas por tijolos de plástico sempre que possível.

Era, para Natalie, exatamente um novo começo. O quarto era praticamente quadrado, talvez fosse um pouco maior no comprimento do que na largura, com uma só janela que ocupava toda a parede que ficava mais distante. Por enquanto, completamente vazia e inexpressiva, era expectante, quase curiosa, e Natalie, parada logo depois da porta, tímida, na parede oposta à da janela, olhava as paredes e o assoalho vazios com alegria: era, exatamente, um novo começo.

As paredes e o teto tinham sido pintados de um tom bege sem graça, com o devido mau gosto institucional, tão pouco inspirador que era quase incolor, e a marcenaria marrom-escura e a pequenez do quarto o faziam parecer uma cela, lúgubre. A janela sem cortina exibia as nuvens cheias de chuva; como o quarto ficava no terceiro andar, era mais iluminado que muitos, mas ainda assim Natalie precisava acender a luz, uma lâmpada à mostra no teto que era acionada por uma cordinha, a fim de admirar plenamente as nítidas belezas espaciais do ambiente. Eram paredes a serem adornadas por seus retratos, ou o que ela resolvesse pôr nelas (multa de vinte e cinco centavos por

cada buraco de prego, é claro; era proibido tirar o diploma até que todas as manchas nas paredes do quarto, inclusive marcas deixadas por fita adesiva, estivessem pagas), o assoalho estava pronto para os movimentos de seus pés, demonstrando ter ângulos retos precisos nos cantos e uma expectativa respeitosa acerca de qualquer coisa que Natalie sentisse vontade de pôr nele (a não ser, é claro, arranhões, que deviam ser erradicados no escritório do fiscal, por meio do pagamento de uma pequena multa), e o teto, desolado e limpo à luz sem sombras da lâmpada, estava de sentinela sobre a cabeça de Natalie, embalando-
-a em uma espécie de pacote, compacto, quadrado e à prova de ar e água, um recomeço preciso, íntegro, para Natalie, uma caixa nova e limpa onde viver.

Eles — o *eles* desconhecido, temível, incansável da instituição — o haviam mobiliado, é claro. Eles, junto com sua vigília digna de pesadelos, e sua preocupação desvairada com deformações, tinham um senso infalível do mínimo em forma e design, em material e acabamento, em cor e qualidade, que uma garota, pagando a mensalidade e sua acomodação e alimentação conforme o esperado, seria capaz de aturar calada. A cama era estreita e o colchão fino o suficiente para o sono da exaustão, nunca grosso o suficiente para o sono inquieto da ansiedade antes das provas. Os lençóis e fronhas estavam em uma pilha organizada ao pé da cama. Natalie levara as próprias cobertas no porta-malas; a mãe escolhera rosa antigo pela praticidade, e permitira a Natalie uma colcha colorida combinando com a cortina.

Pela primeira vez, parada à porta desse exato quarto no dia em que conheceu a faculdade, Natalie sentiu certo orgulho de posse. Afinal, aquele era o único quarto que havia conhecido em que iria, em segredo, providenciar a própria salvação. Por um instante, pensou nas longas noites sozinha naquele quarto (ninguém para perceber a luz acesa, ninguém para bater à porta e perguntar se ela estava bem, querida) e longas tardes sentada à escrivaninha apertada ali no canto, escrevendo o que bem entendesse e talvez fazendo apenas desenhos bobos no papel se quisesse. Se tivesse vontade, trancaria a porta. Se a ideia lhe agradasse, poderia receber gente ali; se servisse a seu prazer, poderia fechar a janela, abrir a janela, trocar a cama de lugar, virar as cadeiras, entrar no armário e se esconder. Um amor puramente mecânico a dominou; o número na porta — era 27; um bom número, com um sete da sorte e um dois de trabalho, que se somados davam nove — pertencia só a ela; poderia dizer às pessoas, "Quarto 27", e ter a certeza de que seus pertences queridos estariam ali dentro. Amanhã de manhã, ela pensou, e se apoiou alegremente na porta, ela acordaria naquele quarto.

Durante toda a primeira tarde que passou sozinha na faculdade, Natalie se perguntava o tempo inteiro: isso aqui tem algum sentido? É importante? É parte do que devo saber ao voltar para casa?
Elas se sentaram na sala de estar da casa, as garotas que iam viver nela, olhando umas para as outras, todas se perguntando, talvez, qual das outras seria a grande amiga, que no futuro seria procurada em reuniões como aquela, unidas pela amizade terrivelmente sagrada daqueles anos. Todas se perguntando, talvez, de quem daquela sala seria justo e correto ter medo: quem, por exemplo, seria a belle da casa, superior e inoportuna com seu grande conhecimento, seus segredos? As que tinham sido rainhas do baile do colégio se destacavam, as poucas que tinham sido as documentaristas da classe no colégio claramente se distinguiam, assim como as estudantes, as aprendizes de fatos, as escritoras amadoras ascéticas com seus poemas trancados a sete chaves lá em cima; as parasitas estavam ali, de olho nas campeãs dos concursos de beleza, avaliando de forma palpável qual seria a melhor delas para se apossarem imediatamente. As pobres, com aquelas que obviamente eram suas melhores roupas, as inteligentes, com suas óbvias roupas adequadas, as meninas que ensinariam as outras a dançar, as meninas que cochichariam fatos incorretos da vida, as meninas que seriam reprovadas em todas as disciplinas e voltariam para casa de modo inglório (dizendo adeus com valentia, mas chorando), as meninas que seriam reprovadas em todas as disciplinas e fariam parte das melhores panelinhas, as meninas que se apaixonariam pelos professores, ou perdida e secretamente, ou aberta e vergonhosamente, as meninas cujos corações seriam partidos e as meninas cujas almas seriam partidas — um grupo de meninas de sabe-se lá que tipo de lar, com sabe-se lá que mães atormentadas se perguntando, esta noite,

em casa — arrebanhadas com relutância em uma sala para aguardar os passos preliminares da formação.

Estavam sentadas, aos murmúrios, na sala de estar da casa onde viveriam, que substituiria as casas deixadas naquela manhã ou na véspera ou na semana anterior, as casas antigas ainda tão nítidas em suas cabeças e tão suas, que em breve seriam substituídas por aquela, com suas mobílias criteriosamente indistintas, projetadas para não serem nem melhores do que as das piores casas deixadas para trás, nem piores do que as das melhores; a sala de estar onde a perfeita universitária poderia receber, discretamente, o namorado impecável. Era feita para criar um pano de fundo razoável e não muito simbólico para qualquer uma das meninas que vivesse ali (que nunca, é claro, teria vivido ali se não fosse o tipo mais claramente simbólico de todos, a universitária), e escolhido com atenção para harmonizar com as melhores modas universitárias exibidas nas lojas de departamentos de preço mediano mais vistosas (de todas as cidades; pergunte pelo College Shoppe ou o Sub-Deb Salon ou o Teen Tempos ou Girlhood Styles: terceiro andar, quinto andar, estojos de canetas e lápis no primeiro piso, papelaria); as paredes neutras discretas, as cadeiras de listras verdes e cinza, os vasos abandonados do console, o retrato acima da lareira, que poderia ser de um ex-presidente da faculdade ou de um financiador amante da educação — tudo era tão desprovido de personalidade que a sala como um todo reduzia as conversas ao plano exato que uma menina bem-criada gostaria.

Natalie, habituada a salas e a companhias que eram, como unidade completa, concebidas para trazer à tona o máximo de personalidade que um organismo tinha, sentiu-se sufocada pela sala e pelas companheiras. Sentou-se em um canto, no chão, porque ao chegar, depois de uma despedida incômoda da mãe, do pai e do irmão, ainda segurando o dinheiro que o pai enfiara em sua mão e a caixa de biscoitos que a mãe quase esquecera, havia mais garotas se sentando no chão do que nas cadeiras e porque agora todas as cadeiras já estavam ocupadas por meninas que obviamente tinham exercido uma escolha mais livre do que a de Natalie; e ela olhou, tentando aparentar que não olhava, para as outras garotas da sala.

Havia uma bem à sua frente que tinha cabelo ruivo brilhoso, e que ria e falava com várias meninas a seu redor; mais garotas escutavam e se aproximavam, e Natalie, se retraindo do outro lado da sala, ponderou, *Essa* é uma que eu só vou conhecer de leve. A garota a seu lado tinha um cabelo que crescia em uma linha feia que cruzava a testa, e quando Natalie se aventurou a dizer, depois de ensaiar por alguns minutos, "Você conhece alguém aqui?", a menina respondeu, "Não", lacônica, olhou para Natalie por um tempinho e depois desviou o rosto. Ela não está me procurando, Natalie pensou, e a garota do outro lado tampouco procurava Natalie; quando Natalie se virou para ela, para repetir a pergunta, ela se levantou rápido e foi se juntar ao grupo da garota ruiva. Será que todas elas vão reparar que estou sentada quase sozinha?, Natalie se questionou. Será que a ruiva agradecia a seu destino, toda manhã e toda noite, quando se olhava no espelho de escova na mão? Será que a menina ao lado de Natalie lamentava às escondidas a linha feia do cabelo e se convencia de que dava mais atenção àquilo do que qualquer outra pessoa? Será que alguém estava fitando Natalie, identificando-a por alguma característica extraordinária da qual Natalie não sabia ou tinha se esquecido ou havia se convencido de que ninguém mais notava? Não seria possível que a menina à sua frente, de vestido azul, tivesse posto o vestido naquela manhã se perguntando se ele não a destruiria no primeiro dia de faculdade? Pois não a destruiria, e será que havia passado o dia preocupada com isso ou tinha se esquecido no instante em que o vestira? Será que a mãe daquela de roupa verde tinha lhe dito para não se esquecer da pílula? Será que a de óculos tinha medo de acordar de madrugada, sozinha? Qual teria chegado à faculdade com a expectativa secreta de conhecer uma menina magrela e ansiosa chamada Natalie? Será que esperava que Natalie a reconhecesse primeiro? E, o pior de tudo, que mudança terrível todas esperavam tão imediatamente, tão timidamente? Alguma coisa iria acontecer?

 Natalie já havia descoberto que era impossível pensar com clareza naquele caos, assim como era impossível agir com clareza. Todos os pensamentos e ações eram prontamente necessários, eram tão sujeitos a mudanças imediatas e drásticas, que não ousava se levantar para subir e achar seu quarto outra vez, e não ousava tirar conclusões sobre a provável personalidade das meninas da sala, por medo de que, de um jeito ou de outro, alguém olhasse para ela e risse; de repente, permanentemente, enxergando-a como "Aquela menina que...".

Então, sem aviso prévio, o silêncio tomou a sala, e Natalie percebeu que a ruiva estava de pé. "Posso?", ela disse a alguém sentada a seu lado, como quem pretendesse fazer aquilo o tempo inteiro e só esperasse confirmação popular; as meninas que a rodeavam fizeram que sim e falaram em tom urgente, e a ruiva se virou belamente para a sala, abriu os braços e disse, "Escuta, pessoal, nós temos que nos apresentar umas às outras. Afinal, a gente vai passar bastante tempo morando na mesma casa". Todo mundo riu como se, inesperadamente, ela tivesse exprimido o desalento velado de todas, e a ruiva disse, "Eu vou primeiro. Meu nome é Peggy Spencer e eu vim do Colégio Central de...".

A garota ao lado de Natalie, a de cabelo feio, se inclinou de repente e disse para Natalie, "Ela não é uma fofa?".

Fofa? Natalie ponderou. "Sem sombra de dúvida", cochichou de volta.

No círculo de meninas, cada uma anunciou o próprio nome e histórico recente. Todas elas, pronunciando o nome em uma voz que raramente o pronunciava, estavam mais ou menos envergonhadas; quando chegou a vez de Natalie, e a menina a seu lado se identificou como Adelaide não-sei-das-quantas do colégio não-sei-das-quantas, e se virou com expectativa para Natalie, como quem percebe que um martírio já passou e outra pessoa está prestes a enfrentá-lo, Natalie se descobriu surpreendentemente capaz de dizer em tom claro, "Meu nome é Natalie Waite". *Esse* é o meu nome?, se perguntou então, por um instante temerosa de que tivesse se apossado do nome da menina ao lado, ou de alguém que tivesse conhecido de passagem e de que só se lembrasse nos recônditos da mente, que pareciam ser irracionalmente chamados à ação agora, em um ambiente social, e sem qualquer experiência. O nome passou sem comentários, talvez porque ninguém escutasse, de verdade, nenhum outro nome que não o próprio.

Depois que cada uma, então, tivera o constrangimento de se instar a se apresentar sozinha, a ruiva, sem muita confusão, disse na voz de alguém para quem o procedimento de um parlamento amador é conhecido ("Bom, é *claro* que seria Peggy Spencer a vice-presidente..."), "Então está bem, já que vamos todas ser calouras juntas, temos que resolver qualquer problema que a gente tenha agora mesmo".

Calouras, Natalie ponderou, problemas. Os problemas deviam ser resolvidos ali? Sentia uma vontade desesperadora de ir para o quarto.

No segundo dia (acordando com deleite no quarto estranho, se vestindo sozinha, sem a certeza absoluta de que a mãe se movimentava no andar de baixo, guardando as próprias coisas, escolhendo o lugar das roupas íntimas na cômoda, livros nas prateleiras, papéis na escrivaninha), já conseguiu achar o quarto sem ficar confusa com as escadas ou a extensão do corredor. Tinha criado o hábito de ficar perto do banheiro do andar na hora de dormir, com o resto das meninas, fazendo às outras perguntas esquisitas, vagas, assim como faziam a ela, rindo de piadas cujo sentido fatal era a capacidade incomum das novas alunas de sobrepujar as alunas antigas, gritando despropositadamente para pessoas que mal conhecia. Sabia o nome de quase todas daquele andar; a ruiva, que já estava concorrendo a um cargo qualquer como caloura, lhe assentia cordialmente sempre que se cruzavam na escada, a menina de cabelo feio havia se sentado a seu lado uma vez, na mesa do café da manhã. Portanto, era impossível viver — tomar o café, almoçar, jantar, escovar os dentes, dormir, ler — de forma indefinida, fortuita, neste mundo. Como quem acorda e vê a cidade destruída e a si mesma como alguém sozinha nas ruínas, Natalie achou para si um teto bárbaro, comida e conforto, oferecidos por um sistema que praticamente revirava o lixo.

Poderia ter sido um pesadelo, mas foi uma batida frenética, imperativa, à porta. Natalie, atrapalhada, acendeu a luz e olhou, como se tivesse importância, para o relógio: três horas. Significava que estava no meio da noite, e sua mente, de repente com medo de que seu sistema de sinais estivesse avariado, repassou rapidamente as obrigações e compromissos. Não tinha aula àquela hora, claro, não tinha compromissos marcados. Incêndio, talvez? Algo que escapasse totalmente à sua jurisdição? Um assassinato? Talvez no quarto ao lado? (Um pensamento sobre as glórias da testemunha inocente passou por sua cabeça, talvez para referência futura: "Mas *esse* cara não é carteiro, inspetor; você viu como ele abre a caixa de correio?".) Talvez estivessem acordando Natalie por ser alguém que pudesse ajudar, que fosse conhecida por se manter centrada nas emergências, telefonar primeiro para o médico, saber sempre quem deve aplicar o torniquete, quem faz a tala improvisada. Ou, quem sabe, acordar Natalie por ser a vítima óbvia, destinada? Guerra? Pestilência? Terror?

"Iniciação", chamou uma voz da ponta do corredor. "Todas as calouras fora..."

"Não", disse Natalie, e puxou a cordinha da luz. Ela era caloura? Assim designada por aquelas que não sabiam seu nome? Ou tinha sido acordada por engano — ou aquilo *era* para ela? Só Natalie, então? (Sua mente não confiável pregando peças? Um sonho, para que ficasse por um instante, trêmula e infeliz, sozinha no corredor enquanto portas se abriam pelo prédio inteiro e rostos curiosos, zombeteiros, espiassem, dizendo "*O que* ela está fazendo?", e respondendo, "Ela sonhou, sonhou que era caloura e que tinha uma coisa chamada iniciação, ela fica falando de um assassinato, não para de perguntar qual é o nome dela, parece que ela não sabe onde está...".) "Eu *sou* caloura", disse em voz alta, e, apressada por uma súbita animação, saltou da cama e pôs um roupão de banho. "Faculdade", disse a si mesma com sarcasmo, amarrando o cinto do roupão às pressas, "iniciação", enfiando os pés nos chinelos. Ela abriu a porta, titubeante no último segundo, e viu as luzes acesas e o corredor cheio de garotas nervosas, curiosas, de roupão de banho.

"Pra onde a gente vai?", alguém foi logo perguntando a Natalie, talvez supondo que pela saída tardia do quarto ela tivesse alguma informação privilegiada.

"*Eu* não sei", declarou Natalie. "Melhor a gente ficar aqui."

"Entendo", disse alguém, e riu, "que elas nos obrigam..." O resto das palavras infelizmente se perderam para Natalie, cujo braço era segurado por uma mão temporariamente autoritária, e cujas orelhas eram agarradas por uma voz que dizia, "Caloura? Por aqui".

De novo ofendida com a palavra "caloura" (e, em certa medida, uma curiosidade astuta mitigada pela empolgação que a levou a pensar conscientemente, em meio ao temor indesejado, Então é *por isso* que sempre escolhem a madrugada para as coisas acontecerem!, e se deu conta de que tinha topado com algo muito profundo), Natalie seguiu a mão firme, e o resto das meninas a seguiu. Atrás dela, alguém ainda dava risadinhas, alguém ainda dizia, "Mas pra onde a gente vai?". Alguém insistia em tom aflito, "Não sei bem se o meu *médico*...".

"Pra onde a gente vai?", Natalie perguntou a quem a conduzia; descobriu com enorme constrangimento que a pessoa estava mascarada por um lenço que lhe tampava o rosto, amarrado de qualquer jeito na parte de trás da cabeça; o efeito polícia-e-ladrão transmitia a Natalie o fato de que a fuga noturna (ela só foi exprimi-la nesses termos para si mesma bem depois, no entanto) era algo que aquela gente talvez não se desse ao trabalho de fazer durante o dia, de rosto à mostra; havia em sua condutora o leve ar de quem provoca os outros, dizendo, "*Vai*, eu te desafio... *vai*; você está *linda*; *eu* vou se *você* for", e a embriaguez gerada por um ato consagrado pela tradição, mas provavelmente não relembrado em detalhes.

"Cala a boca", Natalie ouviu em resposta à sua pergunta, e pensou em como a falta de rosto deixava as pessoas audaciosas, e, talvez, como não ter um rosto próprio talvez levasse à paz universal, já que o rosto era, afinal, só...

"Aqui", disse a criatura sem rosto.

Era extraordinário como a falta de rosto havia transformado os corpos das garotas da casa. Titubeante, Natalie conseguiu distinguir duas ou três, mas, ao ponderar que as conhecia no máximo pelas maquiagens e pelos penteados que faziam, se viu forçada a desconfiar da própria avaliação e acreditar, sendo muito caridosa, que eram boas pessoas. Uma, que parecia ter se nomeado a líder, comentou quando Natalie, a primeira da fila, foi levada porta adentro, "Você tem qualificação para entrar aqui?".

Sentavam-se em um semicírculo no chão, todas mascaradas de forma tão tola quanto a garota que a havia conduzido, todas usando os próprios pijamas, que sem dúvida as mães, ao escolhê-los para as filhas, não imaginaram em tais usos noturnos; ou será que sim? Será que as mães daquelas meninas as incentivavam a serem superiores, as estimulavam àqueles atos mascarados? Será que, ao mandar as filhas para a faculdade, elas tinham comentado, como uma recomendação de última hora, "Ah, minha querida, *lembre-se*, quando você for atrás das calouras… *faça* o favor de usar seu pijama listrado azul e branco — são os mais bonitos, e vão aguentar as lascas daquele andar…".

"Não, eu fui trazida", declarou Natalie, e recebeu como recompensa um empurrão da garota que a conduzira, o que fez com que caísse sem jeito em cima da garota sentada, e a garota disse, muito humana, "*Para* com isso", e revidou o empurrão.

Agora eu *vou* ficar quieta, Natalie pensou, conhecendo — e já era, afinal, hora de saber — a resignação de uma mente perspicaz diante da livre brutalidade posta para fora com alegria — e deixar que outra pessoa seja empurrada.

"… para entrar aqui?", a líder perguntava à garota seguinte.

"Não sei", disse a menina, insegura, e sofreu o empurrão.

Quando essa menina caiu ao lado de Natalie, ela cochichou, trêmula, "Quem dera eu não tivesse vindo…".

"Eu também", respondeu Natalie, constrangida.

Percebeu que cometia o absurdo de pensar em Joana D'Arc; talvez a garota seguinte, ou a que viesse depois, atraísse o desprezo da líder e, se dirigindo à figura turva nos fundos, se ajoelhasse e dissesse, "O senhor, Vossa Majestade, é meu rei…".

Depois das primeiras meninas, a mentora estava cansada de empurrá-las — talvez a raiva tivesse se esgotado, ou seus braços? — e elas tiveram permissão para se sentar em silêncio. Ninguém falava, e além da apreensão comum e contagiosa, vinha a firme convicção entre as calouras de que as superioras haviam se excedido, que o "*eu* vou se *você* for" tinha começado a evaporar junto com as risadas e os trocadilhos ruins; que o tormento que tinham maquinado se estendia talvez a uma ou duas garotas e não poderia, por puro cansaço físico, ser repetido, várias vezes, contra vinte. Além do mais, ficava cada vez mais claro que a festa tinha fracassado, que o simples número de meninas que entravam docilmente havia enfraquecido a violência na voz da líder, que ela e as companheiras passariam de leve pelas últimas meninas, se fiando no efeito causado sobre as primeiras, e, talvez até gerando certo incômodo para elas mesmas, deixariam que o negócio degringolasse agora, sem ressaltar ainda mais a futilidade delas; parte da sabedoria estava nitidamente em escolher primeiro as mais fracas.

Natalie, pelo menos, sentiu um grato alívio quando, em vez de chamá-la, por ser a primeira menina, a líder esperou que todas as calouras entrassem e se amontoassem no chão, inquietas, sentadas ou ajoelhadas, e depois apontou para uma garota no centro e disse, "Você aí".

Passou pela cabeça de Natalie a ideia de que, caso tivesse ficado quieta no quarto e não atendesse à convocação das calouras, ela teria passado despercebida, já que ninguém parecia se importar com quem não tinha aparecido. Tendo isso em mente, Natalie se virou com discrição e examinou as fileiras de calouras à procura da ruiva, mas não a achou. Outro exemplo, ela refletiu com pesar (ou pelo menos se recordou mais tarde de ter pensado assim), de ritual decadente; a perseguição de novas alunas, outrora fervorosa, era agora só mecânica.

A garota escolhida deveria se sentar em um banquinho no que era, a maioria percebeu, o centro do lavatório do segundo andar — o maior da casa, e o que tinha mais espaço útil — e também precisava dizer seu nome e experiência educacional prévia, como se esses dados já não tivessem sido analisados por pessoas mais qualificadas para conhecê--los, e então a líder, hesitante e instigada, optara por conversar com uma colega em vez de continuar logo com a inquirição. Em seguida, alguém do círculo mascarado em torno das novas alunas retrucou, "Escuta, todo mundo tem o direito de fazer perguntas, não tem?".

"Claro", disse a líder, com uma gratidão óbvia.

"Então escuta, Myrna", a garota disse com alegria, detrás da máscara, "você é virgem?"

Natalie viu a caloura ficar com o rosto todo vermelho e as veteranas enrubescendo atrás e acima das máscaras, e pensou, Tomara que não me perguntem, e, As garotas de máscara no rosto também estão vermelhas. Será que, se perguntou, cansada, a máscara não vale *de nada* como proteção?

"Claro que sou", disse a menina no banquinho, surpresa com a pergunta, enrubescida como as outras.

"Então conta uma piada suja pra gente", pediu outra.

"Não sei de nenhuma", disse a menina, estremecendo, obviamente reprimindo uma história esquecida que por azar lhe vinha à mente. "Não dou ouvidos a *essas*."

"Está dispensada", decretou a líder. A menina saiu do banquinho e se recolheu, ruborizando e se explicando, caindo no esquecimento entre as amigas; fora aprovada; naquele momento havia adquirido um colorido protetor entre a classe geral das meninas da casa; não era de forma alguma excêntrica, mas sim uma universitária americana boa, normal, sadia, com ideais e ambições e com planos de ter logo a própria família; fora incorporada.

"Próxima", chamou a líder. Ela fez gestos ao acaso, e seu gesto foi recebido com presteza por uma pessoa que, se sentando no banquinho, demonstrou que ela, e ninguém mais, tinha informações que as garotas mascaradas queriam ouvir, e que estava, além do mais, pronta para mentir destemidamente para privá-las daquilo e se engrandecer aos olhos das calouras.

Ela deu o nome com uma voz satisfeita e fitou o círculo com despeito, como se desafiasse qualquer uma ali a igualar sua experiência de sereia ou questioná-la.

Natalie, que de repente sentiu necessidade de estabelecer sua posição, se inclinou para a garota ao lado e cochichou, "Eu não vou responder".

"Shhh", disse a menina ao lado, se curvando para a frente para escutar a vítima no banquinho, que estava enunciando o clímax de uma piada. As garotas de máscara não riram, ou pelo menos não demonstraram para além das máscaras que estavam rindo. "Não é lá muito suja", disse uma.

"É a melhor que eu conheço", disse com ingenuidade a menina do banquinho.

"Dispensada", anunciou a líder, sem ter o que fazer. Então, insuportavelmente, inacreditavelmente, ela olhou direto para Natalie. "Você", chamou ela.

"Não", disse Natalie, mas o desejo de assumir o banquinho, se não o confessionário, a impeliu. Sentada sob o feixe de luz, com todo mundo olhando para ela, conheceu de uma vez por todas o cerne duro do desafio com que poderia sempre encarar rostos desconhecidos que a fitassem; soube com todas as forças que seria igualmente fácil, ou ainda mais fácil, resistir a se expor.

Ela disse o próprio nome (*era* o nome dela?) e então, quando lhe perguntaram se era virgem — e essa questão, angariando adeptas entre as indelicadas e as apenas curiosas, agora era feita por três ou quatro vozes de uma só vez, e mesmo assim, Natalie viu do alto do banquinho, era ecoada pelas calouras traidoras —, ela foi lacônica, "Não vou responder".

O pior que esperava era outro empurrão, mas era óbvio que todo mundo tinha medo de empurrá-la com todo mundo vendo; nenhuma garota ali ousava se expor ("Você *é* virgem? Hein?") com um ato inconveniente agora; nenhuma garota ousava, por mais que desejasse fazê-lo, assumir os holofotes; porque talvez a essa altura um pequeno gesto de resistência da parte das calouras dissolvesse as veteranas em pessoas desanimadas e chorosas, sem superioridade, e arrancando as máscaras, elas dissessem, "Foi ideia *dela* — eu faria *qualquer coisa* menos...".

Alguém disse em tom ameaçador que era melhor ela falar, e outra pessoa disse que se não *quisesse* falar, bem, isso já serviria de prova.

"Conta uma piada suja", mandou a líder.

"Eu *não* vou contar", afirmou Natalie, que, como todo mundo ali, tinha mais medo de que descobrissem que não sabia nenhuma piada suja do que temia que descobrissem que conhecia várias. "Vocês já não conhecem piadas *que bastam*?"

"Má perdedora", alguém retrucou, e outras corroboraram. "Má perdedora, péssima perdedora, injusta."

Que coisa ridícula, Natalie ponderou, sem se dar conta, sentada ali sozinha no banquinho, no centro de um círculo de meninas, de que botava em risco seu futuro na faculdade, o futuro de quatro anos e talvez o resto de sua vida; que pior do que ser de fato má perdedora era o estado de espírito que a levara a desafiar aquela norma, aquele círculo de garotas plácidas, mascaradas, com seus futuros serenos e seus passados normais tão comprovados que não restava dúvida; que uma pessoa, abdicando daqueles padrões sem sentido, que ecoavam, fixados talvez por um movimento violento anterior às suas lembranças, e legados a elas por outras criaturas plácidas, poderia perder o lugar entre elas por questionamento, por rebelião, por qualquer coisa menos um sorriso alegre e a resolução de magoar os outros.

"Não vou", Natalie repetiu, sem saber a quem respondia.

"Dispensada", anunciou a líder.

Natalie, percebendo que teria de renunciar ao banquinho e à luz, disse ao se levantar (e alto o bastante, ela esperava, para chegar às meninas sortudas que ainda dormiam, a ruiva e as outras que não tinham atendido o chamado), "Acho que essa é a coisa mais idiota que já vi". Me sigam, ela rezou pensando nas garotas ainda sentadas em círculo, me sigam, se levantem, e um novo mundo está criado; mas ninguém, se levantando ao lado dela, ou sequer levantando a voz ou os olhos, reparava em Natalie a essa altura.

"Piada suja?", a líder pedia à nova garota.

"Não sei", disse a nova garota, com um rubor adorável. "Deixa eu pensar."

Natalie abriu a porta, observou mas não interferiu, e saiu.

Foi, sozinha e com a percepção de seu isolamento, para o próprio quarto, particular, intocado.

Querido pai,

Esta será minha carta mais ambiciosa até hoje, e *por favor não teça críticas*, pois estou escrevendo rápido e sem parar para corrigir, e embora talvez essa seja a melhor forma de pôr as coisas no papel, ela resulta em muitos erros. Porque ela será sobre a faculdade. Eu sei que você a viu naquele primeiro dia quando você e a mamãe e o Bud me trouxeram até aqui, mas naquela hora estávamos todos estranhos e não sabíamos como seria, e agora, mais de duas semanas depois (e sinto como se fossem dois anos, na verdade), me sinto tão à vontade aqui que nem me lembro como era viver em outro lugar, e às vezes penso em como aquele primeiro dia é só o que *você* conhece do ambiente, e você ainda o vê daquela forma, e eu não me lembro.

Em primeiro lugar, vou te contar da minha casa. Acho que você viu a maior parte dela quando me mudei — e, aliás, essa foi a *única* vez que eu a vi *daquela* forma, isto é, como uma estranha com a mãe e o pai e o irmão, porque logo depois que vocês foram embora tudo ficou diferente e comecei a me sentir como uma universitária moradora daqui. Entende o que estou tentando dizer? Em todo caso, a casa que você viu não é, penso eu, a casa onde vivo. A esta altura, virou um ambiente onde as meninas gritam e riem e se sentem, de certo modo, totalmente isoladas, e meio que em um mundo próprio. Ela tem quatro andares e moro no terceiro, como você sabe. Tenho um quartinho, igual a todos os outros quartos que dão às calouras. As alunas de terceiro e quarto anos podem ter quartos de casal ou suítes, mas as calouras e as alunas de segundo ano em geral têm quartos individuais.

Nossa casa é supostamente a melhor porque é ligada ao refeitório e às cozinhas, e as meninas daqui só precisam descer a escada e entrar em um corredor para pegar o jantar. Algumas das outras têm que vir do outro lado do campus, das outras casas que nós vimos. A área principal do campus é um gramado extenso, onde nos sentamos nas noites quentes, e não paro de pensar no gramado porque, quando o vi no primeiro dia em que estava com você, com a mamãe e com o Bud, eu não parava de pensar em como eu acharia o caminho para atravessá-lo e chegar à minha casa, e agora acho que conheço cada uma das árvores que há nele, e todo dia eu vou e volto pelas trilhas. Quase todas as minhas aulas são nos auditórios do edifício grande que fica logo depois do gramado, mas uma das disciplinas — Inglês 1, do Langdon — geralmente é ministrada ao ar livre, no gramado, ou então na sala de estar da nossa casa. Algumas garotas pediram a ele que desse as aulas aqui em vez de dá-las no auditório, então ele disse que sim e a faculdade deu o o.k. Eu gosto mais assim porque podemos nos sentar em cadeiras confortáveis e fumar e não estar em um auditório. Mas tem mais barulho e as garotas vivem abrindo as portas e entrando e em seguida sempre se assustam e se desculpam e saem correndo.

Eu me levanto o mais cedo possível de manhã, mas geralmente é bem a tempo de pegar a minha aula das oito, que é de música duas vezes por semana e de filosofia em outras duas. As aulas duram uma hora e meia, e morro de sono por volta das nove, sobretudo porque geralmente não tenho tempo para tomar o café da manhã e também sinto fome. Então geralmente às nove e meia vou à lojinha do campus e compro Coca e sonhos, e é claro que geralmente esbarro com meus professores lá, já que por alguma razão todo mundo vai lá entre uma aula e outra. Então às dez horas, duas vezes por semana, depois da música, vou para o francês, que eu *odeio*. Eu largaria a matéria, mas teria que pegar outra no lugar, tipo espanhol. Não deixam a pessoa se formar se não tiver feito um ano de idioma. Muita gente acha que espanhol é mais fácil. E tenho uma matéria de sociologia duas tardes por semana, e nas outras duas tardes, é claro, tenho inglês com Arthur Langdon. Também deveria durar uma hora e meia, mas geralmente dura mais porque todas nós ficamos conversando com ele. Acho que ele é a pessoa mais popular do campus. Ele faz o concurso de beleza antes do Baile das Veteranas.

A comida é tenebrosa. Fazem meio que uma salada de banana picada e amendoim, e a impressão é de que comemos isso cinco vezes por semana. E também fígado. E o café é um horror, e é por isso que ninguém se preocupa em ir tomar o café da manhã.

Joguei tênis ontem com uma menina chamada Helen sei-lá-o-quê. Fui à quadra para treinar e ela estava lá e perguntou se eu não queria jogar, então eu disse que sim. Não sou nem a metade do que ela é, e só jogamos um set. Vamos tentar de novo um dia desses, quando eu estiver mais acostumada com as quadras daqui.

Estou louca para ir passar um fim de semana em casa, mas por enquanto acho que vou estar ocupada demais por um tempo. Estou me esforçando e me divertindo, e estou muito contente de estar aqui. Vamos começar *Romeu e Julieta* na aula de Inglês na semana que vem.

Diga à mamãe que estou bem e que acho que estou ganhando uns quilos. Apesar da comida horrível, como mais aqui do que comia em casa. Diga a ela que eu bem que gostaria de uma caixa de biscoitos ou de um bolo, várias meninas recebem embrulhos de casa.

Acho que tem umas trezentas garotas aqui. Algumas são bem legais.

Com muito amor a todo mundo em casa,
Natalie

Estava quase escuro lá fora; a única janela no quarto de Natalie ficava preta quando ela acendia a luz e pálida quando ela a desligava. Quando a luz estava apagada, o quarto ficava bonito e sombrio, a luz da janela invadindo com delicadeza a colcha clara, tocando de leve nos papéis em cima da escrivaninha, descansando nas mãos de Natalie e na página do livro aberto à sua frente. Quando, com relutância, ela acendeu a luz de novo — com a sensação de que estar na cama àquela hora devia ser vergonhoso, e talvez revelasse uma consciência pesada ou talvez até solidão —, a janela se enegreceu e a cama ficou quadrada e bem arrumada, e os cantos das coisas se tornaram visíveis, dos cantos do quarto aos cantos do livro, e os pés da escrivaninha no assoalho se tornaram obscenos.

Não estava tentando estudar; a ideia de estudo ainda lhe era estranha, portanto lia com apetite o livro de inglês do primeiro ano e pegava romances na biblioteca, lendo com moderado interesse e uma mente divagante o livro de biologia (tendo lido, no primeiro dia, assim como todas as alunas da disciplina, o capítulo sobre reprodução humana), e não via estrutura nem sentido no texto de francês, no livro de sociologia (passado o capítulo sobre prostituição), e via com um desdém perplexo o livro que muito provavelmente continha todos os fatos meticulosamente organizados pelo sistema alfabético por meio da análise de palavras — erudito, era bem possível, e muitíssimo cuidadoso nas explicações, mas mais insosso do que as palavras tinham o direito de ser. Para música, felizmente, só precisava se levantar às oito horas no dia seguinte com as duas orelhas ainda grudadas à cabeça; contanto que as orelhas *estivessem* ali, o fato de não usá-las para escutar com entusiasmo era insignificante para o professor de música. Para filosofia, tinha muito tempo atrás desenvolvido uma teoria complexa e — ela desconfiava — absurda, que estava sempre à mão para o caso de o professor levantar a velha cabeça, um dia, e olhar em sua direção. "Senhor", ela pretendia dizer, em tom alegre, "se Descartes *realmente* quer dizer que ele existe porque a mente *pensa* que ele existe, então não seria verdade que..."

Uma batida à porta era uma coisa tão estranha para ela quanto o fato de que a porta existia; a princípio ela pensou, É aqui em frente, como é claro o som; depois pensou, É engano; gastou um minuto pensando em alguém olhando com firmeza para a porta do lado de fora, enquanto ela a olhava de dentro, e decidiu que no dia seguinte prestaria atenção se os painéis de fora eram os mesmos dos de dentro; que esquisito, ela pensou, que alguém lá fora possa olhar para a porta, bem de frente, ver a tinta branca e a madeira, e eu de dentro olhe para a porta e a tinta branca e a madeira também possa olhar bem de frente, e nós dois não nos veríamos porque existe algo no meio do caminho. Duas pessoas que olham para a mesma coisa não estão se vendo?

A batida se repetiu. "Entra", passou pela cabeça de Natalie que seria algo sensato a se dizer, mas como a porta estava trancada, ela cambaleou, às pressas, derrubando o livro, para fora da cama e cruzou o quarto e por fim se lembrou de como girar a chave e abrir a porta.

"Pois não?", ela disse às cegas, agora que a porta tinha saído do caminho.

"Olá", disse a menina ali fora; Natalie se lembrou, como se depois de aberta a porta o mundo exterior se assentasse aos poucos, pedacinho a pedacinho — como se, na verdade, não estivesse preparado para que esta noite Natalie tornasse a abrir a porta, e tivesse sido pego totalmente desprevenido, e estivesse botando uma cara destemida nas coisas e colocando tudo de volta no lugar o mais rápido possível, para que Natalie não percebesse, olhando pela porta, e dissesse, "É bem como eu imaginava; isso confirma todas as minhas suspeitas" — ela se lembrou, pouco a pouco, de já ter visto o rosto da menina e em seguida que seu nome era Rosalind.

"Oi", Natalie respondeu.

"Você está ocupada?", Rosalind quis saber, se curvando um pouco para olhar o quarto por cima do ombro de Natalie. "Quer dizer, eu pensei em vir aqui e dar um oi, mas se você estiver ocupada..."

"Não", disse Natalie, surpresa. "Não estou nem um pouco ocupada." Ela se afastou da porta, e Rosalind entrou no quarto, olhando ao redor com curiosidade, como se não tivesse acabado de sair de um igual àquele, embora talvez a colcha de Rosalind fosse azul e não estampada, e talvez estivesse lendo outros livros, e as roupas no armário sem dúvida fossem diferentes.

"Queria conversar com alguém", Rosalind propôs; depois de entrar, foi logo se sentando na cama, os pés debaixo do corpo. "Eu vi que a sua luz estava acesa e pensei que, já que a gente não se conhece muito bem, seria um bom momento para vir aqui e fazer amizade contigo."

"Fico contente", disse Natalie. Estava feliz por ter sido incomodada; seus livros ainda estariam ali depois que Rosalind fosse embora, e vai saber que ideias e conceitos curiosos Rosalind não trazia consigo? Natalie se sentou, inquieta, na cadeira da escrivaninha, ciente de que era seu dever falar, e sem conseguir pensar em nada além da lista de verbos irregulares do francês de que não se lembraria com muita clareza no dia seguinte. "Só estava tentando estudar francês", ela comentou, com uma risada envergonhada que achou deplorável.

"Francês", Rosalind repetiu, e estremeceu. "Que sorte que eu peguei espanhol."

"Espanhol é muito difícil?", Natalie perguntou educadamente.

"Escuta", disse Rosalind, obviamente com a impressão de que as amenidades já tinham se encerrado e que era hora de chegar ao ponto, "*você* conhece alguma das meninas daqui?"

"Não", disse Natalie, "não muitas." Não que eu *queira* conhecê--las, teve vontade de acrescentar, sou *muito* criteriosa quanto aos meus amigos, não gosto de conhecer muita gente, não faço amizades facilmente porque eu as mantenho por bastante tempo, faço amizades devagar e com discernimento, me dedico aos estudos... "Nenhuma delas, na verdade", Natalie completou.

"Foi o que eu imaginei", disse Rosalind. "Você *já* viu alguma coisa parecida? É que sem sombra de dúvida elas não são muito *simpáticas*."

"Na verdade eu nem tentei...", Natalie disse.

"Peggy Spencer e as amigas *dela*", Rosalind continuou em tom desdenhoso. "Helen Burton e as amigas *dela*... e uma barulheira a noite inteira. Eu não consigo nem *dormir*."

"Eu nunca tive dificuldade de dormir", Natalie declarou com avidez.

"A gente precisa mostrar pra elas que elas não são assim tão especiais", Rosalind disse. Ela levantou o queixo e deu de ombros. "Você entra no quarto delas e estão todas lá dentro e elas param de falar e perguntam 'Pois não?' como se você fosse uma mendiga, aí você dá as costas e escuta as risadas delas quando fecha a porta. Não acho que elas são *assim tão* importantes, *tenho* que dizer."

"Eu nunca entrei no quarto delas", Natalie disse, sentindo que assim poderia pôr fim à conversa.

"Bom, você sabe o que elas falam de *você*", Rosalind disse. Ela olhou para Natalie como se pela primeira vez se desse conta da pessoa específica a quem se dirigia, tentando se lembrar das desvantagens especiais dessa pessoa. "*Elas* falam que você é doida. Você passa dia e noite sentada aqui no seu quarto e nunca sai e *elas* falam que você é *doida*."

"Eu saio para as aulas", Natalie reagiu logo.

"Falam que você é sinistra", prosseguiu Rosalind. "É assim que elas te chamam, Sinistra, eu ouvi."

"Quem?", inquiriu Natalie. "*Quem* sabe do que eu faço?"

"Bom, *eu* acho que é problema seu", criticou Rosalind. "Assim, todo mundo tem o direito de viver como bem entender, e lógico que nenhuma *delas* tem o direito de dar apelidos a alguém só porque a pessoa quer viver do próprio jeito."

Sentindo um súbito carinho por Rosalind por não tê-la observado, Natalie disse, "A única coisa que eu quero é que elas me deixem em paz".

"Bom, é *isso* o que eu digo", concordou Rosalind, "mas se você não é mesmo parte do grupinho delas, *lógico* que elas acham você doida, e nem sequer param para pensar que talvez você e eu não tenhamos *vontade* de andar com gente *assim*, e o que eu gostaria de saber é como alguém se enturma com elas se elas te olham como se você fosse uma mendiga e riem quando você sai? Parece mesmo *justo?*"

"Na verdade, o que elas acham não tem importância nenhuma", Natalie disse com dignidade.

Mesmo enquanto falava, ela sabia de sua situação, e sua cabeça, se adiantando a ela, enumerava suas bênçãos pessoais especiais: havia o pai, é claro, embora ele parecesse, no momento, distante e inútil contra as garotas que riam, havia Arthur Langdon e o fato de que ela parecia, mais que qualquer outra garota, estar entendendo e atenta em suas aulas, e tivesse recebido uma espécie de reconhecimento dele, como se fossem parentes — no entanto, talvez, ela pensou, assustada, talvez nem todo mundo considerasse a estima de Arthur Langdon algo especial. Talvez ele não fosse tão valioso para aquelas garotas vigilantes, risonhas, quanto outras coisas de que Natalie nunca tinha ouvido falar. No entanto, é claro, havia sempre e além de todas as risadas e além de qualquer escrutínio a casinha adorável que era sua mente, onde estava segura, protegida, era inestimável… "São pessoas insignificantes, na verdade. Medíocres."

"Você tente chegar a algum lugar *sem* elas", Rosalind interpelou em tom cínico. "Elas são *tudo*."

Não tudo, Natalie pensou logo, não são tudo. Não o lugar dez, quinze, vinte anos depois, o lugar de pura honra e glória, do alto do qual talvez alguém olhasse e dissesse, "*Quem?* Qual é o nome, por favor? Eu já te vi antes? Na *faculdade*? Meu Deus, faz *tanto* tempo...".

"Elas se safam de tudo", Rosalind reclamou. "Você acha que alguma *delas* tem que fazer o que *a gente* faz?" Ela fez um beicinho, de mau humor, e começou a balançar um pé para a frente e para trás. Olhando para ela, Natalie percebeu claramente o que antes não lhe parecera importante: que Rosalind era atarracada e feia, e tinha um rosto sem graça e pelos finos acima do lábio. "Escuta", pediu Rosalind, "sabe aquela garota, a magra que é muito amiga da Peggy Burton? A que elas chamam de Max porque o nome dela é Maxime? Bem, o motivo para ela ter saído no fim de semana passado é que ela fez um *abor*to."

"Ah", soltou Natalie.

"Eu ouvi elas falando nisso atrás da porta", explicou Rosalind. "E a Peggy Burton — *ela* teve foi sorte. Sabe aquele namorado dela, o jogador de futebol americano?" Ela assentiu com força, e lançou um olhar maroto para Natalie. "Assim", ela disse, "não que eu queira repetir a fofoca, mas elas *todas* são assim. A gente devia era agradecer por não sermos próximas delas. Assim, eu tenho *certeza* de que o pessoal da faculdade sabe de tudo sobre elas, e se você passar a andar com elas, eles vão logo pensar a mesma coisa de *você*."

"De mim?", perguntou Natalie. De bem longe, dos cantos intactos, solitários de sua mente, veio um eco: não é verdade, não aconteceu...

"Não que alguma de *nós*", Rosalind disse, e deu uma leve risada. "Assim", ela disse, de novo olhando para Natalie, "eu sei sobre *mim* e posso imaginar sobre *você*."

O orgulho tentou se apossar de Natalie; aquela garota horrorosa estava tentando uma aliança com base na ideia de que Natalie era — o quê? haveria uma palavra? (Ingênua? Quem era ingênua — aquela menina de olhar maldoso? "Casta" indicava que não tinha pensamentos impuros; "virginal" era limpa e inocente e não poderia abarcar Rosalind com aquela cara vulgar e tosca; intocada? Imaculada? Pura?) Será que eu, Natalie ponderou, no segundo em que seus olhos encontraram os de Rosalind, será que eu poderia me unir com base em qualquer coisa que fosse com essa garota? Fale eu o que for, ela vai me seguir. "Não é verdade", ela declarou.

"*Claro* que é verdade", Rosalind rebateu, indignada. "E eu não escuto elas conversando todas as noites através da parede? Tem noites em que elas riem tanto que eu acho que vou enlouquecer, sobre coisas nas quais você e eu nem sequer pensamos, que dirá falamos, e aí, quando eu bato na parede, seria de se imaginar que sou *eu* a barulhenta, pela forma como gritam de volta."

"Digo", Natalie explicou, em tom de desculpas, "se *a gente* não se meter com *elas*..."

Rosalind deu de ombros. "Eu só acho tenebroso", declarou, "que elas se achem tão incríveis, e as coisas que elas fazem. O que elas não percebem é que ninguém *quer* ser do grupinho delas por medo de que os outros pensem coisas sobre elas."

De repente (e isso dava uma súbita e clara ideia de sua decisão de ir até ali, para começar; de repente, em um movimento, talvez nem sequer de forma ponderada, de modo que bateu à porta de Natalie ao acaso, porque era a terceira no fim do corredor, ou porque a porta de certa maneira lembrava, de forma mística, inacreditável, a porta de seu próprio quarto, longe de casa) ela se levantou, puxou o cabelo para trás com um gesto nada atraente e disse, cansada, "De qualquer forma, eu não gostaria que ninguém soubesse que *eu* tenho alguma coisa a ver com elas".

"Claro que não", concordou Natalie, sem saber o que dizer; reagiu à partida da menina assim como reagira à sua chegada, sem força de vontade, sem desejo, sem convicção.

"Escuta", disse Rosalind, como se fosse uma ideia repentina, "vamos tomar o café juntas amanhã. Está bem?"

"Tenho aula cedo", Natalie declarou às pressas.

"*Eu* também", rebateu Rosalind. "Eu vou bater na sua porta às sete e meia. Trate de estar pronta."

"Não sei se vou tomar o café antes da aula", Natalie se justificou. "Eu sempre acordo tão tarde..."

"Me encarrego de que você esteja de pé", respondeu Rosalind. "Vamos mostrar a elas que elas não são *as únicas* pessoas que existem no mundo. Está bem?"

Do diário secreto de Natalie:
Caríssima caríssima querida querida caríssima importantíssima Natalie — sou eu falando, sua inestimável Natalie, e eu só queria te dizer uma coisinha: você *é* a melhor, e um dia eles *vão* saber, e um dia ninguém mais terá a audácia de rir quando você estiver por perto, e ninguém terá a audácia de sequer *falar* contigo sem primeiro fazer uma reverência. E *terão* medo de você. E você só precisa esperar, minha querida, espere e virá, eu te prometo. Porque essa é a divisão justa — elas têm isso agora e você terá depois. Não se preocupe, por favor, por favor, não, porque a preocupação pode estragar tudo, porque se você se preocupar talvez não se concretize.

Em algum lugar existe alguma coisa te esperando, e você pode sorrir um pouquinho talvez agora que está tão infeliz, porque como nós duas sabemos muito bem você será feliz muito muito muito muito em breve. Em algum lugar existe alguém esperando você, e amando você, e pensando que você é linda, e será tão maravilhoso e tão bom, e se você souber ser paciente e esperar e nunca nunca nunca nunca se desesperar, porque o desespero pode estragar as coisas, você chegará lá, um dia, e o portão se abrirá e você o cruzará, e ninguém poderá entrar a não ser que você permita, e ninguém poderá sequer vê-la. Um dia, alguém, em algum lugar. Natalie, por favor

Na aula chamada de filosofia, Natalie aparecia duas vezes por semana, embora não houvesse provas de que o sr. (Doutor por ambição, por mais que sua tese — "A provável intenção do subjuntivo em Platão" — ainda não estivesse concluída) Desmond tivesse reparado, especificamente, se a srta. Waite tinha ou não optado por comparecer em determinada manhã. Sob o tratamento cuidadoso do pai, Natalie fora apresentada formalmente a Platão e Aristóteles, mas nunca tinha, até então, precisado digerir tais ideias reduzidas ao provável, ou diagramático, nível cerebral de uma colegial. O homem — este seria o sr. (futuro Doutor) Desmond — que lecionava essa disciplina, e que a batizara de filosofia, obviamente sentia que qualquer pessoa que passasse anos estudando seu tópico pela lógica deveria terminar como algo melhor do que um homem tentando ensinar ideias a meninas, ou pelo menos como algo mais condizente; ele era azedo e impaciente, e tornava seu grande amigo Platão o mais desagradável possível, talvez para evitar que as meninas impassíveis se intrometessem sem querer em um círculo filosófico secreto, onde homens amargurados que lecionavam filosofia bebiam muito do vinho transparente com os Platões e os Berkeleys, os Descartes e os Hegels, e se compadeciam da sina dos filósofos: *philos*: amor; *sophia*: saber.

"Nada", o filósofo talvez comente depois das nove horas da manhã, tateando na gravata cinza, ou tocando nos bolsos com os dedos inseguros, ou apenas mirando sem entusiasmo as garotas de lápis na mão das primeiras filas, "nada", diria pensativamente e com certo prazer, "*nada* no mundo existe de forma perfeita."

Nada no mundo existe de forma perfeita, Natalie anotou no caderno, sentindo ao escrever que *talvez* existisse alguma coisa.

"E o vácuo?", a menina ao lado dela questionou, num ato inesperado.

Fizeram silêncio. O professor (em breve seria o Doutor Desmond) fitava, repetia para si: e o vácuo? e erguia um pouco as sobrancelhas.

"Bom", ele disse, a surpresa ainda não demonstrada para sua própria satisfação, "*e* o vácuo?" Alguém ouviu — ou melhor, talvez, só Natalie ouviu — o murmúrio tímido enquanto Platão se curvava em direção a Descartes, Dewey perguntava a Berkeley, "*O que foi* que ela falou? O que *foi*?", os doutos professores de filosofia todos erguendo as sobrancelhas e trocando sorrisos, quiçá dizendo uns aos outros, "Ciências... ciências".

"Bom", disse a menina ao lado de Natalie, que de repente era descoberta tanto por Natalie como pela menina do outro lado como uma criatura desajeitada, dada a rubores estranhos, e sem dúvida não muito interessante em termos de cabeça, "digo, quando o senhor diz que nada é perfeito."

"Nada no mundo existe de forma perfeita", o professor murmurou, atento. "Sim, foi o que eu disse."

"Bom", disse a menina; ela olhava nos olhos do professor; para desconcertar um professor de filosofia no meio do primeiro mês do primeiro semestre do primeiro ano... "Bom", ela repetiu, "digo — e o vácuo? *Ele* é perfeito, não é?"

Natalie reparou que um dos membros mais novos do círculo de filósofos (William James?), muito ávido, ansioso por se estabelecer entre os eleitos, correu para fazer piada, e foi silenciado pelos outros, e extraiu até uma sombra de carranca do próprio Bispo; será que os jovens companheiros impetuosos jamais se dariam conta de sua estatura questionável? — e o professor, que a aluna encarava hipnotizada, olhou rapidamente, uma só vez, a classe inteira, abriu a boca e sorriu.

Havia, em manhãs alternadas, a disciplina chamada de história da música, e nela o professor era igualmente frustrado, contudo era feliz; era oprimido por uma espécie de genialidade, e tinha a forte impressão de que era muito mais importante para as calouras da faculdade compartilhar duas vezes por semana daquelas convoluções complexas, sutis, interminavelmente adoráveis de uma mente genial do que se preocuparem com datas e compositores, a escala de tons inteiros, os *castrati*.

"Ouçam", ele lhes disse uma manhã, muito pouco depois do café da manhã, e ergueu um dedo de uma longa mão em um gesto gracioso e eloquente, "esta manhã vou tocar para vocês..."

Ele escolheu, com os movimentos ligeiros e resolutos de um homem cativado por uma ideia de que não poderia se esquivar, um volume da pilha em cima da mesa; embora seu ar fosse de desejo irrefletido, ele havia se lembrado de providenciar com antecedência cópias da música para passar entre as garotas da primeira fila. Natalie, que se sentava no fim da primeira fila, mais perto do piano, pôde assim acompanhar a música e ao mesmo tempo a execução do professor, e a achou talvez tão pouco instrutiva quanto qualquer outra coisa que já tivesse ouvido; estava acostumada a escutar música raramente, e só na estrita solidão, de olhos fechados e com várias glórias singulares na cabeça; conseguia ler música somente a ponto de perceber que o professor sempre tocava um sustenido onde estava escrito que era um dobrado sustenido. Desconcertar um professor de música no meio do primeiro mês do primeiro semestre do primeiro ano...

No final da aula, Natalie parou à mesa onde o professor desmentia modestamente os estridentes elogios femininos à sua execução;

quando ele se voltou para Natalie com o sorriso pronto, ela disse em tom meigo, "Por favor, posso lhe fazer uma pergunta?".

Onde o senhor estudou? É um talento natural? Por que o senhor não compõe? O sorriso constante no rosto do professor mostrava a Natalie que ela não tinha deixado a pergunta muito clara. "Digo", ela prosseguiu, "aqui...", ela estava de livro aberto, o dedo no ponto, bem preparada, "... o senhor tocou sustenido, mas isto aqui não é dobrado sustenido? É que", ela acrescentou, diante do sorriso confuso dele, "eu fiquei me perguntando, enquanto o senhor tocava."

"Tocando muito mal, aliás", ele declarou, ainda sorridente, e levantando a mão com graciosidade contra a voz baixa de protesto, à qual Natalie, com sua eterna e indiscutível covardia, acabou se juntando. "Não", ele disse, "eu *realmente* toquei mal. Eu sei."

"Mas...", Natalie disse, o dedo ainda no livro.

"Essa menina", ele disse, a mão no braço de Natalie, o rosto virado para as outras garotas, "essa menina escuta música feito — como dizer isso? — feito uma artista. Talvez para ela a música tenha um sentido maior do que tem para nós."

Talvez tenha mesmo, Natalie pensou; fui vencida. Com o desejo de se retirar com um sorriso simpático e um olhar inteligente, ela se virou quando o professor falou com outra pessoa e se afastou sem fazer barulho, sem ninguém se virar para olhar para ela.

No início do segundo mês de faculdade, Natalie dobrou uma esquina de repente (onde ia? do que corria? Ela seria incapaz de se lembrar depois, já que naquele instante a incoerência de sua vida se dissolvera e ela voltara a se tornar uma pessoa funcional, um pouco depois da ruiva Peggy Spencer, talvez, porém bem antes que muitas das meninas a seu redor) e esbarrou em alguém que, ajudando-a a se levantar, disse, no tom de quem não estava confuso, pois conhecia muito bem aquelas esquinas. "Mil perdões; eu devia ter olhado onde estava pisando."

"A culpa foi minha", retrucou Natalie. Não tinha deixado nada cair, caso contrário poderia ter escondido o rosto recolhendo seus pertences do chão. De certo modo, fora obrigada a notar que tinha esbarrado em uma mulher, que era certamente mulher assim como Natalie certamente era uma garota, mas Natalie era desconexa e indefinida, já a outra era determinada e compacta. "Você está legal?", a mulher perguntou à garota. "Você é nova, não é?"

Natalie, agradecendo aos céus por ter evitado a detestável palavra "caloura", assentiu e ergueu os olhos. Uma mulher linda. "Nova", Natalie confessou, "e confusa. E assustada, acho eu."

"Todo mundo é assim", declarou a mulher. Ela hesitou, e Natalie, que naquela época formava opiniões sobre as pessoas porque temia falar com elas, imaginou que a mulher tivesse um destino e se perguntasse se a esperaria enquanto ajudava Natalie; o desejo de ser indefesa e o orgulho de não ser auxiliada por uma mulher que poderia ser, afinal, canhestra, levou Natalie a dizer, em tom desdenhoso, "Acho que vou superar". Fingiu estar pronta para seguir em frente, mas, por sorte, a mulher resolveu de repente, e se virou para andar junto com ela.

"Eu também era nova aqui pouco tempo atrás", a mulher declarou e sorriu. "Sou Elizabeth Langdon", se apresentou. "Meu marido leciona inglês. Eu era aluna." E é só isso que ela sabe me dizer a respeito de si, Natalie pensou, e comentou, "Ah, sim. Creio estar em uma das disciplinas do sr. Langdon. Pelo menos", ela acrescentou sem convicção, com medo de que a esposa pensasse que ela era a fim do sr. Langdon, "eu *acho* que a disciplina é dele".

"Ele é baixinho, tem bigode?", a mulher perguntou, como se tivesse alguma relevância, "ou escuro? De cabelo cacheado? Louro de óculos?"

"Escuro", Natalie se decidiu, se lembrando da figura esguia que se movimentava com graça diante da classe, falando de Shakespeare com uma informalidade cômica; interrompendo rápida e enfaticamente a recordação de seus devaneios vagos ("Srta. Waite? Imagino que não se recorde de mim. Bom, meu nome é Arthur Langdon; quero lhe dizer que a sua interpretação de Pórcia foi..."). "Claro que deve ser o sr. Langdon. É que eu sou tão nova aqui..."

"Claro." A mulher pareceu aliviada, ainda dando a impressão de que a questão era importante. "Ele já começou a citar Suetônio?"

De repente, Natalie quis causar uma boa impressão na esposa da figura esguia que poderia, a qualquer instante, citar Suetônio. "Meu pai", contou, "diz que as pessoas só citam quando não conseguem argumentar direito de outra forma."

"Entendo", disse a sra. Langdon; Natalie pensou que talvez estivesse guardando esse comentário para usá-lo com o marido. ("Querido, eu entendo que as pessoas só...") "Você está gostando daqui?", a sra. Langdon perguntou.

Não era, é claro, a primeira vez que Natalie ouvia a pergunta; ela riu com acanhamento e depois, mudando de ideia no meio da resposta, por alguma razão, ela disse, incomodada, "Ainda não sei. É que ainda tenho muito o que aprender".

"Não gosta de dobrar esquinas correndo?", perguntou a sra. Langdon, e interrompeu, sorridente, a caminhada. "Eu moro aqui", anunciou. "É a casa do corpo docente — observe a arquitetura, criada por outro membro do corpo docente, já falecido, observe as obras de cantaria da faculdade e o ar informal dos canos de esgoto. As alunas", acrescentou sobriamente, "são livres para pedir aos docentes ajuda e aconselhamento, embora se recomende que não visitem a residência dos docentes sem que convites específicos sejam emitidos." Ela tornou a sorrir, e Natalie retribuiu o sorriso. "Ninguém presta muita atenção a esse tipo de coisa", disse a sra. Langdon. "Não quer entrar?"

"Obrigada", respondeu Natalie; seria verdade que tivesse sido convidada de forma tão casual a entrar na casa de Arthur Langdon?

Quando a porta se fechou às costas delas, Natalie hesitou no pequeno corredor; o fato de que sem dúvida aquela fosse a casa onde vivia Arthur Langdon parecia de alguma forma colorir o ar dali, e aquele não era um rastro do fumo de seu cachimbo? Podia ser que, parada no corredor, os pés de Natalie pisassem exatamente nas pegadas de Arthur Langdon. Também era inegável que ele tivesse em algum momento tocado na maçaneta.

Elizabeth Langdon, a porta da própria casa fechada, havia se transformado, assim como um passarinho que volta à gaiola já não é mais uma criatura de círculos e parábolas, mas sim uma coisinha saltitante; Elizabeth arrancou o chapéu e tirou o casaco dos ombros e, precedendo Natalie ao entrar em uma sala de estar clara, largou o chapéu e o casaco no sofá. "Tire as suas coisas", disse com um gesto. Parecia ter aceitado Natalie dentro de casa como uma pessoa, algo mais que a mera aluna que Natalie era fora da casa. Natalie viu obscuramente, ao se atrapalhar com os botões do casaco, uma série de encontros com Elizabeth Langdon fora da casa, de perguntas formais sobre sua saúde e risadas respeitosas, de civilidade e desinteresse e cortesia, de Elizabeth Langdon negando educadamente tudo que pudesse ter dito dentro da casa.

"É muito agradável aqui", elogiou Natalie. Apesar de já ter passado os olhos pelo ambiente (se perguntando, enquanto isso, com um olhar rápido e furtivo para Elizabeth Langdon, O que ali dentro ela achava tão inquietante? *Eu* vou ser feliz aqui? Um dia vou conhecer bem essas coisas?), ela agora fez uma grande representação do ato de olhar ao redor, deixando os olhos pousarem por bastante tempo na água-forte de Hayter em cima do console, assimilando com gratidão as cores misturadas das capas dos móveis, das cortinas, do tapete. Havia livros, e ela avaliou os objetos e os Langdon segundo seu processo secreto (a proporção de sobrecapas coloridas e encadernações enfadonhas) e os considerou suspeitos — muito amarelo e vermelho, pouquíssimo couro. Passou por sua cabeça que era provável que gostasse bastante dos Langdon, apesar de deplorar um pouco e em particular Elizabeth.

"Eu *posso* te oferecer uma bebida, sabe", Elizabeth Langdon observou; estivera ocupada pendurando os casacos e agora se afastava do armário, o cabelo desgrenhado. "Quer um drinque? Um martíni?"

Natalie se deu conta de *como* era indelicada a situação toda. Estava na faculdade não fazia mais de um mês, e tinha a certeza de que aquela mulher não tinha nada que lhe oferecer drinques, ou sequer falar com ela daquele jeito. "Muito obrigada", disse Natalie, pensando, *Ela* deve estar numa solidão *terrível*. O problema dela era exemplificado precisamente pela questão de sentar: como aluna, ela jamais se sentaria enquanto a esposa de um docente estivesse de pé; como convidada, sem dúvida poderia. A única solução era elevar a situação a um país das maravilhas onde nenhuma regra se aplicasse, portanto Natalie, com uma informalidade tenaz, seguiu Elizabeth até a cozinha apertada.

"Posso te ajudar?", Natalie perguntou.

"Não tem no quê", disse Elizabeth, a cabeça enfiada na geladeira. "O Arthur deixa um jarro de martíni já pronto. Eu não sei fazer", acrescentou, tirando a cabeça dali, "e ele está sempre cansado quando chega da aula. Azeitona?"

"Obrigada."

"Que *porcaria*", reclamou Elizabeth. Ela se inclinou para trás na tentativa de ver a prateleira mais alta da despensa. "Chega", ela decretou, e se virou e riu para Natalie. "A gente vai ter que tomar martíni em copo de suco. Só tem uma taça de coquetel que eu não quebrei e é claro que tive que dar ela para o Arthur."

Natalie, que não tinha certeza absoluta de qual era a diferença entre uma taça de coquetel e um copo de suco, dedicou um instante a refletir sobre a estranheza de guardar a última taça para Arthur, antes de dizer, "Minha mãe nunca me deixa secar os copos lá em casa porque eles sempre caem da minha mão". Por que eu disse isso?, ela se perguntou de novo, não é verdade. Agora vou ter que me lembrar disso para não falar para ela, daqui a alguns minutos, que eu nunca quebro nada.

Levaram as bebidas para a sala de estar, caminhando com cautela e sem falar. Então, quando Natalie já havia tomado seu lugar em uma poltrona estofada, com o drinque corretamente apoiado no porta-copos e um cigarro oferecido e rejeitado (Natalie teve medo de fumar até resolver o problema de quem acenderia o cigarro de quem; era complicado para Natalie se levantar da poltrona estofada e ir até Elizabeth com um fósforo, mas era impensável que Elizabeth se levantasse do sofá e fosse até Natalie com o fósforo. Passou pela cabeça de Natalie que ela poderia acender um cigarro quando Elizabeth já estivesse fumando o dela, tirando um do bolso com ar distraído, como quem fuma sem pensar, e acendendo-o sem prestar atenção, segurando o fósforo um tempinho além do necessário enquanto falava), Elizabeth se recostou no sofá, olhando para Natalie com um sorriso, e disse, com ares de quem tem todo o tempo do mundo para chegar a assuntos mais importantes, "Então você é uma das alunas do meu marido?".

"Creio que sim", Natalie disse cautelosamente — melhor não parecer muito aflita.

"Você gosta daqui?", Elizabeth quis saber.

Ainda não era uma questão sobre a qual Natalie estivesse inteiramente segura para responder. Decidiu por fim que o mínimo que poderia fazer era responder de novo a essa cordialidade resoluta com franqueza, e olhou para Elizabeth, sorriu e deu de ombros. "Acho que ainda não gosto muito", reconheceu. "Parece que ninguém presta muita atenção em ninguém."

Elizabeth assentiu, optando por considerar essa declaração como um fato legítimo. "É verdade", confirmou. "Você vai perceber que, quanto mais o tempo passa, menos atenção elas prestam, e você se acostuma. É porque todo mundo aqui está mais concentrado em si e nos próprios interesses, e ninguém liga para ninguém nem para a educação, ninguém liga de ensinar os jovens ou ajudar alguém, mas todo mundo se interessa por conseguir o máximo possível o mais rápido possível."

O que foi que eu comecei?, Natalie pensou. "Acho que é uma boa descrição da educação", ela disse, tateando. "Mas se você aprender *isso*, já é alguma coisa."

Elizabeth não entendeu o comentário; fitava o copo de bebida, o longo cabelo claro caindo suavemente nas laterais do rosto, os olhos atentos. Quando ergueu os olhos, de repente, no instante em que Natalie terminava de falar, ela sorriu e disse, "Acho que sou mais ácida porque eu era aluna e agora sou esposa de um docente".

"Eu imaginava que você teria o dobro de amigos assim", Natalie disse, se perguntando se era sobre amigos que estavam falando.

Elizabeth fez que não; Natalie achou que o movimento a faria derramar a bebida e então reparou que o copo de Elizabeth estava vazio. Às pressas, Natalie pegou o próprio copo e bebeu. "Significa que quase *não tenho* amigos", declarou Elizabeth, que agora olhava Natalie beber. "Não dá, sabe? As meninas que eu conhecia como alunas agora estão no último ano, e é muito difícil para mim conversar com elas. E é claro que todas as outras esposas de docentes são velhas demais para mim."

"Você não terminou a faculdade antes de se casar?", Natalie sondou com interesse, *este* era um feito digno de inveja.

Elizabeth balançou o cabelo comprido de novo. "Para começo de conversa, eu não queria vir", contou. "Eu sou *só* uns três anos mais velha que você."

E no entanto ela pode ficar aqui sentada servindo drinques, Natalie ponderou. "Eu tenho dezessete", ela disse.

"Está vendo?", disse Elizabeth. "Completei vinte e um no meu último aniversário."

Devo dizer que ela não aparenta?, Natalie cogitou. "Eu acho você lindíssima", declarou, provocando um enorme choque em si mesma com essa afirmação, que não estava em seu repertório habitual.

Elizabeth sorriu de novo, o sorriso dessa vez se aprofundando de prazer, os olhos cintilando. "Que *gentileza* a sua", ela disse. "Outro drinque?"

Natalie olhou para o copo pela metade. "Sou muito devagar", constatou.

"Eu te espero", disse Elizabeth, revirando o copo entre os dedos. Ela obviamente planejava *apenas* esperar, sem fazer mais nada, que Natalie tomasse logo o resto do drinque, segurando a azeitona na boca e lhe estendendo o copo ainda de boca cheia.

Quando Elizabeth voltou com os drinques, ela pediu, "Tenta acompanhar o meu ritmo", ao pôr o copo de Natalie na mesa.

"Sim", ela prosseguiu, retomando a conversa de onde tinha parado, "eu não percebi onde estava me metendo, me casando com o meu professor de inglês." Ela se sentou no sofá e olhou para Natalie com tristeza. "Às vezes dá vontade de *chorar*", ela disse.

Natalie, que na melhor das hipóteses não estava acostumada a beber, e obviamente não estava acostumada a tomar dois drinques às pressas depois de uma tarde confusa, começava a se sentir deliciosamente à vontade, e simpática, e forte, e solidária. A essa altura já via claramente que Elizabeth era uma mulher de beleza estupenda; já não lhe parecia estranho que uma estudante de faculdade se casasse, mas estranho apenas que alguma infelicidade se aproximasse daquela criatura perfeita.

"Gostaria de ter como ajudar", disse Natalie. Tinha quase certeza de que havia lágrimas nos olhos dela.

"Seja minha amiga", pediu Elizabeth. Ela olhou Natalie com sinceridade. "Seja minha *amiga*", repetiu. "Nunca conte a ninguém."

"Nunca contar o quê?"

Elizabeth, que naquele instante se levantava com o copo vazio na mão, estacou, se virou um pouco para a porta para escutar. Não havendo barulho nenhum na sala, elas ouviram vozes de fora, pessoas se chamando e rindo. Passado um minuto, Elizabeth relaxou e fez um movimento mecânico em direção ao copo de Natalie.

"Não", disse Natalie, "não, obrigada."

Sem comentar, Elizabeth se virou e foi à cozinha, e voltou um instante depois com o copo cheio. "Nunca conte a ninguém", ela disse. "Ninguém pensa que estou infeliz, ninguém nem *sonha* que eu esteja infeliz, e você sabe que quando as pessoas descobrem que você é infeliz elas começam a se perguntar o porquê, e então te olham e acham que você está envelhecendo ou coisa assim. São todas invejosas, de *qualquer* forma. Continuo tão linda quanto sempre fui." Ela virou o rosto por sobre o pescoço com orgulho, e Natalie, sentindo-se mais do que nunca magricela e sem forma, assentiu com admiração. "Veja só", Elizabeth prosseguiu, abrindo as mãos vazias diante de si e mirando os dedos, "as alunas todas acham que sou amiga das esposas dos docentes e todas as outras esposas de docentes acham que sou amiga das outras esposas de docentes e todas as outras…" Ela parou, os olhos arregalados. Sem dúvida houve um passo do outro lado da porta, depois ela se abriu e Arthur Langdon entrou.

Ele estava bonito e cansado, e parecia, com seu casaco esportivo puído, com os cotovelos de camurça, como se a imagem mental que fizesse de si fosse um bocado mais refinada do que a visão de si era para os outros. Quando ele passou pela porta, seus olhos assimilaram rapidamente a esposa, Natalie e os copos de bebida vazios. Sem se pronunciar, ele deixou a pasta ao lado da porta e entrou devagar na sala. Depois de outro olhar ligeiro e inclusivo para Natalie, ele observou a esposa.

"Minha querida", ele disse cordialmente, e sorriu para Natalie por cima do ombro.

"Eu só tomei um", declarou Elizabeth. "A menina pode confirmar, eu só tomei um."

"Claro que foi", ele disse a ela, e se virou e deu um largo sorriso para Natalie. "Minha esposa parece relutar em nos apresentar", ele disse. "Meu nome é Arthur Langdon."

Quem ele achava que eu *pensava* que fosse?, Natalie se perguntou. "Sou Natalie Waite", ela anunciou e, para ir logo mostrando sua posição (assim poderia expulsá-la caso quisesse?), ela acrescentou, "Sou sua aluna de inglês do primeiro ano."

"Imaginei que fosse", ele disse. "Posso tomar um desses com você?"

Ele pegou o copo quase vazio de Natalie de sua mão, passou pela esposa sem aparentar ter visto o copo dela e foi à cozinha. Voltou um minuto depois, olhou uma vez para a esposa e entregou a Natalie o copo cheio. "À sorte", ele brindou, e ele e Natalie beberam, Natalie com cautela e percebendo que ele tinha pegado a única taça de coquetel para tomar seu drinque. "Bom", ele soltou, e se sentou na poltrona ao lado de Natalie, "o que você acha daqui?"

"Gosto muito", Natalie disse. "Claro que ainda é meio esquisito."

"Vai ser estranho por um tempo", ele disse. "Sei o que estou dizendo: *eu* levei quatro anos pra me acostumar."

"Estou gostando das suas aulas", Natalie declarou, pensando, Meu pai me ensinou a ser mais inteligente do que estou sendo agora; mas Arthur Langdon a deixava desorientada. Ele era sutilmente familiar para ela, como se suas palavras fizessem sentido em mais de um nível, como se já houvesse uma comunicação estabelecida entre eles depois de cinco minutos, como se, na verdade, ele tivesse plena consciência de que ela *era* capaz de ser mais inteligente do que estava sendo, e tivesse a tolerância de aguardar que a estranheza do ambiente se dissipasse antes que a conversa começasse. Será que ele faz todo mundo se sentir assim?, Natalie refletiu. O horror de ter a reação que todo mundo teria a instigou a dizer, vacilante, "Você me lembrou o meu pai na aula de hoje".

Ele sorriu. "Todas as alunas do primeiro ano percebem, mais cedo ou mais tarde, que tem um professor que as faz se lembrarem do pai."

"Agora você me fez lembrar dele de novo", declarou Natalie. "*Ele* fala igualzinho."

Arthur Langdon ergueu as sobrancelhas, incrédulo.

"Ele é escritor", Natalie comentou, sem graça; passou por sua cabeça que ela não teria tanta dificuldade de pôr as palavras para fora se o pai fosse encanador, ou mesmo policial; se ele não me perguntar quem é o meu pai, ela pensou, vou ter que ser direta e lhe dizer e então suponhamos que ele não saiba de quem estou falando e o que é que eu *posso* dizer? "Arnold Waite", ela disse.

"Sério?", Arthur Langdon assentiu; por um instante, Natalie teve a certeza de que ele nunca tinha ouvido falar de seu pai e de que talvez — com mal-estar, com perplexidade e talvez até com pedidos de desculpas — tivesse que explicar, e então Arthur Langdon assentiu de novo e disse, "Eu gostaria de conhecê-lo uma hora dessas".

"Espero que isso aconteça", Natalie disse em tom cortês.

Elizabeth Langdon, que estava curvada para a frente com o cabelo comprido caindo ao redor do rosto e segurava o copo vazio com as duas mãos, e olhava vivamente do marido para Natalie quando eles se pronunciavam, perguntou com uma expressão de interesse atento, "Ele não é o escritor?".

O marido e Natalie a encararam em silêncio. "Assim", ela disse, mexendo no copo para ilustrar, "ele não é Arnold Waite, o escritor?"

"Imagino que sim", Natalie respondeu sem convicção, "apesar de ter escrito um *livro* só."

"Eu tinha *certeza* de que ele era escritor", Elizabeth Langdon disse com satisfação. "Lembra", ela perguntou, cutucando o marido, "que você me deu um artigo dele que saiu em uma revista para eu ler, e eu li e falei que era ótimo?"

Arthur Langdon disse a Natalie, "Espero que a gente possa se encontrar quando o seu pai vier te ver. E quando você escrever para ele", ele acrescentou com uma risada modesta, "diga que estou usando algumas coisas dele nas minhas disciplinas mais avançadas".

"Digo, sim", Natalie respondeu com gratidão.

"Aliás", disse Arthur Langdon, se virando para a esposa para demonstrar que falava com ela, "algumas meninas vão aparecer um pouco antes do jantar."

Houve um breve momento de silêncio. E depois, "Quem?", questionou Elizabeth Langdon.

"Algumas alunas minhas", respondeu Arthur Langdon.

"Deve ser quase cinco horas", Natalie disse rápido. "É melhor eu voltar."

Ela se levantou, e Arthur Langdon sugeriu, "Não vai, a não ser que você tenha alguma coisa muito importante para fazer. Talvez você curta conhecer as meninas."

"Bom", Natalie falou, hesitante, sem saber até que ponto aquelas pessoas poderiam querê-la por causa do pai ou por ela mesma. "Eu *gostaria* de ficar", admitiu, retrocedendo a seu país das maravilhas onde não havia precedentes.

"Fica, *por favor*", pediu Elizabeth Langdon.

Esse pedido, pelo menos, não poderia ser dissimulado. Natalie deu um sorriso acanhado e tornou a se sentar.

Depois de ter demonstrado definitivamente a continuidade de sua presença, Arthur Langdon parecia se sentir livre para conversar com a esposa, como se agora Natalie fosse de tal modo um membro da família que não escutaria nada do que falasse. Sua antiguidade como convidada permitia que falassem das convidadas que esperavam, e até que torcessem, talvez, para que Natalie participasse dos preparativos para o encontro, talvez carregando copos, ou esvaziando cinzeiros, ou apenas se armando com um estoque de conversa fiada a ser usado assim que entrassem.

"Elas não vão tomar mais que dois drinques cada", Arthur Langdon disse à esposa. "Tem pretzel ou coisa desse tipo?"

"Que estardalhaço é esse por causa *delas*?", Elizabeth questionou, imóvel.

"Eu gosto que as coisas estejam bem arrumadas quando minhas alunas vêm me ver", ele retrucou.

"Para *elas* já está bom conseguir uma bebida de graça e umas palavras de sabedoria da sua boca", Elizabeth rebateu.

"Mesmo assim", ele disse em tom enfático, "quero que minhas alunas sejam tratadas da melhor forma possível."

Elizabeth se dirigiu a Natalie, "A gente não precisa de nada requintado, não é? Pretzel? Caviar importado? Peito de galinha-d'angola?".

Natalie abriu a boca para falar, Arthur Langdon abriu a boca *dele* para falar, e a campainha tocou. "Eu atendo", Arthur disse rapidamente. A esposa o observava inexpressiva enquanto ele ia à porta.

"Ele não pode esperar, né?", disse a Natalie em tom de desagrado.

Natalie, constrangida e arrependida de não ter ido embora, mas ao mesmo tempo curtindo imensamente a série de acontecimentos a que podia assistir sem ser de fato envolvida, se levantou, vacilante, quando Arthur abriu a porta.

"Quer que eu vá buscar pretzel ou alguma coisa pra você?", ela ofereceu a Elizabeth.

Elizabeth riu. "O Arthur vai buscar", explicou. "Veja só o Arthurzinho se fazendo de anfitrião."

Arthur voltou à sala, seguido por duas garotas. Natalie, mirando as duas com um olhar fixo possível apenas porque ambas olhavam para Arthur e naquele momento ignoravam ela e Elizabeth, notou com a irritação que começava a reconhecer como ciúmes que as duas eram encantadoras, assim como Elizabeth Langdon era encantadora: a beleza arredondada, colorida, opulenta das meninas que tinham sido bebês lindos e menininhas lindas e lindas alunas de internatos e que tinham, por fim, na faculdade, alcançado a satisfação da beleza porque finalmente eram casadouras; que seus encantos fossem amortecidos assim como os de Elizabeth tinham sido amortecidos não era mais que um pequeno consolo para Natalie; que esse encanto fosse construído e recarregado pela consciência do encanto, e quase sempre mascarasse uma estupidez vazia, não era consolo nenhum. A ideia adicional de que, estabelecendo-se como premissa que os encantos das moças eram um jeito infalível de a natureza lhes garantir maridos, aquelas duas poderiam no máximo se casar apenas com uns poucos homens do mundo, era menos ainda que consolo nenhum.

Vicki, uma delas se chamava, e a outra era Anne. Vicki tinha belos olhos pretos de cílios longos que disfarçava, como se fosse uma piada entre ela e o observador, com óculos de armação grossa; nos óculos, para realçar a piada, ela mexia o tempo todo, tirando-os e colocando-os com um gesto de eficiência simulada, usando-os para gesticular, para segurá-los nas mãos, mas raramente para deixá-los no rosto. Com ou sem os óculos, ela dava também a impressão de enxergar nitidamente o que se passava ao redor, e de desfrutar sem pena.

Anne — será que as meninas tinham feito amizade de propósito? — era doce e quieta; como se tivesse saído de *Mulherzinhas*, Natalie desdenhou, pensando ao mesmo tempo que não seria boa ideia subestimar Anne, que dava sorrisos tímidos e quase fazia reverências, que olhava com doçura para Natalie e para Elizabeth e para Vicki e para Arthur Langdon, como se fosse incrível que neste belo mundo todos fossem tão gentis com a tímida Anne; que jamais, estava bem claro, abriria mão de um bocadinho sequer de qualquer coisa que já tivesse conquistado.

"Como vai, sra. Langdon?", Anne perguntou baixinho a Elizabeth. "*Como* você está?"

"Muito bem, obrigada, Anne", disse Elizabeth, sem se mexer do sofá.

"Sra. Langdon", disse Vicki, se aproximando de Elizabeth com a mão esticada, "faz muito tempo que a gente não te vê."

Seriam suas amigas dos velhos tempos? Natalie se perguntava; talvez duas das garotas que conhecera quando eram alunas? Ela se virou ao escutar seu nome. "Natalie Waite", Arthur anunciava.

"Como vai?", Natalie disse, educada, e por um longo minuto sentiu que os dois pares de olhos a encaravam, talvez a menosprezando, a avaliando.

"Acho que já te vi na sala de jantar ou em algum outro lugar", Vicki constatou, como se para ela a sala de jantar fosse uma propriedade inferior, pertencente à sua herança geral, mas raramente visitada, talvez pela aridez, talvez pela natureza provinciana de seus habitantes.

"Você é nova, não é?", acrescentou Anne.

E esse, Natalie pensou, é o grau de meu impacto sobre a faculdade até agora; ela sinalizou que de fato era nova, e de algum modo conseguiu, sem querer, insinuar que estava diante das primeiras quatro pessoas com quem tinha conversado como conhecidos formais desde sua chegada à faculdade. Todos os quatro sorriram para ela, pela única vez unidos, com a superioridade comum de estarem naquele lugar há mais tempo que Natalie. Talvez também, naquele momento, algo vago tivesse se consolidado dentro de Natalie, em face das três garotas encantadoras na sala, adquirindo assim uma personalidade menos dócil e submissa e se tornando sem aviso prévio uma alma tão boa quanto os outros; do alto do baluarte de seu orgulho possessivo de si mesma, ficava aparente que as outras fortalezas tinham falhas de defesa. Ela poderia, pensou naquele instante, optar por estabelecer uma relação com aquelas duas meninas; era óbvio que Elizabeth e Arthur Langdon tinham percebido que, dentre os inúmeros rostos desconhecidos do novo corpo discente, Natalie havia se tornado um indivíduo, com um pai, e reconhecível. Valeria a pena — e de novo essa ideia nunca tinha, nessas palavras, inquietado Natalie — se incomodar com alguém dali?

De qualquer modo, conhecidos ou não, primeiro era necessário que todos achassem um lugar para se sentar, e que Arthur servisse drinques a todos, e que Elizabeth, que jamais se mexia do sofá, onde agora estava meio reclinada, dissesse umas poucas palavras, conseguindo de alguma forma — ao que parecia — desentalar as civilidades mais simples de um jeito ao mesmo tempo indiferente e afrontoso. Natalie olhou para seu copo com acanhamento, não tanto por Elizabeth, mas pelo fato de que de repente havia descoberto que na confusão de lidar com a chegada de Vicki e Anne, consumira, sem se dar conta, o resto do drinque, somando, com o novo que Arthur estava lhe entregando, quatro drinques fortes para Natalie. Ela se admirou, e imaginava ter se admirado antes, por essa substância inebriante ser líquida; por que uma substância tão desfrutada não era sólida, feito bala, ou um fumo, como tabaco, nem um mero aroma? A estranheza de ter que *beber* álcool (não conseguiria de jeito nenhum tomar tanta água no fim da tarde) desconcertava Natalie, e ela quis falar dessa perspectiva singular mas não achou um modo de exprimi-la; em seguida percebeu que Arthur Langdon falava.

"... E por isso pensei que poderíamos trabalhar por esse ângulo por um tempo. Vocês precisam ler o livro", ele dizia a Anne.

Anne o olhou por um tempo antes de responder; teve o efeito duplo de manter todos os olhares fixos nela enquanto aguardavam sua resposta, e de convencer a todos, ao que parecia, de que era séria, e tinha medo de emitir suas opiniões, e também fazia com que as pessoas acreditassem que, quando se pronunciasse, seria com um ceceio leve, charmoso. Natalie teve a insensatez de pensar que esse método seria ineficaz com qualquer pessoa de sensibilidade, a não ser na primeira vez. "Empresta para mim?", Anne pediu a Arthur, por fim.

Que *boba* ela é, Natalie pensou, e olhou para Elizabeth para ver se Elizabeth também achava Anne uma boba, mas Elizabeth de novo mirava as próprias mãos e o copo vazio.

"Você está gostando daqui?", Vicki perguntou a Natalie. "Ainda é muito esquisito?"

"De jeito nenhum", Natalie declarou, educada. "Todo mundo tem sido muito gentil."

"Anne e eu estamos no andar abaixo do seu", contou Vicki. "Você sabia?"

"Na mesma casa?", Natalie perguntou, surpresa.

"Mesma casa", Vicki confirmou, fazendo-a parecer um bordel. "Eles sempre botam algumas veteranas confiáveis com as alunas novas. Para que elas se sintam à vontade", acrescentou, e sorriu de orelha a orelha.

"Não vi vocês", Natalie disse.

"Fomos ao seu quarto outro dia, quando você não estava", Vicki disse em tom despreocupado. Natalie a encarou e ela riu. "A gente sabia que você não se incomodaria", declarou. "Ficamos curiosas com você porque você parecia mais interessante do que a maioria. Tem uma moça ruiva..." Ela estremeceu de modo teatral. "Bom, a gente queria descobrir como você é, então a gente deu uma volta lá quando você não estava."

Anne tinha desistido da conversa com Arthur para escutar Vicki, e agora ria, charmosa. "A gente praticamente entrou *de fininho*", ela disse a Natalie.

"Não dá pra confiar nessas duas", Arthur Langdon acrescentou com o que talvez fosse orgulho. "Elas são capazes de *tudo*."

"Não entendo", Natalie falou, insegura, querendo dizer que não entendia os próprios sentimentos naquele instante; a ideia de alguém, sobretudo aquelas duas garotas, entrando sem convite no quarto dela lhe era abominável. Por outro lado, elas pareciam não ver nada de errado, pois a fitavam com um olhar tranquilo, sem culpa, entretido; tinham baseado a visita em uma opinião supostamente elogiosa sobre Natalie, criticavam a garota ruiva, e tinham as bênçãos de Arthur Langdon, embora Elizabeth as olhasse com um desprezo desinteressado.

Ela balançou a cabeça; devia aceitar a situação e apostar no valor que as duas garotas poderiam ter para ela; devia demonstrar raiva e deixar claro para Arthur Langdon que não deviam mexer com ela, que nem mesmo Vicki e Anne estariam a salvo se decidissem se meter com Natalie Waite? Elizabeth, na melhor das hipóteses, era uma aliada dúbia, o diário de Natalie estava sempre trancafiado e a chave estava sempre com ela, ela ainda não tinha se incriminado de forma nenhuma naquele quarto. Ela deu um sorriso rápido e disse, "Mas como foi que vocês entraram? Eu sempre tranco a porta".

Anne e Vicki riram, e até Arthur riu junto. Anne disse, muito dócil, "Todos os quartos correspondentes de cada andar usam a mesma fechadura. Seu quarto é o 27, então as chaves do 17, do 37 e do 7 servem para destrancar a sua porta."

"Você não ficou sabendo que a gente entrou lá?", Vicki perguntou a Natalie. "A gente se sentou na sua cama e leu alguns dos seus livros."

E minhas cartas, Natalie pensou, e julgaram minhas roupas e fizeram comentários sobre a roupa suja debaixo da cama e abriram as gavetas da minha cômoda e observaram a vista da minha janela e provaram meu batom e experimentaram meu perfume e testaram...
"E o que foi que vocês descobriram sobre mim?", ela perguntou.

"Eu achei", disse Anne com toda sua inocência, "que você devia ser uma pessoa interessantíssima para conhecer." Por um triz não comeu o final das palavras. "Aqueles *livros* todos", acrescentou.

"A não ser pela colcha", Vicki comentou com rudeza. "*Quem foi* que escolheu aquilo?" Ela transformou o comentário em um elogio débil hesitando um tempo e depois dizendo, "Não foi *você*, é claro".

Decidida a não se livrar da colcha até que estivesse em retalhos, Natalie respondeu, "Minha mãe. Ela também escolhe as minhas roupas". Torceu para ter insinuado que era louca demais para se preocupar com roupas e colchas, talvez a ponto de desesperar o coração da mãe por sua leviana falta de praticidade. "Meu pai escolhe os meus livros", ela disse a Arthur Langdon, e ele assentiu, impressionado.

"Você não decide nada por conta própria?", Anne perguntou com doçura.

"*Minha* mãe", Vicki declarou com tristeza, "não dá a mínima para *o que* eu visto. Uma vez, só pra provar, eu pintei a unha de preto — isso foi quando eu tinha uns quinze anos", acrescentou logo, olhando de Natalie para Arthur Langdon, "... e quando me sentei à mesa de jantar e mexi as mãos sem parar, tentando fazer com que ela percebesse, ela acabou me dizendo, 'Victoria, minha querida, queria que você comesse mais verduras; você me parece tão nervosa'."

Natalie riu; ela havia se comprometido a ser amável e estava decidida a tornar legítimos os dados a seu respeito que aquelas meninas tinham adquirido; ela pensou, vou ter que ver a colcha dos quartos delas antes de dormir na minha de novo.

"Outro drinque?", ofereceu Arthur Langdon. Fez um gesto grandioso com a mão, como se juntasse todos os copos.

"Muito obrigada", disse Anne, e Vicki esticou seu copo com um sorriso. Natalie descobriu com horror que havia terminado outro drinque, mas seu leve protesto foi subjugado por Arthur Langdon. Assim como antes, ele passou pela esposa sem se oferecer para pegar seu copo vazio, e Vicki e Anne se entreolharam e então olharam, desconcertadas, para Natalie, e todas sorriram.

"O verão de vocês foi bom?", Elizabeth perguntou de repente.

Anne deu de ombros com perfeição e Vicki disse, "Acho que foi a mesma coisa de sempre. Meio chato".

"Vocês passaram juntas, imagino?", disse Elizabeth, dessa vez se dirigindo a Anne, a anfitriã educada falando primeiro com uma convidada e depois com a outra.

"Claro", confirmou Anne, e depois ela deu uma risada irônica. "Acho que estamos sempre", constatou.

"Passamos boa parte do tempo na ilha", contou Vicki.

"Essa ilha", Elizabeth tomou o cuidado de explicar a Natalie, já que talvez fosse a vez de se dirigir a ela, "de que a Vicki fala com tanta modéstia é um pequeno refúgio de uns mil quilômetros quadrados que é da família dela. O nome é algo do estilo Fique um Pouquinho ou Estalagem Gotas de Orvalho ou Lar do Joe."

"É Shangri-lá", Vicki esclareceu, serena. "Não fui *eu* que dei o nome."

"Mas é um lugar fascinante; muito *reservado*", disse Anne, olhando para a parede entre Elizabeth e Natalie.

Elizabeth disse a Natalie, como se quisesse dar uma definição clara, como se agora fosse necessário ressaltar os fatos, "A mãe da Anne, aliás, cria vestidos de gala que nem você nem eu poderíamos bancar".

Em primeiro lugar, Natalie pensou, como é que ela sabe que eu não posso bancar...?, e então compreendeu que era uma aliada ainda inexperiente mas provavelmente fortíssima, e se Elizabeth pudesse usar uma paródia social pesada para situar Anne e Vicki em outro mundo e botasse sua tropa melindrosa, depauperada, a salvo atrás do orgulho de ambas... chegando até aí, Natalie ponderou, Ela deve saber que detestei que tenham ido ao meu quarto, e disse, "Minha mãe é quem escolhe meus vestidos de gala". Vestidos de gala, ela pensou, vestidos de gala para Natalie Waite, a debutante.

"O *meu* irmão vende seguros em Nova Jersey", declarou Elizabeth, carregando um pouco demais nas tintas.

Natalie riu, e Vicki e Anne se voltaram para ela ao mesmo tempo, especulando.

"Ela está tirando sarro da gente, sabia?", Anne explicou a Natalie.

No meu próprio país sou considerada uma grande assassina, Natalie pensou; da próxima vez ela vai ficar no lugar que lhe cabe. "Ela *deve* estar mesmo", Natalie disse com doçura.

Elizabeth chegou até a beirada do sofá e pôs o copo no chão. Natalie, Vicki e Anne a observavam em silêncio, e então Elizabeth levantou a cabeça e olhou para Anne.

Ela tem certeza de que estou do lado dela, Natalie pensou; o que ela vai fazer?

"Você ainda está correndo atrás do meu marido?", Elizabeth de repente perguntou a Anne. "Você está se saindo melhor este ano?"

"Vocês já estavam quase desistindo de mim?" Arthur Langdon voltou à sala com uma bandeja onde havia quatro copos cheios e uma tigela de pretzels. Quando pôs a bandeja na mesa de centro e começou a distribuir os copos, ele disse, "Desculpe deixar vocês esperando. Tive que preparar mais bebida". Ele olhou por um longo instante para a esposa, que o encarava solenemente. "Tinha acabado tudo", completou Arthur. "Pretzel?", ele acrescentou, se dirigindo a Anne.

"Querido", Elizabeth disse em tom suave, "a Anne e a Vicki estavam nos contando o que elas andaram fazendo no verão. Tiveram umas férias *muito* interessantes."

"Sério?", Arthur perguntou a Vicki; sua voz tinha um toque de melancolia.

"O de sempre", Vicki disse, e Elizabeth gargalhou.

Agora Natalie estava feliz demais para cogitar ir embora. Ponderou que gostaria de estar no lugar de Vicki, talvez, naquela cena, ou mesmo no de Anne; seu sentimento de pena por Elizabeth, que fora no máximo passageiro, agora era uma espécie de espanto curioso; do que mais aquela maluca seria capaz? Como se mostrava tão fraca diante daquelas duas garotas, diante de Natalie, que ela conhecia tão pouco?

"Me fale do seu pai", Arthur Langdon pediu a Natalie. Ela tentou seguir os passos dos pensamentos dele. (A família de Vicki, dinheiro, fama, o pai de Natalie) e disse, "Tenho certeza de que ele adoraria conhecer o senhor. Vou ter que escrever para ele e contar tudo a seu respeito, sabia?".

Ele a fitou com expressão curiosa, e ela esclareceu, "Eu conto quase tudo que acontece para ele, principalmente", ela disse, ponderando, Por que não jogar uma isca para ele?, "das pessoas interessantes que eu conheço". Ela sorriu fazendo uma excelente imitação do sorriso acanhado de Anne.

"Ele é mesmo uma pessoa interessante", Anne concordou imediatamente.

"O seu pai vai…", Vicki começou.

"Interessante feito um inseto que come folha de batata", Elizabeth rebateu do sofá.

Estamos todos meio bêbados, Natalie disse a si mesma, sensata.

Quando o telefone tocou, ficou perfeitamente claro para todo mundo na sala que Elizabeth não tentaria se levantar do sofá para atendê-lo, e todo mundo menos Arthur Langdon ficou tenso, esperando que ele saísse da sala outra vez.

Quando ouviram a voz dele, distante, dizendo em outro cômodo, "Alô?", Vicki foi logo dizendo a Elizabeth, "Acho desnecessário que você fale com Anne do jeito que falou, sra. Langdon. Afinal, a Anne nunca…".

"Eu *aposto* que a Anne nunca", Elizabeth retrucou.

Vicki fez um gesto de quem não pode fazer nada para Natalie. "Essas mulheres sempre desconfiam…", disse diretamente a Natalie.

Natalie pensou em dizer, "Entendo", em tom solidário, mas resolveu não fazê-lo. Mais ironias não melhorariam substancialmente a situação, e seu compromisso com Elizabeth ainda não era irrevogável.

"Que tal você ir ao meu escritório?", Arthur Langdon sugeriu na outra sala.

Anne lançou um breve olhar para a porta que dava em algum lugar onde Arthur falava ao telefone, e disse com a dose certa de indignação confusa, "Afinal, sra. Langdon, Arthur e eu somos apenas..."

"Senhor Langdon", retrucou Elizabeth.

"Senhor Langdon", Anne obedeceu. "Só estamos estudando juntos. É que, como sou aluna dele, é natural que a gente..." Ela hesitou de forma admirável. "Estude junto", ela completou.

"E lembre-se", Vicki contribuiu, "que *você* também já foi aluna dele, sra. Langdon. Deve se lembrar do cuidado que ele tem..."

"Tchau", Arthur Langdon disse no outro cômodo, e todo mundo se calou e só voltou a falar quando ele retornou. Ele voltou a se sentar em sua poltrona e disse a Natalie, "Você estava me contando do seu pai".

"*Temos* que ir", anunciou Vicki. Anne assentiu e se levantou. Natalie, que abrira a boca para falar do pai, fechou a boca e começou a se levantar de sua poltrona, sem saber como agir.

Vicki olhou para ela. "Vem com a gente", disse por fim.

"Podemos jantar juntas", Anne sugeriu.

"Eu adoraria", Natalie disse, pensando, não sou uma aliada, sou uma mercenária. "Muito obrigada", disse a Elizabeth, e a Arthur, "me diverti bastante."

"Pode vir quando quiser", Arthur Langdon disse, parecendo falar sério.

"Foi muita gentileza sua nos receber", Vicki disse a Elizabeth. Não foi até o sofá para se despedir, e sim ficou ao lado da porta, como se soubesse muito bem que era melhor não chegar tão perto de Elizabeth a ponto de ela poder alcançá-la. "Quem sabe você não vem tomar um drinque com a gente um dia desses?"

"Obrigada", disse Elizabeth.

"Sra. Langdon", disse Anne. "Muito obrigada." Ela e Vicki se viraram para a porta, com Natalie logo atrás, e Anne disse a Arthur, de um jeito íntimo mas ao mesmo tempo bem claro, "Arthur, foi *muito* divertido".

Arthur Langdon olhou para a esposa com nervosismo, e disse, "Espero que vocês voltem logo".

"Adoraríamos", declarou Vicki.

Saíram porta afora, as três, com Arthur Langdon acenando enquanto percorriam a entrada. Quando finalmente fechou a porta, Vicki riu, e depois ficou quieta por um instante, ela e Anne andando com Natalie no meio e ambas, Natalie teve a impressão, observando-a, entretidas. Depois Vicki disse, como que para ninguém em especial, "Quantas ela tomou antes de a gente chegar?".

"Não sei bem", respondeu Natalie. Deveria contar histórias duvidosas? "Uns três ou quatro drinques."

"Alguém tem que dar um tapa naquele rostinho bonito", Vicki disse. "Quem dera o Arthur tivesse coragem."

Anne enfiou as mãos nos bolsos do casaco e fez uma dancinha pelo caminho. "*Eu* queria estar lá agora", declarou, "para ouvir a briga dos dois."

Natalie, minha filha,

Não, de fato, não leio mais Shakespeare; já passei da idade em que essas coisas são consideradas essenciais, e cheguei à idade em que só preciso de meia dúzia de citações herméticas — em outras palavras, elas e uma Concordância para qualquer crise inesperada. Sinto a forte influência da personalidade de meia-idade, quando um jogo de bola e o jornal vespertino são objetos de amor.

O que me lembra que sua mãe está resfriada e devo (está vendo, aqui está uma citação, embora tema ser bastante comum), devo incomodá-la, digo eu, para dar parte de mais um pedido de felicitações. Uma revistinha esquisita me concedeu uma estranha honra — meu jeito modesto de reformular uma solicitação especial que me fizeram de uma série de artigos, para que você tenha, caso sua mãe permita, um casaco novo neste inverno.

Admiro o seu sr. Langdon. Arthur Langdon, foi isso o que você disse? O nome não me é estranho; pergunte se ele já publicou. Tenho a impressão de que me recordo de uma série de poemas em um periódico presunçoso, mas talvez, agora que é professor adjunto, ele prefira se esquecer disso? Você não falou muito da sra. Langdon, a não ser que ela foi aluna dele — este é o único fato extraordinário a respeito dela? Não ande você no sol, minha Natalie, tampouco critique seu pai no futuro pelos esquecimentos. Perdoe também o fato de esta carta ser tão breve. Estou tirando um tempo de minha escrita para manter contato com você; suas cartas são, acredite, um ponto de luz na minha vida. Mandei você à faculdade para que aproveite, não para que se eduque, mas, minha querida, por favor, *tente* daqui em diante evitar os advérbios terminados em -mente. ("Admirar entusiasticamente o sr. Langdon"! Absolutamente nenhum de nós é obrigado a uma coisa dessas!)

Sua mãe insiste que eu pergunte de sua saúde. Eu lhe digo que já não nos diz respeito, mas ela acha que o interesse materno é demonstrado por uma investigação escrupulosa de seu funcionamento interno. Você está tendo algum problema nos olhos?, ela gostaria de saber. No peito? Nos pés? Não deixe, ela diz, de ter sempre um frasco de xarope para o caso de você ter aquela tosse horrível que a acometia à noite... quando você tinha três anos.

Com amor,
Papai

Em algum lugar do mundo árvores cresciam, Natalie refletiu ao atravessar o corredor da casa onde morava agora; seus pés no assoalho de linóleo faziam um som abafado, como se andasse na terra morta. E talvez ainda houvesse flores no jardim de casa e o pai, olhando pela janela do escritório — talvez o pai pensasse: Queria que Natalie estivesse aqui. De ambos os lados de Natalie, ao andar até seu quarto, havia portas: talvez atrás de uma das portas uma menina estudasse, atrás de outra uma menina chorasse, atrás de uma terceira uma menina se revirasse na cama enquanto dormia. Atrás de certa porta lá embaixo Anne e Vicki estavam sentadas, rindo e falando alto o que escolhessem falar; atrás de outras portas meninas levantavam a cabeça ao ouvir os passos de Natalie, se viravam, se questionavam e retomavam seus trabalhos. Eu gostaria de ser a única pessoa do mundo, Natalie pensou, com um anseio pungente, ponderando então que talvez fosse, no final das contas. Ela chegou à porta do próprio quarto e se perguntou de novo — Seria possível, *minha* porta? Será possível que depois de tão pouco tempo eu possa reconhecer uma porta entre várias e chamá-la de "minha"? Ou é apenas daqui, do corredor, que ela me parece tão extraordinária — afinal, só posso *sair* do meu quarto por uma porta; é entrar por ela que é tão confuso.

Por dentro, o quarto estava à espera e não tinha interesse nela, como se sua decisão final diante da porta fosse uma questão pouco relevante para o quarto em si, e desse na mesma se ela entrasse num limbo, ou num incêndio, no que dizia respeito ao quarto. O livro que tinha deixado de lado uma hora antes não havia devorado mais das próprias páginas, a máquina de escrever não tinha produzido nenhuma obra literária, a janela não tinha visto nada de interessante desde sua saída. Cansada, ela largou os livros em cima da cama e pendurou o casaco no armário antes de se sentar à escrivaninha. Foi tocada brevemente por uma vaga ambição: devia botar uma folha de papel na máquina e quem sabe escrever alguma coisa? Devia ler, se vestir, comer os biscoitos da mãe, dormir? Olhava com incerteza pela janela (devia pular?) quando ouviu uma batida à porta.

"Entra", ela disse, pensando, como sempre, Será que era mesmo a minha porta que estavam procurando? Era Rosalind, o que criava a certeza de que era a porta de Natalie, acima de todas as outras, que ela procurava.

"Escuta", Rosalind lhe disse sem cumprimentá-la ao atravessar a porta e deixá-la encostada, "escuta, Nat, você quer ver uma coisa?"

"O quê?"

"Então *vem*", Rosalind falou em tom urgente. "*Vem.*"

Natalie se levantou e seguiu Rosalind porta afora e pelo corredor. Chegaram a uma porta perto da escada — era de alguém que Natalie mal conhecia; talvez a menina de franja cujo nome devia ser Winnie Williams ou a menina que chamavam de Sandy — e Rosalind estacou diante da porta e disse baixinho, "Espera, eu abro e aí você vai ver".

"Escuta…", Natalie começou.

Levando os dedos aos lábios, Rosalind segurou a maçaneta e a girou, abrindo a porta com um empurrão inesperado. Ela enfiou a cabeça e olhou, e disse, "Olha, olha".

Natalie, constrangida, olhou por cima do ombro da outra, formulando desculpas ("Perdão, achei que fosse o banheiro") na cabeça, mas não havia ninguém lá dentro.

"Elas saíram", Rosalind constatou, frustrada. "Você devia ter visto."

"Quem?"

Rosalind riu e deu de ombros. "Uma próxima vez", ela disse. "Até mais." Ela foi embora pelo corredor e Natalie, seguindo na direção oposta, voltou ao próprio quarto.

Foi nessa noite que o papo do roubo foi levantado abertamente pela primeira vez. No porão onde as meninas jogavam bridge, que tinha um chão de pedras e um cinzeiro deplorável e um sofá quebrado, e onde Natalie tomava o cuidado de se sentar num canto, na esperança de que alguém a notasse, e comentasse, talvez, sobre sua maneira profissional de fumar, as garotas se reuniam ruidosamente, as duas ou três que sempre sabiam das notícias antes de todo mundo levantando suas vozes e insistindo.

"*Sinceramente*", Peggy Spencer disse sinceramente, "eu não diria nem uma *palavra* sequer se eu não tivesse *certeza*. Elas vão revistar *todo* mundo mesmo."

"Eu?", exclamou Natalie, levantando a voz pela primeira vez naquele ambiente.

"*Sinceramente*", Peggy Spencer disse, pela primeira vez se dirigindo a Natalie, do outro lado do cômodo. "É que tem tanta coisa que sumiu..."

Natalie não sabia. Como não sabia, não tinha ouvido falar, descobriu de repente que todas falavam com ela como se a conhecessem; embora uma menina insistisse em chamá-la de Helen e outra achasse que ela morava no quarto andar (foi um consolo para Natalie, de certo modo, saber que não era tão universalmente observada quanto imaginava), todas falavam diretamente com ela.

"Eu perdi um vestido de gala", disse uma, a voz sobrepujando a das outras. "Essa foi *a primeira* de verdade. Eu saí do meu quarto um minutinho e o vestido estava pendurado..."

"Alguém do segundo andar perdeu quarenta dólares", disse outra.

"Está acontecendo *há tempos*", declarou Peggy Spencer. "Faz mais ou menos um mês que as coisas de todo mundo estão desaparecendo, e ninguém falou nada porque..." Ela hesitou, procurando uma razão para ninguém ter falado nada. "De qualquer forma", prosseguiu, "a coisa ficou tão ruim que a Velha Nick ficou sabendo, e então, claro, quando ela começou a perguntar..." Peggy deu de ombros. "Por que, *então*", ela disse, "descobrimos que quase todo mundo tinha perdido alguma coisa. Eu não acho", acrescentou após refletir, virando sua cabeça vermelha para olhar todas as presentes na sala, "eu não acho *de verdade* que todas as coisas foram *de fato* roubadas."

"O *meu* vestido sumiu — eu sei que não mandei pra lavanderia naquele dia porque lembro de ter pensado..."

"... e o isqueirozinho que ganhei de um garoto..."

"... e imagine um par de *sapatos*. Quem seria capaz de usar os *sapatos* de outra pessoa?"

"... e muito dinheiro. Teve uma garota que perdeu quarenta dólares, e muita gente tinha um dinheiro que simplesmente..."

"... e alguém falou que uma menina do primeiro andar perdeu umas cartas e um monte de joias."

"Uma combinação também. Era renda de verdade."

Natalie, fumando como uma profissional, revirava seus pertences em desespero; se tivesse perdido alguma roupa ou joia, ela mal perceberia, já que estava usando o mesmo suéter e a mesma saia há uma semana, e a não ser para a formalidade de pendurar o casaco no gancho logo atrás da porta do armário, ela não o abria desde que havia pegado a saia que estava usando, mas ideias insistentes passavam pela sua cabeça lado a lado: primeiro, não ficaria bem se ela não tivesse perdido nada, e segundo, ela não era uma ladra óbvia? Sentia seu rosto enrubescer e abaixou a cabeça para ver o pé apagando o cigarro; se ela *tivesse* roubado alguma coisa, ela ponderou (E talvez não tivesse? De repente tinha consciência da emoção de entrar em silêncio no quarto de outra garota, olhar com um sorriso os pertences alheios, ler cartas, analisar retratos, mexer em joias, descartar o que não atendesse a seus caprichos e então — a parte mais perigosa; até aquele momento, as desculpas que planejara com muito cuidado livrariam sua cara — botar o maço de cédulas no bolso, enfiar o livro por baixo do suéter, jogar a renda verdadeira por cima do braço como se fosse dela, e sair de fininho do quarto de outra pessoa, fechando a porta devagar, andando intrepidamente pelo corredor, contando seus novos e queridos pertences detrás da porta trancada de seu quarto), e pensou que todas olhavam para ela, inesperadamente quietas, todas pensando de uma só vez, Ora, foi *essa* garota, é claro; agora eu estou me lembrando, eu vi ela saindo do meu quarto, eu sempre *disse* que ela era...

"*Você* perdeu alguma coisa?", Peggy Spencer perguntou diretamente a Natalie.

No breve silêncio, Natalie disse, ponderando, "Só uns trocados que eu tinha deixado na cômoda. Pus lá quando entrei e logo depois fui tomar banho e quando voltei eles tinham sumido". Agora todos os rostos estavam virados para ela. "Eu não quis falar nada", explicou, "porque não sabia que outras coisas tinham sumido e não queria causar problemas pra ninguém."

"Foi assim que *nós* todas nos sentimos", alguém disse em tom de aprovação.

"E no entanto", Peggy Spencer disse, séria, "se ninguém tivesse *falado* nada, a pessoa que está fazendo isso simplesmente escaparia *o tempo* todo."

"É verdade", concordou Natalie. "É que agora que eu sei, encaro isso de outra forma". Por que estou falando, ela se questionou, envergonhada; a quem estou convencendo, a alma de quem eu estou vendendo, que assassinato estou dando minha ajuda para ser cometido; por que estou aqui, pensou com tristeza, fingindo que outra pessoa roubou *de mim*?

Depois da ida especial que Natalie fez de volta ao quarto, para retocar o batom e pentear o cabelo, pareceu quase uma insensibilidade de Arthur Langdon não se virar e lhe dar um sorriso quando ela parou, tímida, na porta de seu escritório, sem ousar bater por medo de que ele já a tivesse visto, sem ousar entrar por medo de que ele não a tivesse visto; pensou em dar uma tossidinha de leve, ou em dizer baixinho "Sr. Langdon?" ou em dar um passo para trás e se aproximar pisando forte, mas todos esses artifícios eram, é claro, apenas círculos viciosos infinitos em torno da questão central, que era que por algum motivo o sr. Todo-Poderoso Langdon achava desnecessário, caso assim decidisse, perceber a srta. Natalie Waite, e de fato achava que poderia deixá-la esperando, na dúvida, eternamente, à porta de seu escritório. Enquanto se perguntava, então, se uma espécie de marcha altiva de volta à escada não provaria que ela valia mais que aquilo, ele olhou para ela, primeiro com um olhar inexpressivo, como quem está imerso em pensamentos profundos, e depois a reconheceu com um gesto de companheirismo que dizia que ela poderia entrar, mas não falar. Ela entrou na sala de forma respeitosa, imaginando ser o tipo de mulher que sabia quando se calar, e se sentou docilmente na cadeira ao lado da mesa, as mãos entrelaçadas e os olhos voltados, discretamente, para o outro lado, para demonstrar que não tinha o mínimo interesse no que ele fazia. Ela via, no entanto, de soslaio, que ele parecia cansado ao se debruçar sobre a papelada em cima da mesa; andara brigando com Elizabeth, pensou, com as novas informações que tivera, e torcia para que ele percebesse sua empatia silenciosa.

"Eu queria ser vendedor de seguros", ele declarou de repente, empurrando os papéis para a outra ponta da mesa.

Natalie deixou passar o momento, na fração de segundo durante a qual se deu conta de que *ele* esperava que *ela* percebesse; travou consigo mesma um debate aparentemente interminável sobre o que dizer e fazer ("Pare de se comportar que nem criança, querido", pôr a mão em cima da dele com delicadeza?), e quando finalmente concluiu que o comentário dele deveria ser tratado como piada, ele já havia girado a cadeira para encará-la e dizia, "Então, Natalie?".

Ela sorriu, e o momento inesperadamente se tornou um constrangimento excruciante. Natalie ouviu o fundo de sua mente enfileirar obscenidades, e durante um momento de loucura pensou estar dizendo-as em voz alta sem perceber; talvez, ela pensou, eu esteja me despindo, ou no banheiro, ou me olhando no espelho, e esteja apenas fingindo estar aqui sozinha com Arthur Langdon; talvez eu esteja aqui com Arthur Langdon e fingindo estar me vestindo e falando sozinha; talvez eu diga algo aterrador e nunca saiba se disse mesmo ou não disse, porque é claro que ele pode fingir que eu nunca disse mas se lembrar para sempre — daqui a mil anos, Arthur Langdon contando a Elizabeth pela centésima vez da menina (Natalie? Helen? Joan?) que lhe dissera algo chocante, e Natalie de repente riu, se jogando de volta ao presente no escritório de Arthur Langdon, onde sem dúvida *estava* naquele momento, e ele dizia, curiosamente, "*No que* você estava pensando?".

"Estava pensando em quando eu vou morrer", Natalie respondeu.

"Morrer?", ele retrucou, surpreso. "A gente vai morrer, você e eu?"

"Só me preocupa o *como*", Natalie disse com sobriedade; ao contrário da maioria das coisas que se pegava dizendo a Arthur Langdon, esta era verdadeira. "Não paro de pensar que é claro que *tem que* acontecer, mesmo comigo, mas depois penso que de alguma forma e um dia essa pessoa minha que é interessante vai..." Ela procurou a palavra. "Cessar", disse por fim. "Eu bem de repente vou me dar conta do fim, e de que não vai mais existir *eu*, e que não vou mais estar comigo. E tudo bem tudo isso", ela declarou, prosseguindo às pressas enquanto ele abria a boca para falar. "Só tenho medo de ser pega desprevenida, do pânico terrível e rápido que vem quando a pessoa fica muito muito assustada, e de ter *medo* quando acontecer. Então, claro, eu sempre penso em me matar antes que isso *possa* acontecer."

Ela parou, e Arthur Langdon avaliou, "Você tem uma mente muito original, Natalie".

"É isso o que eu quero dizer", ela disse, pensando, Ah, que idiota, "dá pra imaginar ter uma mente que nem a minha e perdê-la ao morrer?" Tinha, ela questionou, tinha uma mente *tão* original?

Ele gesticulou para a papelada em cima da mesa. "Tem quase duzentos trabalhos aqui", ele observou. "Tenho que ler todos eles. E sempre procuro o seu."

(Joan? Helen? Anne?) "Acho as suas críticas de grande valia", Natalie soltou com afetação. "Meu pai discute o meu trabalho comigo de forma bem parecida com o senhor." Ela pensou no pai com uma súbita tristeza. Ele estava tão longe e há tanto tempo sem ela, e ela ali falando com um estranho.

"Seu pai acha que seu trabalho demonstra talento?"

"Meu pai não elogia ninguém."

"Você pretende ser escritora?"

Ser o quê?, Natalie pensou; escritora, encanadora, médica, comerciante, chefe; os planos mais bem-traçados de; uma escritora assim como eu planejaria ser um cadáver? "Escritora?", repetiu, como se nunca tivesse ouvido aquela palavra antes.

Ele a fitava de boca entreaberta; ela devia ter protelado a resposta imbecil por muito tempo além do que seria normal para pensar. "Você pretende ser escritora?", ele perguntou de novo.

Ele falava sério *mesmo*, então. "Escuta", Natalie disse, "por que todo mundo diz que vai ser escritor? Se não é? Digo, por que o senhor e o meu pai e todo mundo diz 'ser escritor' como se fosse uma coisa diferente? Diferente de tudo? Tem alguma coisa de especial nos escritores?"

Sua demora não o ajudara em nada. "É por causa da escrita em si", ele começou, hesitante, e depois, "imagino que seja por causa da escrita — bom, suponho que seja uma coisa importante."

"Pois bem, *o que* eu vou escrever?"

"Bom...", ele soltou. Olhou para ela e depois, irritado, para os papéis em cima da mesa. "Contos", ele declarou. "Poemas. Artigos. Romances. Peças." Ele balançou a cabeça e disse, "Qualquer coisa — bom, criativa".

"Mas por que é tão importante, essa criação?", naquele instante Natalie tinha certeza de que lhe perguntava algo muito importante, e de que ele poderia responder, e se inclinou para a frente com avidez; ela só precisava de uma única resposta, só uma, pensou, e então percebeu que ele não lhe diria, pois ele fez que não e disse, "Natalie, isso é uma bobagem metafísica. Questionar a própria alma não é algo em que me saia bem em momento nenhum, e não é um assunto a que devamos nos entregar em plena luz do dia. Em algum outro momento", ele riu, "a gente se senta no escuro, debaixo de um carvalho, e trocamos grandes verdades".

Era exatamente assim que o pai de Natalie a teria censurado; ela se recostou na cadeira e ponderou, Nunca mais vou perguntar isso a ele, e depois pensou, Que boba que eu sou, e agora *ele* acha que eu sou boba.

"Me diga", ele pediu, se curvando para a frente. "Você estava me contando das suas ideias sobre a morte."

"Mas a *melhor* coisa que fizeram", disse Anne, rindo antes de sequer começar a contar, "foi aquela vez em que escreveram para o amigo de alguém e disseram para ele não ir ao baile."

"Mandaram um telegrama pra ele", disse Vicki. "E a menina esperou um tempão e é claro que ele não deu as caras."

"Mas todo mundo sabia, menos *ela*", Anne completou. "Era essa a piada."

"Ela nunca descobriu?", Natalie perguntou.

"*Essa* foi a melhor parte", Anne declarou. "Claro que depois ela ficou sabendo, e é claro que foi *horrível* pra ela, mas ela tinha que levar na esportiva, *como seria de esperar*. Foi só uma piada, afinal, e ela ficou esperando por horas a fio toda arrumada para o baile."

"E lembra daquela vez que elas ligaram e fingiram ser a mãe de um cara e a menina ficou quase histérica?"

"E daquele carro velho que elas passavam por cima do gramado dos outros e de qualquer coisa ou onde bem entendessem, e elas não tinham medo de *ninguém*; e da vez em que elas derramaram iodo no casaco de pele de alguém?"

"*Ela* se machucou", Vicki disse com satisfação.

"Seria de imaginar", constatou Natalie.

"Mas claro que ela teve que levar *na esportiva*", Vicki disse.

"E daquela vez", Anne relembrou, dando risadinhas, "em que mandaram convites para o corpo docente inteiro, convidando todos para uma festa, e embaixo do convite estava escrito em letras garrafais: 'Sua esposa NÃO é convidada'?"

Vicki gargalhou. "Isso *sim* deu problema", ela disse.

"Está tudo diferente desde que elas se formaram", Anne disse com melancolia. "Ninguém mais consegue pensar em alguma coisa *pra fazer*."

Natalie, minha querida,
É desnecessário dizer, suas cartas me divertem e me deleitam, embora, como volta e meia lhe digo (pareço não ter humor!), seu estilo deixe muito a desejar; com *que* frequência, minha querida Natalie, nós dois, você e eu, não passamos nossas manhãs decifrando as filigranas intricadas da oração subordinada, e no entanto percebo, na sua penúltima carta, a seguinte (por favor, me perdoe por citá-la, minha querida; é a única forma, você sabe disso, de aprimorá-la. Tenho consciência de que você mal leria um exemplo vazio, inventado): "Gosto muito da faculdade, mas ainda estou meio confusa. Acho que nunca vou aprender francês. Mas gosto de filosofia. Existe alguma chance de que você venha logo?".

Ignorando o sentido da citação (salvo para mencionar, de passagem, que não é possível "aprender" francês; como creio que alguém já disse, ou a pessoa nasce ou não nasce com o tipo de personalidade para a qual o francês é língua-mãe), permita-me dizer apenas que dois comentários óbvios vinculados pelo "mas" não constituem um estilo. Tampouco uma série de frases curtas, a não ser que estejam se agregando para formar algo bem claro e definido, o que no seu caso parece ser "com muito carinho a todos, Natalie" — um sentimento desejável, que sua mãe dificilmente poderia dispensar, mas que obviamente não é um fim adequado — quase, na verdade, um anticlímax.

Chega da sua carta; você está, presume-se, estudando redação em língua inglesa e podemos esperar algum avanço para breve. Sua mãe e eu conseguimos nos evitar melhor sem você, e o seu irmão está atravancando a casa. Sua mãe faz comentários nostálgicos, dizendo que a mesa de jantar parece estranhamente deserta, o que é verdade, claro, embora me convença enfim de que sua mãe desde o início contou os filhos apenas pelas louças postas à mesa, e marcou seu crescimento de uma costeleta para duas com orgulho e gosto — em breve sua menininha será uma bela adulta, e conseguirá manusear a faca e o garfo. Você pode, entretanto, deduzir que temos saudades de você.

Seu sr. Langdon já leu meu artigo no último *Passionate Review*? Se não, você pode usar os argumentos como se fossem seus, e desconcertá-lo.

Com obediência,
Papai

Diário de Natalie, meados de outubro:
Imagino que você venha se perguntando há tempos, minha querida Natalie, no que ando pensando. Imagino que você tenha percebido — Natalie anda muito estranha ultimamente, parece tão introvertida e distante e quieta, me pergunto se Natalie está bem ou se alguma coisa anda incomodando ela. Talvez você ande pensando, caríssima, que Natalie tinha algo a lhe contar. Talvez tenha pensado que Natalie está assustada e talvez até pense às vezes em certa coisa ruim de muito tempo atrás em que ela prometeu nunca mais pensar. Bom, é por isso que estou escrevendo agora. Deu para notar, minha querida, que você

estava preocupada comigo. Deu para sentir que você estava apreensiva, e entendi que você estava sempre pensando sobre você e eu. E entendi até que você pensou que eu estivesse preocupada com aquela coisa terrível, mas é claro — eu te juro de pés juntos —, eu nunca penso naquilo, nunca, porque nós duas sabemos que aquilo nunca aconteceu, não é? E foi um sonho tenebroso que pegou nós duas. Não precisamos nos preocupar com coisas desse tipo, lembra que a gente resolveu que não precisava se preocupar.

Não, eu venho pensando numa coisa totalmente diferente. Ando pensando — e é muito muito difícil dizer isso, então tenha paciência comigo — nas coisas lindas maravilhosas empolgantes que estão acontecendo. A descrição não faz jus. Escuta. Vou dizer assim: quando eu vim aqui para a faculdade eu estava sozinha e aquela coisa ruim tinha acabado de acontecer e eu não tinha amigas e ninguém em quem pensar e estava sempre assustada. Agora de repente vejo que estou circulando por um mundo abarrotado de outras pessoas, e como elas todas também estão assustadas eu posso me dar ao luxo de estar assustada, e então, *sabendo* que estou assustada, eu posso ir em frente e me esquecer disso e começar a olhar ao redor em busca de outras coisas. E é claro que agora eu sei que as outras pessoas não importam, e só as pessoas que não têm a audácia de ficarem totalmente sozinhas precisam de amigos. Imagino que eu não vá precisar de amigos ou do que quer que seja pelo resto da vida, agora que não estou assustada.

Mas é claro que às vezes eu penso (graças aos céus ninguém vai ler isso além de você e de mim, minha querida) em estar apaixonada, que é algo que não espero que me aconteça, mas acho que tenho uma ligeira ideia, pela forma como me sinto quanto a outras coisas, de como seria. Acho, por exemplo, que ninguém é capaz de amar de verdade uma pessoa que não seja superior em todos os aspectos. Por exemplo, sei pela forma como me sinto quanto a pessoas que são superiores a mim em algumas coisas exatamente como me sentiria quanto a alguém que fosse superior a mim em tudo, que claro que seria o único tipo de pessoa que eu poderia amar de verdade.

Eu queria falar com meu pai sobre isso, e queria falar com Arthur também, mas é claro que é impossível chegar perto de um homem e dizer que você jamais conseguiria amar de verdade uma pessoa que não fosse superior a você em tudo e deixar que eles percebam claramente que *não* são assim.

Gostaria de entender por que estou tão animada o tempo todo. Não paro de pensar que alguma coisa vai acontecer. Não paro de pensar que estou prestes a contar a alguém tudo a meu respeito.

Me pergunto o que eu diria a um psicanalista. Me pergunto onde as pessoas encontram palavras para todas as coisas estranhas dentro de suas cabeças. Não paro de andar em círculos e perceber como as coisas se encaixam bem, mas nada é completo. Acho que se eu pudesse contar a alguém tudo, tim-tim por tim-tim, dentro da minha cabeça, *eu* sumiria, e não existiria mais, e afundaria naquele adorável vácuo onde não precisamos mais nos preocupar e ninguém mais te escuta ou se importa e você pode dizer qualquer coisa mas é claro que você não *existiria* mais e não poderia de fato *fazer* alguma coisa e portanto não *importaria* o que você fizesse.

Claro que compreendo que a primeira coisa a fazer se você quisesse contar tudo a alguém seria fazer suas mentes andarem juntas, de modo que se, por exemplo, o psicanalista quisesse que eu lhe contasse tudo que tem na minha cabeça, ele teria que ser muito próximo de mim para que as nossas mentes andassem bem juntas, coincidindo, e o que eu lhe dissesse não seria dito, na verdade, mas só um eco do caminho que as nossas duas mentes estivessem tomando, e meio que se anulariam. E é isso, entendeu, o que eu chamo de superior, porque depois de tudo isso teria que sobrar o bastante para ele depois que ele pegasse minha cabeça toda, para que ele pudesse continuar pensando sozinho, depois que eu fosse nada. Mas é claro que não acredito que exista alguém assim e que todas essas pessoas feito a Elizabeth que falam em ir ao psicanalista não querem nada disso, ou talvez suas cabeças sejam tão pequenas e usem tão pouca energia e espaço que um psicanalista poderia usar só um bocadinho de si para captá-los e teria bastante cabeça sobrando, assim não seriam especialmente absorvidos por eles. E é por isso, eu imagino, que essas pessoas acham tão fácil conviver com a ideia de terem suas mentes arrancadas, porque suas mentes nunca lhes foram úteis de qualquer modo. Apesar de não precisar me preocupar em ser modesta aqui, tenho certeza de que é desnecessário mostrar a *você* que Elizabeth não é tão inteligente quanto eu.

Quero alguém que brigue por isso também. Imaginemos que exista essa pessoa, em algum lugar bem perto de mim, neste momento, que esteja pensando em mim e que me observe e saiba de tudo que eu penso e que esteja apenas esperando que eu reconheça

Coisas esquisitas, naqueles tempos, voltavam à mente de Natalie. Por exemplo, ela se recordou de uma cena acontecida quando ela tinha mais ou menos seis anos; ocorria volta e meia, e em geral durante as aulas, quando sua mente relaxava e ela fazia desenhos estranhos no caderno, e, com os olhos seriamente fixos na frente da sala, ela vagava sozinha. A cena de que se lembrava com tanta nitidez era dela mesma, olhando sinceramente e com um olhar de pura verdade para a mãe, que se curvava na direção dela e escutava com preocupação. "Achei uma pedrinha da sorte", a pequena Natalie dizia à mãe. "Entendi que era uma pedra da sorte porque quando eu desenterrei ela *parecia* uma pedra da sorte, então eu segurei com muita força e fechei os olhos e desejei uma bicicleta, e daí nada aconteceu e eu joguei a pedra fora." Natalie ainda conseguia, tantos anos depois, ver os olhos chocados da mãe. Lembrou que o pai rira e que a mãe implorara uma bicicleta para Natalie; naquela época mais tardia, mais cética, Natalie desconfiava de que a mãe tivesse razão. Era menos importante, Natalie ponderou, permitir que o estado de espírito do pai fosse transmitido a seus filhos do que manter viva a fé de sua mãe na magia. E, também, Natalie via agora que se guardasse a pedra da sorte até que chegasse a hora certa, ela poderia tê-la usado para desejar uma bicicleta na véspera de Natal, quando a bicicleta obviamente a esperava sob a árvore. Então, a magia teria se sustentado, e causa e efeito não seriam violados naquela primeira vez, irrecuperável.

Às costas de Natalie, uma menina disse, confusa, "Bom, *eu* acho que se o Romeu quisesse ela tanto assim, só precisaria *tomá-la*. Pra que se incomodar com casamentos secretos e tal se podiam simplesmente escapar juntos?".

Não posso violar as regras sagradas da magia, Natalie pensou, sonolenta. Nunca deseje nada antes que ela esteja pronta para você. Nunca tente fazer nada acontecer antes que esteja a caminho. O jeito formal é o melhor, afinal; atalhos não são permitidos nesta passagem.

"A *minha* impressão", disse alguém do outro lado do cômodo, "é que, se o final fosse mais feliz, a peça seria melhor."

Estava um ou dois minutos atrasada e tentava bolar desculpas na cabeça quando bateu de leve à porta da casa de Langdon. Era um atraso totalmente legítimo, mas era difícil dizer a Elizabeth Langdon que estava atrasada para tomar o chá com ela porque seu marido havia parado no meio do caminho, se recusando a reconhecer quaisquer alusões sobre compromissos, fazendo perguntas intermináveis, tecendo elogios bem elaborados... ela bateu de novo, com um pouco mais de ênfase. A porta não estava trancada, e se deslocou e se abriu com sua mão. Por um instante ela ficou ali parada, e então, sabendo que era aguardada e dizendo a si mesma que agiria do mesmo jeito onde quer que fosse, ela empurrou a porta um pouco mais e entrou. Por um instante não viu nada e depois, de repente, viu Elizabeth Langdon adormecida com a cabeça no braço do sofá, e um fio denso de fumaça subindo do estofado ao lado de sua cabeça. Agindo rápido e chamando "Elizabeth" antes de pensar em dizer "Sra. Langdon", Natalie foi até o sofá e empurrou a cabeça de Elizabeth para o lado e estapeou o sofá em chamas.

"Meu Deus do céu", disse Elizabeth atrás de Natalie. Ela também passou a estapear o sofá, atingindo a mão de Natalie, e depois disse, "Espera, espera" e correu pelo corredor em direção à cozinha. O cigarro que tinha caído da mão de Elizabeth havia queimado em algum canto do sofá fora do campo de visão, e a fumaça que vinha de uma horrorosa parte interna secreta sufocou Natalie quando ela se curvou sobre ele. Elizabeth ressurgiu atrás dela com uma coqueteleira cheia de bebida e disse, com uma risadinha, "Não pude esperar a caneca encher de água. Tenho que me lembrar de guardar dois drinques". Natalie mexeu o braço para que os drinques se derramassem no chão e disse, "Esse troço queima! Pega *água*!". Elizabeth a encarou de olhar vazio, e Natalie, ponderando, Estou agindo porque é uma emergência, correu até a cozinha e encheu uma panelinha de água e voltou correndo, derrubando água no chão do corredor, e despejou a água com cuidado e precisão no buraco que queimava no sofá.

Enquanto a fumaça se apagava, Natalie se dava conta de que Elizabeth ria, e começou a rir também. O buraco virou uma mancha feia encharcada, a fumaça cessou, e de repente a sala estava com um cheiro brutal de gim. Elizabeth levantou a coqueteleira e deu uma espiada. "Que desperdício tenebroso", disse.

"Nunca vou conseguir beber isso aí", Natalie protestou, rindo porque havia acabado e sentia que talvez tivesse sido um pouco heroica por impulso. "Achei que *você* estivesse pegando fogo", explicou com vergonha.

"Eu quase *peguei*", Elizabeth constatou, de olhos arregalados. "Obrigada", ela agradeceu.

"Desculpe por ter gritado com você", Natalie disse. Elas se encararam com certo incômodo por um instante. Então Elizabeth declarou, "Bom, eu guardei uns drinques".

"Derramei água no chão do corredor", Natalie contou.

"*Tudo* bem", Elizabeth disse, expansiva. "Essa foi a terceira vez que eu fiz isso, sabia? Pôr fogo."

"A *terceira* vez?", Natalie replicou, incrédula.

Elizabeth fez que sim. "Terceira vez este ano", complementou. "Uma vez a gordura pegou fogo na frigideira porque eu não estava de olho, e antes que eu conseguisse apagar ele pegou na cortina da cozinha, e se o Arthur não estivesse em casa meu vestido teria pegado fogo, mas ele me tirou do caminho e apagou as chamas. Ele ficou tão assustado que não conseguia nem falar. Eu poderia ter morrido."

"Que horror", Natalie exclamou com sinceridade.

"E a segunda vez foi quando por acidente eu derrubei um fósforo aceso na lixeira do escritório do Arthur e as chamas subiram na hora e dessa vez a minha saia *pegou* fogo, mas eu peguei a lixeira e corri para o banheiro e abri o chuveiro e joguei a lixeira debaixo dele e também entrei. Então *dessa* vez tudo acabou bem."

"Aposto que ele ficou assustado", Natalie disse.

"Ele ficou quando eu contei pra ele. Ele queria que eu parasse de fumar. Disse…", Elizabeth olhou para Natalie de um jeito esquisito, "… ele disse que eu estava tentando me matar."

"E está?", Natalie perguntou contra a própria vontade.

Elizabeth fez que não. "Não sei", ela respondeu, pesarosa. "Não sei mesmo. Mas às vezes eu acho que tenho meus motivos." Ela parou, pensativa, e houve um silêncio. Natalie se mexeu, inquieta, e Elizabeth disse, "Seria bem-feito pra ele".

"Mas isso não é jeito de morrer", Natalie declarou.

"Não é *mesmo*", concordou Elizabeth, e estremeceu. "Meu Deus, que susto eu levei."

"Eu também."

"Bom", Elizabeth soltou, como se já bastasse daquele assunto. "Que tal a gente terminar os drinques?", perguntou.

Natalie fez uma careta. "Não sei se eu aguento", ela disse, e gesticulou para a sala. "Parece que está em tudo."

"Você nem vai lembrar disso depois que tomar um drinque", Elizabeth disse. A coqueteleira estava em cima da mesa, onde havia deixado, e ela a pegou e tornou a olhar dentro dela. "Ainda sobrou *bastante*", declarou, e a levou consigo quando foi à cozinha pegar copos. Enquanto estava lá, Natalie abriu a janela e ficou olhando o campus da faculdade. De certa forma, dentro daquela sala, naquela casa, estava distante daquelas garotas de suéter claro que caminhavam à vontade pelo gramado, debaixo das árvores coloridas, ignorando os atalhos e botando os sapatos marrons e brancos no chão como se suas mensalidades tivessem comprado uma parte definitiva daquela terra. Elas entendiam o funcionamento da faculdade, aquelas garotas ali fora, que conversavam enquanto caminhavam e sabiam dos lugares a que estavam amarradas; eram íntimas e complacentes com a faculdade, e nunca a viam como o lugar onde Arthur Langdon lecionava, ou onde eram apartadas de casa e a bondade era fruto das boas intenções suspeitas de estranhos. Aqui dentro, Natalie pensou, se virando de repente para examinar a sala e os móveis e os livros e até o sofá queimado, dentro deste cômodo é o único lugar além da minha própria casa onde todo mundo sabe o meu nome.

"Pelo menos dois drinques cada", Elizabeth disse com alegria, "e provavelmente mais".

"Não é melhor a gente guardar um tanto?", Natalie sugeriu prudentemente.

Elizabeth aparentou mau humor. "Pelo menos dessa vez", ela disse, "ele não vai poder falar que eu bebi. *Dessa* vez ele não pode botar a culpa *em mim*." Ela olhou para o sofá. "Ele não pode nem se zangar com *aquilo ali*."

"Acho que não ficou uma queimadura muito feia", Natalie observou.

Elizabeth deu de ombros. "Bom", ela falou, e se sentou no sofá; como seu canto predileto estava chamuscado, se viu forçada a ir para o outro lado, e se sentou ali pouco à vontade, apoiada no cotovelo errado. "Eu estava lendo", ela explicou, olhando a queimadura com irritação. "Foi o que aconteceu, eu estava lendo."

"Da próxima vez, apague o cigarro antes de dormir."

"É isso o que eu ganho lendo", reclamou Elizabeth. Ela apontou com os dedos do pé um livro em cima da mesa. "Psicologia", ela disse. "*Eu* não entendo."

"Então por que você faz isso?", Natalie questionou, maravilhada com a enorme liberdade de quem poderia aprender se quisesse e poderia, se quisesse, se recusar categoricamente a entender.

"*Todas* fazemos isso", Elizabeth afirmou. "Todas nós, as esposas dos docentes. A gente tem que fazer alguma coisa, sabe? E além do mais, é gostoso se sentar ao lado das meninas na aula e vê-las franzindo a testa e tentando entender, e você fica ali pensando em como sabe muito mais do que elas, e elas têm que te chamar de sra. Langdon."

"Pelo menos você não tem problemas para ser aprovada."

Elizabeth fez uma careta. "Eu nunca termino as matérias", ela replicou. "Aquelas pobres meninas, elas têm que comparecer faça chuva ou faça sol, e têm que responder quando lhes fazem perguntas... eu, eu posso simplesmente dizer, 'Vá para o inferno, professor', e dar o fora se estiver entediada."

"E a disciplina do seu marido?", Natalie perguntou.

"Eu *cursei* a disciplina", Elizabeth disse, e riu. "Cursei inteira — e fui aprovada — antes de me casar com o Arthur. Ele devolvia meus trabalhos com anotações. Eu gargalhava em aula, às vezes, quando ele devolvia meus trabalhos com esses recados. E ele lia coisas como as falas de *Antônio e Cleópatra*, e algumas meninas ficavam vermelhas e outras olhavam para ele feito franguinhas apaixonadas, e eu pensava que sempre que eu quisesse podia pedir que ele lesse aquelas mesmas coisas só para mim e eu olhava ao redor e pensava em como eram patéticas aquelas garotas e tinha vontade de rir na cara delas."

Um arrebatamento invejoso dominou Natalie; ela foi logo se prometendo que, de algum modo, depois, investigaria como seria estar em aula com essa informação sigilosa especial, com esse delicioso senso de posse.

Elizabeth suspirou. "Eu *gostava* da matéria", declarou. Deu um sorriso nostálgico ao se levantar para encher o copo de Natalie. "E às vezes", ela disse, "eu encontrava pessoas como o sr. e a sra. Watson — ele era professor de biologia naquela época — e dizia, 'Como vão, sra. Watson, sr. Watson' com tanta educação, e só pensava que quando o Arthur fosse casado comigo eu poderia chamar os dois de Carl e Laura. E em estar junto com o corpo docente nos jantares dos curadores e nas exibições de filmes na faculdade. E em aparecer no escritório do Arthur na hora que eu quisesse, sem me importar com *quem* me veria ali. E passar a noite fora se me desse na telha, e rir na cara dos outros na manhã seguinte. E nas festas dos docentes", ela continuou, "e me servindo nos chás. E ter tudo do bom e do melhor." Ela suspirou de novo, a cabeça apoiada no braço e o cabelo comprido caindo no rosto. "Eu achava que seria tudo incrível", ela disse.

De repente, mais uma vez, Natalie sentiu um arrepio consternado quando os passos de Arthur Langdon soaram do lado de fora e, quando ele abriu a porta, tomou o mesmo choque habitual ao perceber que ele era um pouco menor do que se lembrava.

"Olá?", ele disse, piscando por causa do sol forte lá fora, e depois, com a voz dura, "Pelo cheiro, isso aqui parece uma cervejaria."

Elizabeth se levantou às pressas e correu na direção dele. "Arthur", ela disse, e seu rosto demonstrava sobressalto mas a voz estava firme, "Arthur, me escuta, eu tentei me matar de novo esta tarde…"

Foi em uma noite de quinta-feira no começo de novembro que os acontecimentos peculiares no dormitório de Natalie passaram a chamar atenção. Naquela noite de quinta-feira (a lua estava cheia, o que várias pessoas insistiam com histeria ter algo a ver com o fato) a menina que vivia sozinha no quarto que ficava praticamente embaixo do quarto de Natalie levantou da cama dormindo, destrancou a porta e atravessou o corredor devagar e com aparente propósito. Quando possível, abria portas e entrava para despertar todas as adormecidas. Em cada cama, segundo diziam, ela se curvava com delicadeza e alisava o travesseiro antes de dar um tapa na garota adormecida para acordá-la. "Esta noite não se dorme", dizia a todas elas, em tom gentil, e saía do quarto. Quando chegou ao fim do corredor, um grupo de meninas, meio sonolentas e assustadas, já havia se formado, e elas conversavam aos cochichos. Uma menina que sentiu estar mais preparada do que as outras acabou se separando do grupo e, depois de se aproximar da sonâmbula, jogou um lençol em cima dela; e então meia dúzia de meninas muito corajosas meio que carregaram a sonâmbula — que agora estava acordada — e a fecharam dentro do armário do próprio quarto com a porta trancada, onde ela passou a noite inteira, chorando e prometendo se comportar se a soltassem.

Na noite seguinte — uma sexta-feira, com a sonâmbula sã e salva na enfermaria — histórias de furtos outra vez se espalharam pela casa. Natalie, que não fora acordada na noite anterior, estava perto de um grupo que se reunira às pressas no corredor — quase como se todo mundo estivesse aguardando uma nova emoção — quando uma das meninas anunciou que tinha flagrado outra garota saindo de seu quarto com uma blusa na mão. A srta. Nicholas foi logo tirada da cama — ela também havia perdido a sensação da véspera, embora tivesse sido avisada a tempo de tirar a menina do armário antes do café da manhã — e, com uma atenção criteriosa a todas que tinham algo a lhe dizer sobre objetos roubados, e com advertências equilibradas sobre a necessidade de *certeza* antes que acusações fossem feitas, revistou o quarto inteiro da garota acusada, assistida pela acusadora e várias de suas amigas. Apesar de nenhuma delas ter sido capaz de descobrir algum dos objetos roubados, diziam e ecoavam que a menina podia ter vendido as roupas e gastado o dinheiro. Uma ou duas cabeças mais perspicazes, que se ofereceram para ajudar a menina a arrumar o quarto depois que a equipe de busca terminou, relataram depois, na sala das fumantes, que ela não dissera nada que pudesse ser interpretado como incriminador.

Na tarde de domingo, enquanto a maioria das meninas e a srta. Nicholas estavam no jantar dominical, uma das garotas do último andar, que tinha ficado longe do jantar porque precisava perder um quilo até o fim de semana seguinte para caber no vestido que usaria em uma festa em casa, saiu do quarto e viu um homem correndo escada abaixo. Ficou decidido que era um voyeur, e várias meninas se lembraram de terem visto alguém com o mesmo casaco marrom nas redondezas do dormitório, como se fosse um zelador ou coisa parecida. Uma das meninas, que fora surpreendida aos onze anos por um homem que se exibiu quando ela passou por ele na rua, explicou que aquela era uma espécie de neurose que certos homens tinham. Muitas se lembraram de ter ouvido falar que essas coisas de vez em quando aconteciam perto das faculdades femininas, e uma menina deixou os estudos porque escreveu para a mãe contando algumas das coisas que tinha ouvido na sala das fumantes.

Uma veterana, questionada na sala das fumantes, disse que essas coisas sempre vinham em ondas. Era uma temporada de faculdades, explicou. Ela contou algumas das coisas que tinham acontecido em temporadas comparáveis quando era mais nova, e acrescentou que acreditava ter algo a ver com o fato de que as férias do Dia de Ação de Graças e de Natal estavam chegando. "Tem gente que tem dificuldade de conciliar a faculdade e a casa", justificou.

A garota acusada de roubar foi embora da faculdade e quase no mesmo instante uma menina que morava no segundo andar relatou que o cheque do subsídio tinha sumido de seu quarto. Constatou-se durante o dia seguinte que várias pessoas estavam perdendo coisas; uma menina procurou um suéter de angorá que tinha guardado na gaveta de baixo e ele havia sumido; pouco depois, duas caixas com maços de cigarros desapareceram de outro quarto, e todo mundo da casa que fumava aquela marca trocou de cigarro de repente.

Surgiu um brevíssimo entusiasmo pelo gesto de levarem garrafinhas de rum ao refeitório e acrescentarem a bebida ao café do jantar. Esse ato foi substituído por um entusiasmo inexplicável e infantil, que durou dois dias, pela língua do pê. Também no refeitório, uma noite, todas as meninas de uma mesa se levantaram e saíram no meio da refeição porque tinham lhes negado mais pão. Dizia-se com veracidade que uma garota do terceiro andar que foi vista chorando sofria de uma doença venérea, e um abaixo-assinado foi enviado à srta. Nicholas, pedindo que a menina usasse o lavatório do porão. Dizia-se que a srta. Nicholas mantinha um casamento secreto, e o voyeur era seu marido, que estaria à procura dela no último andar. Duas meninas de outra casa tentaram se matar com doses em dobro do sonífero da enfermaria. Dizia-se que uma garota inominada, também de outra casa, tinha morrido ao fazer um aborto, e várias pessoas sabiam o nome do pai do bebê, que identificavam sem nenhuma dúvida como um homem daquela região que no verão trabalhava como salva-vidas e no inverno trabalhava no posto de gasolina. Via de regra, acreditava-se ser totalmente possível uma menina engravidar usando a mesma banheira que o irmão de outra, mas não necessariamente ao mesmo tempo.

12-13 de novembro
Natalie, minha querida,
É tarde da noite, e acabo de chegar de uma reunião bastante vulgar, e nada, tenho a impressão neste momento, me encantaria mais do que uma nota de conselho paterno à minha única filha. Posso eu — e por meio de quantos instrumentos falhos — *posso* eu, então, lançar mais uma nota de conselho paterno? E mais uma vez reflito sobre meus instrumentos falhos — minhas próprias palavras, os correios americanos, a imensa possibilidade de que esta carta não chegue às suas mãos, que a benevolente supervisora do seu dormitório (Velha Nick, você disse?) não a leia e a destrua, de que sua casa não pegue fogo e leve esta carta junto, de que o selo não caia nem o endereço seja apagado por um cataclismo postal — suponhamos, de fato, filha, que seja uma dessas cartas sobre as quais lemos nos jornais diários, perdidas por vinte anos, mas achadas e entregues ao fim deste período — como você se sentirá, daqui a vinte anos, lendo a carta perdida do seu pai, com um conselho bem-intencionado e há muito inútil — instrumento falho? Começo a perceber que é impossível que esta carta chegue às suas mãos seja quando for.

Permita-me, então, preveni-la terrivelmente contra falsas amigas. E contra aquelas que têm uma amizade por você que pareça não ter motivações materiais. E contra todas as bajuladoras, todas as mentirosas, todas as que só dizem sim. Acredite, menina, sem motivação não pode haver amizade, e sem motivação não há amizade que dure, e seja de um pai com uma filha ou do amante pela esposa, não há amizade que possa nascer sem que exista motivação e um fim em vista.* E além do mais, filha, eu a exorto: não confie plenamente em sua compreensão para essas coisas. Uma pessoa que se engana quanto ao próprio comportamento pode ainda assim estar correta quanto ao comportamento alheio. Consulte, portanto, os cegos e honestos; eles não são capazes de lhe fazer mal, e um, pelo menos, não lhe deseja nada disso.

  Mais tarde Natalie, escrevi isso tudo ontem à noite e por nada deste mundo a privaria de meus desabafos paternos, em especial porque vejo que, apesar da minha postura abatida, muito, creio eu, ao estilo de um Deus do Velho Testamento, eu estava tentando dizer algo bem verdadeiro, que devo ter considerado na noite passada que você já estivesse na idade de ouvir. O que me preocupa é, penso eu, o fato de que em suas cartas você demonstra não estar completamente feliz. Faz muito tempo que tenho a certeza de que as coisas estão difíceis para você, mas por favor não se esqueça, minha querida, de que serão difíceis em qualquer lugar. Escolhi essa faculdade para você por saber que é um ambiente bastante exclusivo, dispendioso, e, embora eu finja não ser menos esnobe que qualquer outro homem, me pareceu também valoroso que você *consiga*, esnobismo ou não, encontrar inteligência e cultura em pessoas de certa classe social. Não tenho dúvidas de que a categoria de meninas que você tem como amigas não é representativa, mas meus planos para você nunca incluíram uma educação ampla; na verdade, era bastante estreita — metade viria da faculdade, das pessoas e do entorno; a outra metade, de mim, em informação. Minhas ambições para você aos poucos se concretizam, e, embora você esteja infeliz, console-se com a ideia de que foi parte do meu plano que você ficasse um tempo infeliz. O fato de você ter intimidade com garotas que não ligam para coisas importantes para você deve reforçar sua integridade artística e fortalecê-la contra o mundo; lembre-se, Natalie, de que suas inimigas sempre

---

* Aqui percebo imperfeitamente o que eu mesmo queria ter dito, e me desculpo caso você entenda, mas caso não, eu — estando agora mais sóbrio — peço que você tenha isso em mente até entender. Você recebe alguma outra carta com notas de rodapé?

virão do mesmo lugar de onde surgem suas amigas. Então tente ser paciente com essas meninas, tente não deixar que a tolice ocasional delas lhe cause chateações, tente não deixá-las se aproximarem pelos valores mentais em vez dos sociais — em suma, faça o que aconselhei ontem à noite: analise com cuidado todo mundo que almeje ser sua amiga, examine sua conduta à procura de motivações, e recuse a amizade caso avalie que suas motivações demonstram vileza. Eu seria, se fosse você, muitíssimo cautelosa com Arthur Langdon; andei relendo os poemas dele. É um homem espiritualizado, para o qual as coisas do espírito têm relevância. Depois de certo ponto, esse tipo de pessoa não é digno de confiança; ele vai esperar mais obediência sua do que você estará pronta a dar; seu humor ofenderá o misticismo dele. Sob nenhuma circunstância permita que Arthur Langdon a converta a algum ponto de vista filosófico sem antes me consultar.

Como a pessoa que a conhece mais a fundo, e que mais a ama, sou também o mais apto a lhe dizer essas coisas. Foi um plano *meu*, Natalie, tudo isso, e quando você estiver perto do desespero, lembre-se de que até o seu desespero é parte do meu plano. Lembre-se também de que sem você eu não poderia existir: não pode haver pai sem filha. Você tem, portanto, uma responsabilidade dupla, pela minha existência e pela sua. Se me abandonar, você se perderá.

Seu devotado,
Papai

Ser auxiliar de anfitriã de Vicki e Anne nos coquetéis não tinha nada a ver com ficar ao lado da sra. Arnold Waite para receber os convidados. Para começar, a sra. Arnold Waite havia sido provida, além de tudo o mais, do material necessário para subornar os outros a gostarem de sua casa. Por outro lado, como a faculdade já havia sido progressista, e preservava os privilégios onde perdera princípios, as alunas podiam ter e servir bebidas alcoólicas e uma quantidade mínima de comida (comida, afinal, era servida no refeitório, mas não havia um bar no campus) sem a convicção, que a sra. Arnold Waite elevava à perfeição, de que seria possível viver de outra forma. O gelo podia ser obtido facilmente na lojinha da faculdade e carregado dentro de um jornal, pingando, pelo gramado do campus. Copos para guardar escovas de dentes podiam ser tranquilamente confiscados dos banheiros compartilhados, mal lavados, e secados nas toalhas de banho alheias. Havia, é claro, meninas que levavam os próprios conjuntos de copos para a faculdade, e os deixavam nas estantes de livros de seus quartos, mas em geral eram as veteranas, ou garotas que se davam conta de que suas vidas seriam insuportáveis sem a tradição de se arrumarem para o jantar.

Na festa oferecida por Vicki, Anne e Natalie, os copos usados para servir coquetéis a Arthur e Elizabeth Langdon foram pegos emprestados e estavam no fim do corredor, de modo que na parte da frente da bandeja, com o vermute de qualidade de Vicki e o gim de Anne, comprados na cidade naquela manhã, ficassem duas taças de coquetel iguais e sem lascas, propriedades de alguma menina do primeiro andar que as emprestara com a informação de que, se não fosse por Arthur Langdon, ela teria se recusado e que, além do mais, com ou sem Arthur Langdon, ela teria que arrancar o couro de quem os quebrasse; tinham bordas douradas e pareciam bastante profissionais. Mais atrás, na bandeja, meio escondida atrás da garrafa de gim, havia uma taça de vinho lascada e um copo de plástico do banheiro; eram para Vicki, Anne e Natalie. Na prateleira de livros ao lado da bandeja havia um prato, também roubado do refeitório, um jarro de pasta de queijo e uma caixa de biscoitos de água e sal. O queijo devia ser espalhado no biscoito com a ponta errada de uma lixa de unha.

"Está vendo, o *nosso* problema", Vicki disse em tom irônico, examinando os preparativos, "é que a gente se esforça para fazer jus aos padrões dos Langdon. A gente tenta fazer com que pareça..."

"Se você quiser levar os dois à cidade, para comer num restaurante", Anne disse, "vá em frente. Os vinte dólares são seus."

Natalie, que tinha providenciado os biscoitos e o queijo e sentia uma responsabilidade maternal por eles, tentava passar o queijo nos biscoitos com a lixa; os biscoitos se esmigalhavam em suas mãos. "A gente devia ter comprado pretzel", constatou Natalie. Ainda era muito delicada e titubeante com Vicki e Anne, reprimindo com severidade dentro de si a questão de por que se incomodavam com ela. Seria capaz de compreender a bondade delas em incluí-la sempre em ocasiões como aquela, convidando-a a ir ao cinema, sentando-se com ela nas refeições, se estivessem — digamos — entediadas uma com a outra, ou precisando de alguém que resolvesse pepinos para elas, ou caso a achassem divertida, ou fossem reverentes a seu aprendizado, mas nenhuma dessas avaliações lhe parecia razoável — eram quase cuidadosas demais com ela, tão completas em si mesmas que não precisavam de mais ninguém e no entanto a incluíam com cortesia e insistência, sorrindo apenas com suas piadas, esperando que terminasse de falar antes de tomarem a palavra, indiferentes a suas citações e contudo buscando sua companhia. Se gostavam dela, portanto, era sem motivo. Ainda não tinha encontrado nelas nada a desculpar.

"De *qualquer* forma", Anne disse, "você dá uma bebida pra Lizzie e ela deixa de se importar se dá para passar queijo com a sola do seu sapato."

"Escuta", disse Vicki, se virando de Anne para Natalie. "E *quanto* ao que a Lizzie bebe? A gente não devia fazer ela pegar leve?"

"Eu acho mesmo que ela vai se comportar, já que não está em casa", Natalie declarou.

Vicki riu. "Se ela estiver perto da garrafa? 'Elas todas morrem de inveja porque eu conquistei o Arthur'", ela disse em uma voz estridente e chorosa. "'Ninguém entende que eu *só* quero que todo mundo me *ame*'."

"Acho que isso não nos diz respeito", Anne retorquiu com sua voz doce. "Afinal, *a gente* não pode se atrever a julgar o comportamento dela."

"Bom, se o Arthur não liga, *eu* é que não vou ligar", Vicki disse. "Escuta, eu ouvi a campainha."

Ela correu porta afora e escada abaixo. Estavam recebendo no que se poderia dizer que era o quarto da Vicki, o que a tornava a principal anfitriã oficial; os quartos de Vicki e de Anne ficavam em um canto do segundo andar da casa, e eram considerados por todas as alunas o local mais cobiçado do campus. Vicki e Anne estavam nos quartos de canto fazia dois anos; tinham vivido ali juntas ao longo de dois anos, quando aqueles cômodos deviam ser mais um lar para elas do que a ilha que Elizabeth Langdon menosprezava, ou as outras casas que conheciam, onde os quartos eram mais espaçosos e o serviço era melhor. O quarto listado como sendo de Vicki na administração da faculdade tinha sido transformado em escritório, e o de Anne era o quarto; elas recebiam, naturalmente, no escritório. Este ambiente altivamente continha menos móveis da faculdade do que qualquer outro do campus; as estantes eram reconhecíveis como mobília institucional, porém, como Anne explicara a Natalie com certa relutância, era muito difícil transportar estantes daquele tamanho, e a lixeira era inegavelmente uma lixeira da faculdade. Havia também uma bicama e uma mesinha de centro, além de uma luminária moderna. Os quadros na parede tinham sido pintados por Vicki nas aulas de artes do segundo ano, e portavam belas molduras; os livros nas estantes mostravam claramente quais disciplinas Vicki e Anne tinham cursado durante os anos de estudo, e davam uma ligeira noção de que elas haviam experimentado todas as matérias possíveis ministradas na faculdade a fim de descobrir os títulos dos livros didáticos. A estampa nas cortinas tinha sido criada especialmente para pessoas extravagantes por alguém que pôde se dar ao luxo de criá-la; o tapete era mais macio do que a maioria das camas da faculdade. Como aquele quarto poderia existir a não mais que um andar e meia dúzia de portas de distância de seu quartinho singelo no terceiro andar era tema de contínua surpresa para Natalie, e ela sempre achava que Vicki e Anne tinham se mudado para lá, e ficado lá, apenas por uma espécie de concessão que haviam feito com sua costumeira cortesia aos diretores da faculdade.

Dotada esta noite de uma sociedade parcial do quarto, por conta do biscoito e do queijo que tinha arrumado, Natalie se levantou com dignidade da bicama e se postou junto à porta com Anne, tomando o cuidado de não se aproximar demais. Escutavam Vicki cumprimentando os Langdon lá embaixo. "Que bom que vocês vieram", Vicki dizia, e "Vamos lá para cima, a Nat e a Anne estão esperando."

Elas ouviam os Langdon subindo a escada antes de vê-los fazendo a curva na metade do caminho. "Eu gostaria...", Anne disse, e então se calou. O que teria dito caso fosse Vicki?, Natalie se perguntou, e sentiu Anne suspirar e viu Elizabeth Langdon subir os últimos degraus da escada. Estava arrumada, talvez mais do que a ocasião exigia. Usava um vestido azul-marinho, bastante justo na cintura e volumoso na saia, com a gola decotada e bijuterias bem pesadas; era um vestido mais adequado a uma estudante do que a uma esposa de docente, com seu belo corte mais compatível com um encontro com um universitário do que com um coquetel com três garotas da faculdade. Talvez Elizabeth tivesse tido essa impressão ao se vestir, pois acrescentara ao figurino um chapéu bem adulto, com um véu na frente e algumas plumas pequenas, em nada parecido com o tipo de chapéu que seria usado por alguém que se descrevesse como "moça bonita" em vez de "mulher atraente". Estava, de modo geral, muito bonita, e estaria ainda mais bonita se Anne não estivesse com um vestido de lã rosa que ressaltava as luzes de seu cabelo louro. Natalie tinha passado pouco tempo refletindo sobre as próprias roupas e se sentia mais esquelética e sem graça do que nunca, formando um círculo com Elizabeth, Vicki e Anne; porém, ela pensou para se consolar, ninguém está me olhando mesmo.

Por um instante hesitaram na porta, o excesso de bons modos de Anne não sendo adequado a induzir que Elizabeth renunciasse a fazer uma entrada e adentrasse o quarto de forma normal. Por fim, empurrada de leve por Natalie e Anne, e apressada com sutileza por Vicki, Elizabeth foi encaminhada ao quarto com discrição e posta numa poltrona; ela tentou ir para o sofá para se sentar no lugar mais parecido com o que tinha em casa, mas foi frustrada por Vicki, que insistia que ela ficasse na poltrona. Elizabeth se sentou, então, irrequieta, com as duas estantes de livros se encontrando às suas costas e as janelas abertas à sua frente. Anne se sentou no sofá ao lado de Arthur Langdon, o último a entrar no cômodo, e muito quieto, como se estivesse acompanhando a esposa de má vontade, e Vicki e Natalie pairavam, desajeitadas, sobre a mesinha no canto do quarto, uma junto à bandeja de bebidas e copos, a outra junto a seu queijo.

"Você mudou as coisas de lugar", Arthur comentou com Anne, cometendo com grandiosa falta de consciência a primeira gafe magnífica da tarde.

"Só o sofá e a mesa", Anne declarou com doçura. "Como você acha que ficou, sra. Langdon? É desesperador deixar esses quartos com uma aparência civilizada."

"Se você tivesse usado os móveis da faculdade, não teria tanto trabalho", Elizabeth respondeu, se mexendo na poltrona. "Mas está legal."

"Feito um depósito, na verdade", Anne disse. "Tudo empilhado, sabe? Se pelo menos a gente tivesse espaço."

"Um espaço muito agradável para trabalhar", Arthur avaliou.

"Para escrever os trabalhos da disciplina do Langdon", Anne disse. Todos riram alegremente.

"Talvez eu imagine estar fazendo alguma coisa", Vicki disse, acima das risadas, "mas na verdade são mais castelos de areia do que qualquer outra coisa — só Deus sabe o que é que eu vou ter quando terminar."

"Posso ajudá-la?", Arthur disse.

"Eu ficaria envergonhada", respondeu Vicki. Ela levantou o vaso que tinham concluído que era o mais provável de se passar por coqueteleira se ninguém olhasse direito, cheirou o objeto, balançou a cabeça, sem certeza, e disse, "Bom, *não tem* como alguma coisa dar errado tendo só gim e vermute".

Arthur fechou os olhos, condoído, e Anne lhe disse, "Melhor *você* fazer a próxima rodada". Vicki começou a servir os coquetéis em dois copos bons, e Anne disse para Elizabeth, gentilmente, "Você está tão bonita, sra. Langdon; esse vestido caiu bem".

"Você também está bonita, Anne." Ela tinha prometido a Arthur ser civilizada, Natalie ponderou com súbita piedade; está fingindo ser a Velha Nick sendo graciosa.

"Você parece ter passado o dia fora, ao sol", Anne disse a Elizabeth.

Elizabeth deu um sorriso desdenhoso. "Estava fazendo serviços domésticos."

"Às vezes eu acho", disse Anne, que talvez imaginasse que *ela* era a Velha Nick sendo graciosa, "que os serviços domésticos devem ser os serviços *mais* gratificantes do mundo." Elizabeth a encarava, incrédula, e Anne sorriu com timidez para ela e acrescentou, se dirigindo a Arthur, "Deve ser uma *maravilha* de ver — bom, a *ordem* vinda do *caos*, que você sabe que você mesma produziu."

"Imagino que você nunca tenha esfregado um chão", Elizabeth rebateu. Ainda estava sentada, rígida, em sua poltrona, as mãos pousadas no colo, em cima da bolsa de camurça e das luvas. Ela virou a cabeça para ver quem estava falando, e quando Vicki lhe trouxe um coquetel no primeiro copo bom, ela aceitou abaixando a cabeça, sem sorrir, e ficou sentada, equilibrando-o sobre a mão. Arthur ficou com o segundo copo bom, é claro, e bebericou imediatamente a fim de assentir para Vicki e dizer, "Está muito bom mesmo", com um leve ar surpreso.

"É sério?", Vicki perguntou. Ela assentiu com orgulho. "Eu sempre *soube* que conseguiria se eu tentasse."

Natalie tinha conseguido fazer vários biscoitos inteiros com queijo por cima, e apresentou o prato para Elizabeth. Quando Elizabeth pegou um biscoito, ela ergueu os olhos, inexpressiva, e disse a Natalie, "Como você *está*, minha querida? Estudando muito?".

"Nem tanto assim, infelizmente", disse Natalie. Você devia conhecer minha mãe, ela estava pensando.

"Vocês todas são anfitriãs de mão-cheia", disse Arthur, quando ela ofereceu o prato.

"É uma verdadeira arte passar queijo nesses biscoitos", Natalie disse.

"É um talento que todas as moças deveriam ter, preparar e servir um bom coquetel", Arthur declarou.

"Então preciso de aulas", Anne disse.

Houve um breve silêncio, e então Elizabeth disse, "Arthur, querido, você se deu conta de que essas meninas tiveram muito trabalho e muitos gastos só para *nos* receber?".

"Acho uma grande gentileza delas", Arthur disse, galante.

"Vocês foram muito gentis de vir", Anne disse, e Vicki complementou, "É um prazer para nós também", e Natalie acrescentou, "É mesmo".

"Tenho certeza de que nós dois é que estamos muito contentes de ter vindo", Elizabeth disse. Ela bebeu do copo, prestando atenção ao gosto, e disse, "Que coquetel bom, Vicki".

"Obrigada, sra. Langdon", Vicki respondeu.

"Quais são as novidades sobre o seu pai?", Arthur perguntou a Natalie.

Natalie riu. "Ele disse que se você não tivesse lido o artigo que saiu na última *Passionate Review* eu poderia usar os argumentos para te desconcertar."

Arthur ficou encantado. Ele riu, deu um longo gole, apoiou o copo, e riu de novo. "Esplêndido", ele disse com grandiosidade. "A bem da verdade, eu ainda não consegui, então você leva uma verdadeira vantagem sobre mim."

"Eu também ainda não li", Natalie confessou, e isso encantou ainda mais Arthur.

"Acho que a Natalie nunca lê os artigos do pai", Anne disse em voz suave. "Vicki e eu pegamos a *Passionate Review* na biblioteca e francamente eu...", ela sorriu, conseguindo exibir uma covinha inesperada, "... não entendi nem *uma palavra* do que está escrito. *Eu seria incapaz de usar aquilo para desconcertar alguém*..." Ela abanou as mãos descontroladamente. "A Nat é muito *inteligente*", concluiu.

"Nós *morremos* de vontade de conhecer ele", Vicki disse a Arthur, "mas a Nat tem medo de que a gente a envergonhe agindo feito idiotas."

"O que a gente *faria*", Anne disse. "Dá para imaginar eu dizendo ao papai que não entendi nem uma palavra que ele *escreveu?*"

Natalie, que podia muito bem imaginar Anne dizendo a seu pai que não entendia nem uma palavra do que ele tinha escrito, declarou, se divertindo, "Acho que ele ficaria lisonjeado".

Anne disse a Elizabeth, "Nós todas já temos medo da Nat; você sabia que ela faz descrições *ferinas* da gente por escrito e manda para o pai? Eu *sonho* às vezes com o que a Nat anda falando de mim para o pai dela".

"É verdade?", Arthur questionou com interesse. "*Eu* nunca soube de nada disso."

"Que tipo de coisa você escreve, por exemplo?", Elizabeth perguntou com repentina e verdadeira curiosidade. "Tudo sobre todo mundo que você conhece?"

"Essa não é uma pergunta justa para se fazer *a quem quer* que seja, minha querida", Arthur a interrompeu, tranquilo. "Natalie e eu já discutimos os escritos dela com bastante cuidado", ele acrescentou, e Natalie, se recordando da discussão cuidadosa que haviam tido sobre sua escrita, ficou tentada a descrevê-la a Elizabeth. "E", ele prosseguiu, "acredite, eu tenho *a maior* fé no talento da Natalie."

Elizabeth tirou os olhos do marido para olhar Natalie por um longo minuto. Então disse, "Imagino que esse tipo de coisa não seja um problema antes de você se casar".

"E *depois* de casada", Anne disse, inconsequente, "você fica ocupada demais com os serviços domésticos".

"Alguém quer que eu sirva mais um drinque?", Vicki ofereceu. Fez-se silêncio enquanto todos examinavam o conteúdo dos próprios copos. "Obrigado", disse Arthur, e "*Eu* quero mais, sim", disse Anne.

"Sra. Langdon?", perguntou Vicki. Todos evitaram olhar Elizabeth verificando seu copo, praticamente intocado. Ela fez que não, se virando de leve para o marido. "Não, obrigada, minha querida", disse Elizabeth.

Todos tomaram outro coquetel, menos Elizabeth e Natalie, que começava a ter a impressão de que tinha visto mais drinques do que livros nos primeiros meses de faculdade. Em uma das cartas que escreveu ao pai, ela lhe disse, "Estou começando a pensar que o símbolo da faculdade, pelo menos para mim, tem sido um tipo de drinque que não me lembro de ter visto muito antes. Martíni. O que você acha que esse nome significa? Sei que os nomes da maioria dos drinques não fazem muito sentido, de qualquer modo, mas esse parece ter sido batizado em homenagem a alguém; você acha que talvez tenha sido um presidente da faculdade?".

O pai lhe respondera: "O martíni é um tipo de coquetel (que eu mesmo não vejo com muita satisfação) servido exclusivamente e tomado exclusivamente por um tipo muito bem definido de pessoa. No que minha experiência me permite opinar, em geral se trata de uma pessoa volátil, nervosa e irritável. Todas essas são qualidades compartilhadas por um bom vermute, um dos ingredientes do martíni. O outro ingrediente é o gim, que é feminino e parece ser mais inofensivo do que é: outra característica de quem toma martínis. O terceiro ingrediente é o amargor, e não preciso mais trabalhar nesta metáfora, espero eu. Acrescento que o drinque é servido bem gelado, que certas pessoas preferem que os ingredientes sejam batidos, algumas os preferem mexidos, que é possível apurar a posição de alguém no que diz respeito ao martíni descartando-se a azeitona tradicional, atravessando mais etapas de refinamento através da azeitona preta, o toque da raspa de limão, até chegar à etapa final, mais vulnerável, da cebola-pérola. Assim é possível, você perceberá, que a pessoa exprima suas mais sutis matizes de personalidade — mas creio ter sido claro e cristalino. A partir disso, você pode acreditar, sem desgastar sua mente crítica em formação, que por definição o martíni é um coquetel por natureza universitário".

"Temos que estar na casa dos Clark às seis", Elizabeth lembrava a Arthur.

Arthur assentiu. "Ainda falta bastante", ele disse.

"Mas que pena", Anne disse a Arthur. "A gente estava torcendo para que vocês pudessem ir à cidade depois para jantar conosco."

"Nosso compromisso desta noite foi marcado há semanas", Elizabeth declarou, pomposa, bebericando o drinque com os olhos em Anne. "É claro que não podemos deixar os Clark na mão, mas eu falei para o Arthur que vocês ficariam muito tristes se a gente não passasse aqui antes, mesmo que fosse só por uns minutinhos; eu tive que insistir para ele vir."

"Que bom que você insistiu", Vicki respondeu. "Outro drinque?"

Elizabeth tornou a olhar para o copo e para Arthur.

"Pensei que eu *nunca* mais fosse parar de rir na aula de hoje de manhã", Anne comentava com Arthur naquele instante.

Vicki foi logo dizendo a Elizabeth, "Elas são muito fracas".

"Fracas?", Elizabeth repetiu. "Fracas. Elas *são* fracas." Ela fez a palavra soar cômica, e entregou o copo. Vicki o encheu às pressas e o levou de volta, e em seguida se sentou ao lado de Elizabeth, no chão, de pernas cruzadas. Natalie, que estava sentada no chão de pernas cruzadas do outro lado da poltrona de Elizabeth, se mexeu para se sentar exatamente no mesmo ângulo que Vicki adotou, e Vicki assentiu para ela de forma nítida e proposital, como se para dizer: Você está se saindo muito bem; bom trabalho.

"*Adorei* o broche", Vicki disse a Elizabeth profusamente.

"Obrigada", Elizabeth respondeu com frieza; devia ficar claro, sem sombra de dúvida, que ela não gostava de Vicki e não buscava adulações.

"*Olha só* as cores desse broche", Vicki falou para Natalie. "Você já viu coisa mais *linda*?"

"Lindo", disse Natalie. "É esmalte, não é?"

"Acredito que sim", Elizabeth disse a Natalie. Devia ficar claro, sem sombra de dúvida, que embora fosse bem provável que visse

Natalie com certa estima, não estava preparada para se comprometer sem antes descobrir até que ponto Natalie estava, por sua vez, comprometida com Vicki.

"Eu gostaria de fazê-la entender como nós todas admiramos a senhora", Vicki disse a Elizabeth. "Tudo o que a senhora faz — cuidar do seu marido e da sua casa, acompanhar as aulas, e ainda assim conseguir estar sempre linda, e tudo o mais."

Natalie, pensando, Com certeza ela não vai levar isso a sério, escutou com surpresa Elizabeth declarar, modesta, "Bom, claro, eu não...", e Vicki interrompê-la, tranquilamente, dizendo, "Outro drinque?".

Às seis e meia, então, Elizabeth se enrijeceu na poltrona de repente e disse, "Arthur, que horas são? A gente tem que ir para a casa dos Clark."

"Ainda falta bastante", respondeu Arthur.

"Temos que ir jantar na casa dos Clark", Elizabeth explicou a Vicki e Natalie. "Eles devem estar nos esperando porque estão nos esperando para o jantar."

"Está bem cedo", Vicki afirmou.

"Ainda falta bastante", Natalie disse.

"Toma outro drinque", Anne disse, e deu risadinhas.

Natalie recitava para si, baixinho, "Pelo campus, corrida no pique, Tome um drinque com Annie e Vicki; Vicki é açougueira, a Anne furta, E Langdon põe a carne na fogueira". Achou que era melhor não copiar a letra para mandar ao pai; não tinha, naquele momento, muita certeza quanto à métrica. Tinha a sensação de que havia passado muito tempo sentada na mesma posição, por isso se levantou e se esticou de forma preguiçosa.

"Aonde *você* vai?", Elizabeth foi logo perguntando. "*A gente* tem que ir para a casa dos Clark. Arthur?"

Ele se virou. "Ainda falta bastante", declarou.

"Não", Elizabeth insistiu. "Que horas *são*? Alguém sabe que horas são? Porque a gente *tem que* ir para a casa dos *Clark*."

"Eu sei", Arthur retrucou. "A gente tem que ir para a casa dos Clark. Mas a gente pode se atrasar um pouquinho, né?"

"Estamos *atrasados?*", Elizabeth exclamou. Ela apelou a Natalie, "Estamos atrasados para o jantar dos Clark?".

"De modo algum", disse Vicki. "Ainda falta bastante tempo."

"Tempo suficiente para outro drinque, pelo menos", Arthur afirmou. "É só atravessar o campus, afinal", ele explicou a Natalie.

"Você já bebeu demais", Elizabeth disse. "Você não pode aparecer bêbado na casa dos Clark, Arthur querido. Sabe", ela disse a Natalie, "a gente não devia nem ter vindo aqui. Eu quis ligar para vocês e dizer que seria *impossível* a gente vir, mas ele me disse, 'Elizabeth', ele disse, 'elas tiveram muito trabalho e muitos gastos só para nos receber', ele disse. E por isso a gente veio primeiro aqui, mas agora a gente *tem que* ir para a casa dos Clark."

"Que tal eu ligar para eles e avisar que vocês vão se atrasar um pouquinho?", Vicki perguntou, alegre. "Assim eles não vão se incomodar."

Elizabeth olhou para Vicki e depois para Arthur, insegura. "Nós vamos nos atrasar?", ela questionou. "Porque os Clark tiveram muito trabalho e..."

"Só uns minutinhos de atraso", respondeu Vicki.

"Agora é a saideira", Arthur anunciou.

Por volta das oito e meia, tornou-se urgente que se livrassem de Elizabeth. Arthur Langdon, que pareceu se dar conta disso de repente, se levantou do sofá e cruzou a sala, se aproximando de onde Elizabeth estava sentada desde que chegara, e, olhando-a de cima e sem expressão, disse, "Por que, meu Deus, ela tem *sempre* que agir assim? A gente nunca vai conseguir ir a *lugar* nenhum?".

"Vai ver que é só cansaço", Anne disse com ternura. "Vamos levar ela pra casa?"

"Não temos mais *o que* fazer", disse Arthur. Sua voz estava um pouco estridente, e Natalie, observando-o parado entre Vicki e Anne, se perguntou como pôde tê-lo admirado, ou pensado nele ao lado de seu pai. "*Por que* isso *sempre* acontece?", ele perguntou.

"A gente pode fazer com que ela chegue em casa", Vicki disse. Ela olhou para Natalie, que assentiu e disse, "Sem dúvida".

"*Por favor*", Arthur disse, aliviado. "Porque eu estou *muito* aborrecido com ela para me importar com isso."

"Tenho certeza de que ela iria com a Nat", Vicki afirmou. "Ela adora a Nat."

"Quem não adora?", Anne disse com carinho. "Nat, vê se você consegue fazer com que ela se levante."

Com a superioridade infinita e a tolerância que vêm a uma pessoa razoavelmente sóbria ao se dirigir a uma bastante embriagada, Natalie disse a Elizabeth, "Elizabeth, pronta para ir para casa?".

Na verdade é um instinto, um dom para lidar com gente irracional, Natalie ponderava; imagino que qualquer mente como a minha, que chega tão perto, na verdade, da irracionalidade e é tão atraída por ela, tem facilidade de ultrapassar a linha divisória entre o racional e o irracional e se comunicar com alguém bêbado, ou insano, ou adormecido. "Elizabeth", ela chamou com brusquidão, "acorda, Elizabeth."

"Por que ela tem *sempre* que agir assim?", Arthur reclamou. Ele apelou a Anne. "Por quê?", insistiu.

"Acho que é porque ela não tem cabeça pra beber", Vicki declarou sabiamente. "Claro que afeta algumas pessoas desse jeito."

"Mas *sempre*", Arthur lamentava, parecendo estar à beira das lágrimas. "Eu *nunca* me divirto porque ela está sempre fazendo *dessas*."

"Elizabeth, *acorda*" (... e, curvada sobre o louco, se contorcendo em seus grilhões, Natalie falou baixinho, só uma ou duas palavras, e ele, cessando sua luta naquele momento, abriu os olhos e olhou com lucidez e gratidão para seu rosto...) "Elizabeth, *acorda*."

"Nossa", exclamou Anne. "Ela podia dormir aqui. Ela podia dormir na minha cama e eu durmo no sofá."

"Ela não *merece* a cama", Arthur objetou. "Ela devia estar na sarjeta por aí."

"Arthur!", Anne reagiu em tom de reprovação. "Por favor, não seja cruel; não se esqueça de quem ela é e…"

"Sejamos sensatos", Vicki pediu. "Se a gente não conseguir acordar e levar ela pra casa, ela vai ter que dormir aqui, é uma questão de bom senso. Mas eu acho que a gente consegue, sim, acordar ela, e sei que ela vai pra casa com a Natalie porque ela gosta *muitíssimo* da Natalie."

"Não me lembro de já ter visto ela agindo *assim*", Anne disse.

"Elizabeth", Natalie chamou, e Vicki disse, "Elizabeth", e Arthur, com sua voz mais firme, repetiu, "Elizabeth".

Por fim, se mexendo, Elizabeth murmurou, e se moveu, e abriu os olhos. "Arthur?"

"Escuta", Arthur disse, se inclinando para ser mais convincente. Com o rosto junto ao dela, ele disse, "Elizabeth, vamos te levar pra casa. Agora acorda e se comporta, porque nós vamos te levar pra casa".

"Estou acordada", Elizabeth resmungou. "O que foi que aconteceu?"

"Você vai pra casa", Arthur disse.

"Está bem", Elizabeth concordou, satisfeita. Ela esticou os braços para ele, e ele deu um passo para o lado e deixou que Natalie a segurasse. Diante do toque das mãos encorpadas e desajeitadas de Elizabeth em seus braços, Natalie estremeceu, mas Arthur lhe deu um empurrãozinho descortês, e ela pegou Elizabeth pelos ombros e com a ajuda de Vicki a tirou da poltrona onde havia passado a noite. Elizabeth ficou de pé, falando coisas incoerentes, esticando as mãos para Arthur. Vicki segurou um dos braços de Elizabeth e o passou por cima de seu ombro; todo o peso de Elizabeth caiu sobre Natalie, que, trêmula sob a pressão das pernas de Elizabeth contra ela, começou a meio que arrastar e meio que carregar Elizabeth.

"Eu te ajudaria", Arthur declarou, nervoso, "se não achasse que ela faria um escândalo se acordasse e visse que estou aqui."

Com Arthur e Anne ajudando atrás, onde tinham certeza de que passariam despercebidos, Vicki e Natalie levaram Elizabeth porta afora e escada abaixo. Que vergonha, Natalie pensou, descer a escada com o peso de Elizabeth contra seu corpo, que enorme abominação é ser a receptora de tal coisa, que pavoroso e horripilante é não ter nenhuma opção quanto aos braços e pernas bambos que se enroscam em você, que asqueroso é estar consciente e saber que a pessoa inconsciente nem vê que é você quem ela abraça, que repugnante, que nauseante, que fraqueza... Poderia soltá-la agora?, Natalie se perguntava, fazendo a curva da escada, posso deixar que ela caia e se mate, que talvez morra, porque não consegui segurá-la? Que responsabilidade tenho por ela, que força ela tem sobre mim a ponto de se apoiar em mim com tanta intimidade, sem nunca saber disso? Como ela acha que eu aguento? Será que um dia vou me apoiar nela desse jeito? Ela se importaria, ou será que me deixaria cair?

"Chegamos", Arthur disse, ao pé da escada. Elizabeth estava jogada, quase inconsciente, no corrimão. "Você pode levar ela pra casa?", ele perguntou a Natalie. "Eu sei o quanto ela gosta de você."

"Posso, sim", Natalie respondeu. "Ela parece reconhecer a minha voz."

"Ela ouviu a Nat e não estava nem se mexendo quando a gente chamava", Anne acrescentou.

De repente ficou claro para Natalie que ela deveria, sozinha, levar Elizabeth para casa. "Escuta", ela disse, aflita, "eu não tenho certeza se eu consigo sem..."

"Ela vai ouvir *você*", afirmou Vicki, por cima de seu ombro; ela não sorriu, mas estava seguindo Anne e Arthur escada acima. "Ela *gosta* de você", Vicki disse, e sumiu na curva da escada.

Obviamente era impossível abandonar Elizabeth. Quando Natalie se virou, consternada, para olhar para ela, Elizabeth cambaleou e começou a escorregar graciosamente até o chão. "Elizabeth", Natalie chamou, com vontade de chorar, "*caramba*." Ela se recordou, ou se esforçou para se recordar com clareza, que Elizabeth fora a primeira pessoa a ser gentil com ela no campus, e que de qualquer modo seria impossível largar Elizabeth ali e ir ao encontro dos outros, e que Elizabeth lhe contara segredos inenarráveis, ou quase inenarráveis, quando estavam a sós em sua casa durante a tarde, e que todo mundo devia a Vicki e Anne levar Elizabeth para casa e tirá-la do caminho, pois Vicki e Anne também eram amigas, e não seria muito simpático da parte de Natalie ignorar a obrigação que tinham lhe dado, e se deixasse Elizabeth ali talvez isso significasse nunca mais ver Vicki e Anne, e, claro, não voltar ao quarto delas esta noite, e portanto poderia ir sozinha para o próprio quarto se quisesses, e, no final das contas, ela disse a si mesma, todo mundo é mortal e todo mundo tem seus defeitos e todo mundo está junto em um mundo enorme onde apenas a vida é concedida a qualquer um de nós, e nunca há tempo suficiente para refletir se devia fazer uma coisa ou não fazer uma coisa, porque quando olhava alguém, era alguém que não era nada mais nada menos que outro mortal, e, afinal, quem seria capaz de negar a outro mortal um leve consolo em uma vida neste mundo, e, em última análise, Elizabeth...

"Arthur?", Elizabeth disse.

"Sou eu, a Natalie", ela disse, pensando que ao menos poderia contar a situação ao pai e pedir que ele não contasse à sua mãe.

"Natalie?", disse Elizabeth. Ela se afastou um pouco, e repetiu, "Natalie?".

"Elizabeth", Natalie disse em tom amável. Passou o braço em volta de Elizabeth, e a cabeça de Elizabeth caiu em seu ombro e Elizabeth disse, "Natalie", baixinho, e Natalie ficou muito contente por ela não ter repetido "Arthur".

"Natalie, eu quero morrer", declarou Elizabeth.

"Estamos indo pra casa", Natalie explicou.

"Eu quero morrer", Elizabeth disse.

"Eu sei que quer", Natalie disse com ternura. "Vem pra casa comigo."

"Pra casa?", perguntou Elizabeth.

Ela conseguiu andar sozinha, embora Natalie precisasse guiá--la. Enquanto atravessavam a entrada e saíam pelo campus, Natalie pensava, por alguma razão que nunca entendeu, nas árvores adiante, em como ela e Elizabeth poderiam ir de árvore em árvore pelo campus, uma se segurando na outra até se recuperarem. Já ao ar livre, no entanto, Elizabeth se recobrou espantosamente e caminhou sozinha, sem nem precisar da ajuda de Natalie.

"Eu quero morrer", ela disse mais uma vez.

"Deixa de bobeira", Natalie pediu, e acrescentou, "acho que todo mundo quer morrer, desde o instante em que a gente nasce".

"Não", rebateu Elizabeth. "*Eu* quero *morrer.*"

Era difícil para Natalie pensar com clareza, andando pelo campus escuro debaixo das árvores junto com Elizabeth. Para começar, Natalie de repente se deu conta de que, quando as pessoas estavam sóbrias, elas repudiavam tudo o que tinham feito quando bêbadas, e quando bêbadas, elas repudiavam tudo o que tinham feito quando sóbrias. Natalie achou essa ideia muito profunda, e se martirizou com ela, ponderando, Que boba eu fui de ter medo antes, falando com Arthur, e o que eu devia ter falado...

"Eu quero morrer", disse Elizabeth. "Eu queria ser a Anne."

"*Eu* queria ser a Anne", Natalie replicou, e pensou, *Isso*, torço eu, não é verdade — só que ela *de fato* desejava ser Anne, e a recordação de Anne curvada, escutando Arthur Langdon falar, tinha tudo a ver com esse desejo.

"Sabe", Elizabeth disse, distraída, parando sob uma árvore para apontar para Natalie, "a Anne é uma vaca e eu era uma vaca mas agora não sou mais". Ela começou a chorar; Natalie escutava, embora estivesse muito escuro para ver. "Vaquinha maldita", Elizabeth disse.

Os Langdon tinham deixado a luz do vestíbulo acesa no apartamento deles. Natalie enxergava e reconhecia a casa do meio do campus, e enrubesceu na escuridão pensando em quantas vezes não tinha passado pelo prédio e pensado que Arthur morava ali. "Seis andarilhos orgulhosos", declarou obscuramente.

"Cama", Elizabeth disse.

"Cama", Natalie repetiu. Quando se aproximaram do prédio, Elizabeth voltou a perder a firmeza, e Natalie teve que passar o braço em torno dela para escorá-la. Imagine se eu fosse o Arthur, ela ponderou, sem querer, e imagine que eu *quisesse* fazer isso...

"Escuro", Elizabeth disse.

E imagine que ela fosse uma das minhas alunas e eu quisesse muito me casar com ela, e imagine que estivéssemos caminhando na escuridão exatamente assim e eu pensasse *agora, não*, e imagine o toque de seu ombro sob meu braço, tão forte e firme sobre a carne fraca, imagine esse toque e essa sensação, e imagine que na escuridão ela se virasse um pouquinho para mim...

"Natalie?", chamou Elizabeth. "A gente já está perto da cama?"

"Perto", disse Natalie. "Agora falta pouco."

E imagine, imagine, só imagine, que na escuridão e à noite e sozinhas e debaixo das árvores, imagine que aqui, juntas, sem que ninguém precisasse saber, sem nem mesmo um aviso, imagine que na escuridão debaixo das árvores...

"Eu quero morrer", Elizabeth disse.

* * *

Natalie não precisou, por sorte, despi-la. Depois de chegar à própria casa, onde já tinha cambaleado até sua cama tantas vezes, Elizabeth parecia saber por um instinto quase de espião o que fazer, e enquanto Natalie se preocupava na cozinha bem iluminada, fazendo café, quanto a qual boca do fogão usar, Elizabeth sumiu em silêncio quarto adentro e tirou as roupas. "Natalie?", ela chamou, por fim, e Natalie foi correndo, se deparando com Elizabeth com a própria camisola, na própria cama.

Foi a primeira vez que Natalie visitou o quarto dos Langdon, e, apesar de nunca ter se espantado com as duas camas de solteiro no quarto da mãe e do pai, ela se lamentou ao entender que Arthur Langdon insistia — tão jovem, tão bonito — em manter durante a noite certa distância entre ele e Elizabeth.

"Está confortável?", Natalie perguntou. "Posso fazer alguma coisa por você?"

"Boa noite", disse Elizabeth, e ela levantou o rosto para que Natalie o beijasse.

Hesitante, Natalie foi do pé da cama de Arthur Langdon até a lateral da cama de sua esposa e deu um beijo na testa de Elizabeth.

"Boa noite", Natalie disse. "Durma bem."

"Boa noite, querida", disse Elizabeth.

"Boa noite, querida", Natalie disse. Andou na ponta dos pés até a cama de Arthur e ficou um instante olhando para Elizabeth já adormecida na cama antes de apagar a luz.

No caminho de volta, cruzando o campus, não achou nada específico em sua mente para diferenciar aquela noite de outras, marcadas de outras formas. Havia uma forte sensação de triunfo e uma estranha sensação de vingança, e uma vez, ao parar debaixo de uma árvore e apoiar a cabeça no tronco firme e enrugado, ela sussurrou baixinho, "Eu sei, eu sei". Mas foi só; afora isso, parecia não ter nada a dizer a si mesma. Sem questionamentos, ela se afastou da árvore, satisfeita com a noite e com as estrelas que via sem distinguir, e seguiu para a casa onde vivia, sem se dar ao trabalho de olhar para trás, para a luz do vestíbulo da casa dos Langdon, que tinha deixado acesa, depois de pensar um pouco, para que Arthur achasse seu caminho de volta para casa.

Ela entrou na própria casa e subiu a escada em silêncio, percebendo, em choque, pelo som das vozes nos outros quartos, que ainda estava cedo, talvez não passasse nem das dez horas. Foi logo aos quartos que Vicki e Anne dividiam e descobriu — como soubera sem sombra de dúvida, ao subir a escada — que as luzes estavam apagadas.

Subiu até seu próprio quarto escuro com porta trancada, o quarto que deixara, depois de se vestir com esmero, em algum momento do fim da tarde, seu quarto seguro, onde poderia ficar sentada sozinha sem interrupções, e, ao entrar com a chave na mão, viu mesmo no breu o papel branco do recado na escrivaninha.

"Muito obrigada", lia-se. "Como a Lizzie ficou? V."

Terça-feira

Minha querida princesa cativa,

Se já é uma luta o que um cavaleiro tem que fazer, hoje em dia, para manter contato com suas princesas cativas, que dirá salvá-las. Para começo de conversa, acho minha armadura justa demais; ela enferrujou desde a última vez que a usei em combate e não consigo de jeito nenhum me lembrar de onde estava minha espada da última vez que a vi. Penso em você, princesa, mofando em sua torre, espiando com ansiedade pelas janelas estreitas, torcendo suas mãos longas e alvas e andando de um lado para o outro com sua camisola comprida e branca, olhando sempre para a longa estrada tortuosa lá embaixo, até onde ela some entre as montanhas, muito além de sua torre... Fico pensando em você olhando, esperando, sem nenhum cavaleiro chegar. E é claro que eu *vou* uma hora ou outra, com ou sem armadura; talvez eu consiga achar um funileiro de boa reputação (apesar de os funileiros já não serem mais o que eram) que faça para mim uma armadura branca como neve e um elmo ao qual possa prender uma insígnia sua — seu velho taco de hóquei, quem sabe, com o qual também possa me defender se necessário. Ou meia dúzia de páginas de um erudito periódico trimestral, que talvez não se revele um meio de defesa tão bom assim, mas que certamente sem erro me caracterizaria como cavaleiro errante. (Esta última é uma piada que depende inteiramente de seu conhecimento de etimologia. Já desperdicei muitas piadas com você para agora deixá-las passar despercebidas.) Não tenho muita certeza, além do mais, sobre a forma de atacar o dragão que guarda sua torre; ele dorme? Poderia ser subornado? Drogado? Instigado a se afastar? Ou preciso lutar contra ele, afinal? Ou, pior ainda, *existe* dragão? Tem certeza de que você não está confinada por pura magia? Garanto que não vou travar batalha contra um feiticeiro.

Sua mãe insiste que eu inclua nesta carta a declaração de que ela lhe enviou seu vestido de gala preto de, creio que ela tenha dito, decote de ombro a ombro. Ela comenta com tristeza que foi esse o que *ela* sempre quis, e de fato acredito que foi um gesto de bom coração e altruísta sua mãe ter lhe enviado um vestido de gala preto com decote de ombro a ombro porque, ponderando mais do que ela costuma ponderar, ela imaginou que seria o presente mais incrível que uma mãe poderia mandar para a filha.

Você deve ter achado formas mais fáceis de escapar de feitiços do que eu jamais acharia. Sempre fui da opinião, você sabe disso, de que princesas são confinadas em torres porque optam por permanecer confinadas, e o único dragão necessário para mantê-las lá é o desejo delas de serem mantidas. E também acredito, agora, que se você erguer uma torre, surgirão princesas aos montes pedindo para serem trancafiadas. Então por que você não alegra a sua mãe e a mim, e, creio, ao seu irmão, passando um fim de semana conosco em breve? Se me disser quando quer escapar da vigília incessante do dragão, enviarei uma passagem de trem, agindo segundo a tese de sua mãe de que seria a melhor coisa que alguém poderia mandar *para mim*.

Seu devotado,
Papai

Sábado

Caro senhor cavaleiro,
Então não foi você quem cantarolou com vigor sob minha janela nas últimas três noites? Nem um de seus emissários? Temo que o feitiço que cerca minha torre seja forte demais para você, e que meu resgate

não seja realizado nem em milhares de anos — tempo depois do qual, eu sei, serei um tanto mais velha e mais grisalha do que sou agora. De qualquer forma, se não for um dragão a me guardar, é algo parecido, algo que chamam de Solteirona (e, já que seu nome é srta. Nicholas, claro que ela também é chamada de Velha Nick), que, cuspindo fogo, bate o pé com os próprios grilhões, impedindo donzelas mais aventureiras de se desgarrarem.

Isto é, não vou voltar para casa por enquanto. Se há um feiticeiro, é Arthur Langdon, que tem fé de que lhe escreverei mil palavras sobre Milton até a próxima quarta-feira. O que dizer sobre Milton? Pensei em compará-lo a Rei Lear, mas achei que seria muito complicado.

Tem um personagem muito estranho por aqui que lhe despertaria grande interesse. Ela está sempre andando sozinha, e quando perguntei por ela, as pessoas riram e disseram, "Ah, essa é a menina Tony Alguma Coisa". Estou sempre vendo a menina circulando e acho que gostaria de conhecê-la.

Diga à mamãe que recebi o vestido e ele é lindo. Não diga a ela que não tenho onde usá-lo. Não fui convidada para o Baile, que será na sexta-feira à noite, mas tampouco a maioria das meninas que conheci aqui foram. Parece que você tem que conhecer pessoas daqui antes de chegar, para não ter que começar a fazer amizades. De qualquer modo, fico meio desapontada quanto a isso, mas ao ver as outras garotas que não foram convidadas, e ouvi-las falar, me sinto melhor porque ao menos não tinha parado para pensar em uma *desculpa*. Todas dizem coisas como, bom, eu não *queria* ir mesmo, e foram *convidadas*, é *claro*, mas o garoto dançava tão mal que tiveram que recusar... e assim por diante. Eu não tenho desculpa nenhuma além de não ter sido convidada. De qualquer modo, diga à mamãe que agradeço muito muito pelo vestido; eu o provei e ele ficou ótimo. Todo mundo disse que caía muito bem em mim.

Por falar em magia, agora que mencionei que eu gostaria de conhecer a menina Tony, não tenho dúvidas de que vou conhecê-la em breve. Descobri que basta você reparar em uma coisa de forma tão concreta a ponto de falar nela, como em uma carta feito esta, que ela acontece. Imagino que depois de conhecê-la eu fique decepcionada.

Assim que eu conseguir escrever mil palavras para quebrar o feitiço, vou passar um ou dois dias em casa. O bruxo tem o dom de lançar mais feitiços contra moças que ignoram seus feitiços mais simples. E a verdade é que eu não *gosto* de Milton — você gosta? Escreva me dizendo o que há de bom nele.

Com muito carinho por você e por mamãe,
Natalie

Havia a sensação da madrugada quando Natalie foi acordada, e pensou por um instante, sem coerência, que talvez nunca mais fosse dormir a noite inteira, e não estava tudo bem que ela não se importasse de ser acordada se fosse empolgante, e então ela abriu os olhos para a realidade e escutou uma insistente voz suave em sua orelha. "Acorda", dizia, "por favor, acorda". Era um sussurro sem personalidade e, repetindo inúmeras vezes, "Por favor, por favor acorda", era assustador.

"Que foi?", perguntou Natalie, escutando a própria voz no quarto.

"Acorda, por favor, e fica calada — e *se apressa*."

"Estou acordada", Natalie declarou. A escuridão era anormal e a figura ao lado de sua cama era inidentificável; esta então é a hora, Natalie pensou, a hora chegou, este é o momento pelo qual eu vinha esperando, em que a crise e o perigo e o terror estão em cima de nós todos, e acordamos com medo e corremos em busca de segurança; quem foi tão atencioso a ponto de se lembrar de mim na fuga geral? Fogo?, ela se perguntou assim como antes, e, Guerra?

"O que foi?", ela sussurrou.

"*Se apressa.*"

"Estou me *apressando*", Natalie disse, procurando o roupão de banho na escuridão, tateando com os pés em busca do chinelo; então, de repente, escutou em meio ao breu a risadinha e com ela sentiu o primeiro medo verdadeiro, gélido. Guerra, pelo menos, e fogo, eram possibilidades. Aquilo, a risadinha, estava dentro de seu quarto.

"O que foi?", Natalie repetiu.

"*Anda.* E se *apressa*." De novo a risadinha. "Não precisa do roupão *de banho*, vem de *qualquer* jeito. Eu estou nua — mas anda logo."

"Escuta", Natalie pediu, tentando achar a cordinha da luz, mas sua mão foi contida por outra mão e ela foi puxada com firmeza, e a figura indistinta e a risadinha constante a levaram à porta. Natalie estava sem chinelo e sem o roupão de banho, só com o pijama de algodão que a mãe tinha escolhido, e o pijama tinha estampa de cachorrinhos pretos e vermelhos da raça terrier escocês, e a porta que dava para o corredor revelava uma escuridão ainda mais densa, e não as luzes noturnas habituais das escadas e dos banheiros.

"Eu apaguei as luzes", disse a voz à frente. "Mas *se apressa*."

"Pra quê?", questionou Natalie, seguindo pelo corredor escuro.

De novo a risada baixinha. "*Você* não precisa achar que é a única", ela disse. "Espera só pra você ver o que é que *eu* tenho." Passavam por quartos no breu, Natalie sabia, onde meninas dormiam em paz, os olhos fechados e as mãos relaxadas sobre os travesseiros; por que, ela pensou, quase histérica, por que eu não *grito*?, e percebeu com humor que não sabia gritar; gritar era um ato aperfeiçoado por poucos, uma espécie de coloratura não concedida à maioria; gritar não era algo que Natalies deveriam fazer espontaneamente. Se eu estivesse com medo de verdade, Natalie ponderou, seguindo descalça a figura nua à sua frente, eu poderia berrar, ou vociferar, mas nunca dar um grito significativo; então não estou com medo de verdade, ela pensou, já que não sou capaz de emitir som nenhum, mas apenas seguir às cegas, a seco, por esses espaços negros, e é claro que estou sonhando, é claro, é claro; que interesse profundo tenho nisso tudo, ela pensou. "E", a voz que ia em frente, "você pode ficar deitada, quietinha, sem se mexer e sem dizer nada, e pode ouvir tudo, e apesar de pensarem que você está presente eles não sabem quem você é e vão em frente. E mesmo quando entram logo no meu quarto, eu só olho para eles e digo, 'Podem continuar falando o que vocês estavam falando porque *eu* não dou a mínima', e então eles vão embora porque, claro, quando estão justamente no meu quarto, eles não podem, podem? E depois tinha uma menininha e ela entrou no meu quarto e disse, 'Me deixa dormir com você esta noite?' e eu disse, 'Claro que deixo mas eu tenho que me levantar cedo e faltam quatro horas para eu me levantar então você durma logo', e ela se deitou na minha cama e caiu logo no sono e trouxe junto uns bichinhos fofos, como passarinhos, ou esquilos, só que não tinham caudas, e ela os colocou em fila ao pé da cama, e havia seis, todos eles em fila, e ela criou retratos lindos na parede, essa *menininha*, e espera só para você ver e quando você os escutar vai entender do que estou falando". No andar de baixo, no escuro, tateando com os pés descalços um passo atrás do outro, e a voz à frente continuou, "E é claro que a mãe e o pai estão debruçados sobre a janela e também estão tentando ouvir e não escutam nada porque falamos baixinho e eles ficam tentando escutar e nós só sussurramos e sabe essa é a mesma menininha que apareceu antes e que aparece sempre e ela dorme na minha cama."

Depois de terem descido a escada e feito a curva, uma porta diante delas lançou luz na pequena fresta de sua abertura; estava muito tarde, pois não havia nenhuma outra luz vindo de outro quarto do corredor, e as luzes do corredor e do banheiro estavam apagadas, assim como as de cima. Natalie pensou sem ter desejado pensar na risadinha cautelosa que tinha ido, sem fazer barulho, de uma luz a outra, apagando todas elas, sabe-se lá por que razão obscura, antes de chegar, infalível no breu, à cama de Natalie. "Aqui", a voz disse, ainda com um meio-tom monocórdio de risadinha, "agora podemos todas escutar juntas, e ficarmos sentadinhas junto à parede e então ouvir o que eles estão falando, só tome o cuidado de tampar a boca com a mão quando você rir. Menininha? Menininha?" Era um chamado carinhoso e Natalie, que esperava, mantida do lado de fora da porta iluminada, quis chamar também, "Menininha?". Então, "Ela adormeceu de novo, elas são assim sempre. É só deixá-las por um minutinho que elas dormem. Menininha? Anda, a gente tem que *se apressar*".

Ela puxou Natalie com violência pela porta, quarto iluminado adentro, e depois fechou a porta com cuidado. "Menininha?", ela chamou em tom carinhoso. A cama estava desarrumada e ela foi até lá, ainda chamando, "Menininha?", e dando risadas, e virou os lençóis do avesso, levantou o travesseiro e olhou debaixo deles, e então, rindo, olhou debaixo da cama. "Menininha?", ela perguntou. "Menininha?" Em seguida, dizendo, "*Vem*, se apressa, por favor, a gente nunca vai ouvir *nada*", ela olhou rápido dentro do armário e depois nas gavetas da cômoda, tirando o suéter de angorá, a combinação de renda, e caixas de cigarro e sapatos descombinados, o dinheiro jogado ali dentro. "Menininha?" Ela se virou para Natalie e disse, sem saber o que fazer, "Ela estava aqui agora mesmo. Não sei para onde ela foi — eu pedi que ela me *esperasse*. Olha, ela deixou o casaco". Natalie, fitando a jaqueta que diziam ter sido roubada mais ou menos uma semana antes, continuava sem conseguir falar. "Menininha? Onde você acha que ela foi? *Menininha*."

Natalie abriu a boca, ainda sem saber o que diria.

"Bom, *vem* mesmo assim, ela vai aprender a lição se a gente começar sem ela, mas lembre-se de que eles estão ouvindo e não faça barulho *nenhum*. Tampe a boca com as mãos quando rir e não saia correndo pelo andar porque eles estão ali fora, e eles escutam *tudo*. Menininha? Vem aqui, vem para o chão ao lado da parede e faz como eu — qualquer um *vê* que você nunca esteve aqui antes, mas dessa vez a gente desculpa, e independente do que você ouvir não faça barulho, porque *eles* escutam *você*. Escuta... ela está cantando."

Bem devagarzinho, com muito medo, Natalie recuava até a porta. Quando sentiu os painéis às costas, ela os abriu sem emitir nenhum ruído perceptível, a mão atrás do corpo, e abrindo-os ainda às suas costas, ela recuou ainda mais pelo corredor e fechou a porta diante do rosto, apagando toda a luz que havia no corredor mas se sentindo mais tranquila na escuridão; estava no primeiro andar da casa, ela sabia disso, e depois de subir dois lances de escada — ah, intermináveis! — estaria em seu quarto de novo e haveria uma luz segura que poderia acender.

Afastando-se da porta, ela tropeçou no nada e quase caiu contra a parede oposta. Preciso ficar calma, disse a si mesma; é só, afinal, uma questão de encontrar meu quarto no escuro, e se no caminho eu achar o interruptor de qualquer lugar, dos corredores, das escadas, dos banheiros, melhor ainda, e se eu não ficar com medo e tentar correr eu não vou cair na escada, e se eu não cair na escada ela não vai escutar que fui embora, e por que ninguém acorda e vem me ajudar?

Então, é claro, ela ouviu de novo, "Menininha?", e a porta se abriu e a luz invadiu o corredor, e Natalie, se virando para correr em qualquer direção, percebeu tarde demais que tinha tomado o caminho errado e na escuridão tinha sido seguida por passos leves e astuciosos não rumo à escada e ao próprio quarto, mas à porta da frente. No breu, a luz do quarto deixado para trás, ela ouviu a risadinha e sentiu quase como se a mão tateante roçasse seu rosto e ouviu bem de perto, baixinho, "Menininha?".

E então, por sorte, achou a tranca da porta da frente e ela se abriu com ainda mais facilidade do que rezara para se abrir, e quando ela se abriu inteira à sua frente ela pensou, Isso vai disparar o alarme contra roubo, e quase riu ao batê-la logo depois de passar.

Foi incrível e claro que ainda era um sonho correr livremente e de pijama com os vergonhosos cachorrinhos vermelhos e pretos, descalça primeiro no cascalho da trilha e depois primitivamente na grama molhada, e estar debaixo das árvores com tudo escuro à sua volta. Pensou então, Eu volto quando o sol tiver saído e todo mundo estiver acordado e eu puder contar para elas, e depois pensou ter ouvido um lamento na casa às suas costas, "Menininha?", e teve um choque horrível quando, atravessando a grama debaixo das árvores, viu ao luar uma figura se aproximando.

Parada, indefesa, pensando, Agora não posso correr, chegou a hora, ela disse, "Quem?".

"Algum problema?", perguntou a menina Tony.

Quarta-feira

Madame:

A não ser que cumpra as seguintes condições, e sem falhas, farei com que uma vingança tenebrosa se abata sobre a senhora:

    1. Em anexo, veja que há um cheque de vinte e cinco dólares. (Essa é uma condição que não considero muito difícil de se cumprir.)

    2. Desconte o cheque. (Qualquer conhecida rica basta.)

    3. Com o dinheiro assim obtido, compre uma passagem de ida e volta para este local. (Tente a estação rodoviária.)

    4. Ponha uma escova de dentes, os livros de que precisar, um lápis e papel e duas barras de chocolate em uma valise pequena, vista seu casaco e chapéu, e vá direto ao lugar onde os ônibus se reúnem. (Essa é a parte mais complicada, mas caso faça essas coisas uma depois da outra, na ordem em que as enumerei, serão poucos ou nenhum seus problemas; recomendo, entretanto, que os execute nesta ordem *exata*; seria muito não ortodoxo que você fosse primeiro ao local dos ônibus, por exemplo, e *depois* tentasse arrumar a valise.)

5. Entre no primeiro ônibus que vá trazê-la até aqui. (Pergunte ao motorista, caso esteja confusa, ou, melhor ainda, prenda uma etiqueta à lapela do casaco que ele se encarregará de entregá-la.)

Cumpra essas pequenas condições, assine meu livro com sangue, que eu lhe entrego minha chave para todos os tesouros deste mundo, inclusive, muito possivelmente, para algumas informações sobre John Milton (1608-74) e um convite cordial para acompanhá-la, em pessoa, a qualquer um e todos os seus futuros bailes. Conforme eu disse, deixe de cumprir essas minhas condições, e sobre a senhora se abaterá a ira de alguém que até hoje nunca temeu dar a conhecer sua presença. Lembrei de anexar o cheque? Sim. Que bom.

Papai

Senhor:
Escuto e obedeço. Chegarei no sábado às 14h30. Obrigada pelo cheque.
Com amor,
Natalie

Amanhã era sexta-feira e de manhã tinha laboratório de biologia, e já passava das onze; quem desejasse se levantar às sete e ainda contar com oito horas de sono devia ao menos estar pronta para se deitar: dentes escovados, cabelo arrumado, roupas do dia seguinte separadas. E, curvada para a frente, o rosto terrivelmente radiante e atento e terrivelmente terrivelmente interessado no que Arthur Langdon dizia, Natalie torceu por um estado de inconsciência paralisada, talvez embriagada, talvez apenas o valioso momentinho ligeiro que a levava de um mundo insosso para um luminoso; ela concordava com inteligência com o que Arthur dizia, e pensava, As pessoas já tiveram infartos e morreram sem perceber nada além do que é provavelmente aquele segundo de lampejo radiante de saber que se está morto. As pessoas conseguiram isso.

"Não tenho certeza nenhuma sobre o que creio de verdade", Arthur dizia, e, "Quando você pensa que a arte em si é um processo de..."

"Meu querido", disse Elizabeth Langdon, que tinha, quase da noite para o dia, parecia, adotado uma insistência teimosa na afeição demonstrada, e um tipo de inteligência cordial, de voz rouca, a fim, parecia, de dar a impressão de que ela e Arthur ainda eram recém-casados e continuavam loucos de paixão, "meu querido, não seria possível dizer, na verdade, que em relação a — ah, meu querido, pareço uma idiota — mas de *qualquer* forma..."

Eu poderia escapar de fininho, Natalie ponderou. Poderia morrer aqui, de olhos bem abertos e lábios semiabertos de admiração, e meu copo equilibrado numa admiração estupefata no meio do braço da poltrona; eu poderia morrer aqui. Ou poderia fingir estar me sentindo mal e ir para casa me deitar. Ou poderia até falar, dizer algo tão indelicado que todos escutariam e assentiriam para mim como assinto para eles.

"Embora, na verdade...", disse Arthur. Ele franziu a testa, pesando o copo bem como as palavras, enquanto a esposa se inclinava para a frente, sem fôlego, e Natalie, com vergonha porque estava pensando enquanto os outros falavam, fechou os olhos por um instante e disse, "Um dia um dia um dia", a si mesma.

"Nunca consegui chegar a uma linha de pensamento que seria..."

Alguma coisa vai acontecer?, Natalie se perguntou. Será que ele foi longe demais, e alguém será espirituoso à custa dele? Ah, meu bem, ela pensou, eu queria estar escutando e observando, em vez de estar fechando os olhos; uma coisa levou a outra coisa, e perdi o começo e serei obrigada a dar um sorriso vazio; alguma coisa vai acontecer?

Ela pensou com tristeza em como deviam ser vazias as vidas onde não aconteceria alguma coisa. Ninguém parecia ter sido espirituoso à custa de Arthur, portanto o que fosse acontecer parecia ainda estar se encaminhando, escolhendo seu momento, forjando seu impacto, para que não fosse nem cedo nem tarde demais, nem um anticlímax nem uma causa.

Será que essa coisa só vai acontecer *comigo*?, Natalie se perguntou. Voltou a fechar os olhos, fazendo uma experiência; estaria caindo no sono enquanto Arthur Langdon falava e enquanto os convidados dos Langdon, alunas e docentes, sentados juntos como se fosse um deleite social, escutavam civilizadamente? Eu devia ir até o alpendre, Natalie pensou. Como penitência por ter fechado os olhos duas vezes, fui instruída a me levantar da minha poltrona, deslocando o cinzeiro que está no braço dela, fui instruída a me mexer, tentando ser discreta, mas observada com gratidão por todo mundo na sala, irei à porta e alguém dirá, "Natalie?", e me virarei e darei um sorriso evasivo e passarei em silêncio pela porta e sairei até o alpendre. Mais tarde descobrirei que tenho que voltar, e de novo, o único movimento expansivo na sala, verei todo mundo me observando enquanto Arthur interrompe sua frase, me encarando com ar pensativo e cogitando, em uma fração de segundo, formas de me usar como exemplo. "Vejamos a Natalie; ela foi embora e voltou, e alguém...?" "Se a Natalie não tivesse entrado na sala naquele instante, o que a ideia que se faz dela...?" "A Natalie está de roupa azul-claro; agora, se formos pressupor que a cor que acreditamos ser azul-claro..."

Agora, ela pensou. Vou me mexer agora, mas não se mexeu. Ninguém olhou para ela naquele instante, e pensar na força necessária para atrair todos os olhares da sala em sua direção a exauriu por um momento, portanto as ordens para que seus músculos se levantassem, frustradas na metade do caminho, levaram-na convulsivamente a sair da poltrona em um movimento abrupto que derramou o cinzeiro no chão. Então, enquanto Arthur esperava, paciente, no meio de um parágrafo, ela catou as guimbas de cigarro e os fósforos queimados, pensando, como volta e meia pensava, Desajeitada, desastrada, tosca — e deixou as cinzas. Elizabeth Langdon a observava, inexpressiva; ela precisa de uma explicação mais concreta do que estou fazendo, Natalie concluiu, antes de avaliar e se decidir por uma reação, em especial nessa nova personalidade dela, que ainda não lhe serve muito bem. Talvez queira ter raiva de alguém e esteja tentando ver se sou a pessoa certa; seria fácil eu ser uma boa pessoa para Elizabeth odiar, e também sou a única pessoa que está de pé na sala agora, e Elizabeth costuma se zangar com o maior alvo móvel; agora Arthur não pode fazer menção a mim porque o rumo de seu argumento já está planejado para o próximo parágrafo e não me inclui; no entanto, é provável que ele tenha seguido em frente com as outras partes de sua mente para construir um novo parágrafo para usar quando eu retornar.

Colocou o cinzeiro de volta no braço da poltrona, de onde certamente o derrubaria de novo quando se sentasse ao voltar, e abriu caminho com tato e insolência por entre as pessoas sentadas no chão, se desculpando com os que estavam em cadeiras como se fossem seres de uma ordem superior; evitou derramar um drinque que estava no chão, e pisou em um cinzeiro. Alguém se aproveitou de sua movimentação para iniciar o próprio parágrafo. "Por outro lado", a voz dele começou de outro canto da sala, "embora tudo isso seja verdade, não podemos dizer que constitua um retrato completo do problema. Peguemos Kafka, por exemplo — acho que você o mencionou como exemplo, e..."

Nunca existiram silêncios de verdade nessa conversa, a não ser nos momentos involuntários e secretos de consternação que todos sentiram ao ver Natalie se mexer; aquelas pessoas — embora parecessem ser muitas, eram apenas nove ou dez — todas carregavam consigo, ao que parecia, argumentos próprios, argumentos contra o antagonista invisível, sempre derrotado, que zombava em vão da escuridão do quarto à noite, da parede do banheiro, da janela atrás da máquina de escrever. Todos comunicavam bem seus argumentos, e falavam quando podiam, e às vezes riam, e às vezes se pegavam concordando com os outros, embora o antagonista zombeteiro sempre tivesse que ser reconquistado, e, reconquistado, voltasse, no rosto no espelho, nas lenhas no fogo, com seus resmungos incessantes.

"Eu já ia explicar esse ponto", Arthur Langdon disse, sua voz se sobrepondo à outra. "Quando, por exemplo, consideramos a questão como se fosse meramente de..."

Natalie suspirou quando chegou ao vestíbulo e viu a porta à sua frente, e em seguida o alpendre, e o ar fresco da noite a aguardando; com a porta fechada era impossível ouvir a voz de Arthur.

O alpendre, na verdade, era apenas uma desculpa ruim para se sentar; não era nada além de um degrau acima ou degrau abaixo, portanto se sentar nos degraus do alpendre na casa dos Langdon significava botar os joelhos debaixo do queixo e deixar os pés numa posição esquisita e as costas curvadas, mas as mesmas árvores estavam ali fora, vivendo no chão sem curiosidade pelo interior das casas, e crescendo rumo à morte com a mesma certeza de Natalie. Quando uma árvore demonstrou não estar enraizada e talvez não ser totalmente indiferente ao se afastar das outras e ir em direção a Natalie, sentada no degrau do alpendre, ela não se surpreendeu — era uma noite estranha, de qualquer modo, e dois dias depois ela iria passar um tempo em casa — e disse apenas, com certo mau humor, "Não quero conversar".

"Está bem."

Era quase simpática, e Natalie, sem querer, se mexeu no degrau para abrir espaço. "Está bem fresquinho aqui fora", ela disse.

"Então você *quer* conversar?", disse a menina Tony.

"Eles todos estão conversando lá dentro", Natalie disse.

A menina Tony não tinha sido convidada a entrar, Natalie entendeu, sensata, e pensou, Ela não se importa de se sentar no degrau de gente que não a convidou ou de ficar em pé com as árvores ou de conversar ou não comigo. Sabia que não precisava falar porque tinha dito que não falaria e porque sabia que aquela calma menina Tony esperava que ela fizesse o que tinha dito que faria, mas falou mesmo assim, "Você não foi convidada?".

"Não."

"Você viria se fosse convidada?", Natalie perguntou.

"Depende", Tony disse, cautelosa, "de onde me convidassem a ir."

"Essa porcaria de lugar", Natalie disse, "acaba nunca tendo as coisas que eu quero, no final das contas. Eu me levanto lá dentro e derrubo um cinzeiro e todo mundo me olha e eu venho correndo para o ar livre achando que é onde eu quero estar, e então quando venho aqui pra fora eu descubro que é o mesmo lugar por onde passei ao entrar."

"É porque você saiu pela mesma porta", sugeriu Tony.

Ela se levantou, e Natalie pensou rápido, Ela está de saco cheio de mim, e disse, "Você está indo embora?".

"Te vejo depois", disse Tony. "Boa noite."

Não era agradável ficar sentada no alpendre depois da partida de Tony; um lugar onde duas pessoas estavam conversando, ainda que por pouco tempo, não é depois disso um lugar para uma pessoa ficar sentada sozinha. Natalie se levantou, desajeitada, e se virou para entrar.

No vestíbulo apertado ela encontrou Elizabeth Langdon; o espaço era tão pequeno que quase se tocaram, e Natalie se espremeu contra a porta.

"Vim te procurar", Elizabeth disse. "Queria ter certeza de que você está bem."

Como ela gostaria de ajudar suas irmãs decaídas, Natalie pensou. "Eu estava bem", ela disse.

"Vi você com alguém", Elizabeth comentou.

Por um instante Natalie se surpreendeu com o tom de Elizabeth; será que ela pensa que marquei com a menina Tony de encontrá-la durante a festa de Elizabeth?, Natalie se questionou; ela acha que eu pretendia convidá-la a entrar, ou pensa que nos encontramos do lado de fora, na escuridão, como se tivéssemos sido banidas de nos encontrarmos à luz do dia? Por um instante, Natalie teve uma vontade pungente de perguntar a Elizabeth o que ela imaginava ter visto pelos olhos que mostravam para Elizabeth o que o cérebro de Elizabeth registrava, mas na verdade ela disse, "Vamos voltar lá pra dentro".

Arthur parecia não ter parado nem para tomar fôlego, apesar de seu copo estar cheio de novo, e ele dizia, "Não é impossível imaginar uma situação em que…".

Manhã de sábado

Caro papai,

Sinto muitíssimo por não poder ir para casa, e também sinto porque esta carta não chegará às suas mãos a tempo. Eu teria ligado, mas só soube há pouco que não poderia. Veja só: Arthur Langdon nos deu um trabalho para fazer, e eu simplesmente *tenho* que entregá-lo até segunda-feira, então é claro que não posso ir para casa, pois o trabalho tem que ser enorme e minucioso e é provável que eu passe o fim de semana inteiro nele. E mesmo se eu fosse para casa, é claro, eu teria que trabalhar nele o tempo todo. Então peço mil perdões.

Aliás, lembra da Tony? A menina sobre a qual eu falei com você? Bom, eu finalmente a conheci e gostei muito dela. Ela mora numa casa do outro lado do campus e ontem à tarde caminhamos uns seis quilômetros aqui nas redondezas. Eu a acho interessantíssima. Bom, me desculpe por não poder ir para casa. Vou guardar dinheiro suficiente do cheque para pegar o trem e ir passar o Dia de Ação de Graças. Tenho certeza de que vou poder. Espero que a mamãe não fique frustrada. Mande lembranças a ela.

Natalie.

Talvez — e este seu pensamento mais insistente, a ideia que permanecia com ela e vinha de repente para perturbá-la em momentos bizarros, e para confortá-la — imagine, na verdade, que ela *não fosse* Natalie Waite, universitária, filha de Arnold Waite, uma criatura de destino intenso e fascinante; imagine que fosse outra pessoa?

Imagine, por exemplo, que tudo isso, desde o primeiro dia de que se lembrava (correndo na grama, chamando, "Papai? Papai?"), imagine que tudo isso não fosse mais que uma fração de segundo, como num sonho, talvez sob um anestésico; imagine que depois dessa fração de segundo em que sua mente divagante fantasiava que era alguém chamada Natalie Waite, que ela despertasse, primeiro confusa, falando muito, e sem entender direito seu ambiente e a enfermeira curvada sobre ela e as vozes dizendo, "Pronto, não foi tão ruim assim, não é?", e imagine, despertando, que ela se revelasse outra pessoa, alguém muito real, ao contrário de Natalie? Uma velha senhora, talvez, com apenas mais um ano de vida, ou uma criança que estivesse tirando as amígdalas, ou uma mulher com doze filhos fazendo uma operação caridosa, ou um homem. E, ao despertar, olhando ao redor, para a sala branca e a enfermeira asseada, ela poderia dizer, "Tive um sonho engraçado esse tempo todo; sonhei que eu era a Waitalie Nat" — e o sonho já se dissipando, e incompleto — e seria fácil que a enfermeira dissesse, "*Todo* mundo sonha com o éter", se aproximando habilmente com um termômetro.

Ou imagine até, suponha, poderia ser verdade?, que estivesse confinada, trancafiada, batendo com força nas barras da janela, atacando os carcereiros, mordendo os médicos, gritando pelos corredores que era uma pessoa chamada Watalie Naite... imagine, durante o tempo em que pensara estar comendo no refeitório e frequentando aulas a contragosto e se sentando no quarto para ler... imagine que essas coisas não fossem reais? Seria possível que um súbito momento horrível de lucidez (um tratamento novo, talvez? Uma volta inevitável à realidade?) pudesse mostrar a ela, brutalmente, que o refeitório e os professores não estavam ali, e existiam apenas num recanto de sua mente, instigados a tomar vida só por sua loucura? "Hoje não estou preparada", talvez estivesse dizendo ao professor de música, e o médico, puxando sua pálpebra para olhar sua córnea, murmuraria, "Quanto tempo faz que ela está nesta fase?".

Porém, talvez não estivesse sonhando, não estivesse doida, mas viva e sã — vivendo nesse fragmento de segundo da vida somente na cabeça sonhadora de uma vendedora ou uma garçonete ou uma prostituta ou uma criatura sem graça para a qual a vida de uma menina na faculdade chamada Naitalie Wat parecia romântica; imagine que em algum lugar uma assassina tivesse sono leve, e por um instante sonhasse que voltava a ser jovem e tinha a vida inteira para viver; imagine que em algum momento, qualquer momento, ela se virasse de repente, mexesse a cabeça, falasse de um jeito estranho e descobrisse não ser real?

Era isso o que a fazia escrever o nome de um jeito estranho em todas as coisas, sabendo e no entanto esquecendo que seus livros e roupas e seus papéis escritos iriam embora com Natalie Waite, eram apenas parte de um sonho maior; era isso o que lhe dava a sensação repentina, talvez em conversas, de que essa parte específica de seu sonho poderia ser condensado, apenas um fragmento abreviado e fugaz das palavras seria lembrado depois como uma conversa inteira; era isso o que a levava abruptamente à percepção de que, se estava sonhando seu quarto e suas palavras, poderia muito bem estar sonhando seu mundo, e portanto quando acordasse poderia dizer, achando graça, à enfermeira, à garota do quarto ao lado, à polícia, "Escutem só o que eu sonhei: sonhei que havia uma guerra; sonhei que tinha uma coisa chamada televisão; sonhei — escutem só — que existia uma coisa chamada bomba atômica. Uma bomba *atômica* — *eu* sei lá; só estou contando com o que eu *sonhei*".

Além dessa sensação, no entanto, de veloz passagem transitória, havia algo pior, a temerosa convicção de que talvez na realidade não fosse algo mais que Natalie Waite, universitária, filha de Arnold, incapaz de descartar a solidez do mundo mas forçada a lidar com ele como algo real e sombrio. Mas então — por que, se isso fosse verdade, a súbita imagem compassiva e aguçada das paredes brancas e da enfermeira se aproximando? Por que a sala recordada em detalhes, com o estrado da cama de ferro, a certeza do momento de botar o veneno na xícara, a dor relembrada? Por que, acima de tudo, o choque constante e incomum causado pelo som de seu nome quando dito em voz alta?

Deve-se supor que em certo ponto, a ser chamado de *lá*, havia a faculdade, sombria e modorrenta sob a ausência de Natalie, e que em outro ponto, conhecido como *cá*, havia a casa onde moravam a mãe, o pai e o irmão, e à qual fora levada durante um período que em retrospecto parecia uma nulidade, de modo que sua transição de lá para cá não parecia nada mais que o esmorecer de um lugar em outro, uma viagem entre instantes e não entre espaços.

    Quando o pai foi buscá-la no ponto de ônibus, em uma quarta-feira, tarde da noite, Natalie ficou constrangida, pensando nos setenta e cinco dias, as dez semanas e meia, os dois meses e um terço, desde que vira o pai, a mãe, o irmão e sua casa; ele não estava diferente porque como sempre lembrava as diversas fotografias dele em inúmeros lugares, mas antes que ele tivesse a chance de falar Natalie foi logo anunciando, "Tenho que voltar na sexta...", em outras palavras, antes que ele tivesse a chance de estragar tudo esperando demais dela, e ele, depois de um olhar longo e surpreso, assentiu e disse, "Que bom te rever".

    Já no carro, ela perguntou, "Como a mamãe está?".

    "Bem", ele respondeu.

    "E o Bud?"

    "Bem."

    "*Você* parece estar bem."

    "Estou, obrigado, estou muito bem."

    Natalie ponderou então, Ele espera certo constrangimento; acha que vai passar depois que nos sentarmos para conversar como de hábito. "Como está tudo?", ela perguntou.

    "Tudo na mesma."

    "Me desculpe por não ter conseguido voltar antes."

Era uma declaração tão extraordinária que ele obviamente achava impossível responder. Era estranho estar perto dele no carro de novo, assim como tantas vezes antes, depois de ser por tanto tempo (setenta e cinco dias, por exemplo) uma assinatura numa carta, um nome que ela usava ao falar com as pessoas, nada mais que o pai ausente de Natalie Waite.

"Você tem andado bem?", ela perguntou a fim de consolá-lo.

"Muito bem, obrigado", ele respondeu.

No ônibus, na hora e meia que levou para chegar ao ponto de ônibus onde ele foi buscá-la, Natalie tentou conscientemente planejar uma forma adequada de cumprimentá-lo. Era provável que um teatral "Papai!" gritado enquanto se atirava nos braços dele fosse indesejável, levando-se em conta que o sr. Waite não tinha propensão a ficar quieto e agarrar filhas que se jogassem em sua cabeça; ela tampouco poderia cogitar um breve aperto de mãos e um olhar expressivo, uma respiração suspensa e um "Pai" murmurado; seu cumprimento predileto, que ela via um pouco como uma retomada e continuação de uma conversa, como se tivessem acabado de tê-la, era impossível porque não conseguia pensar numa forma de começar uma conversa que talvez não estivesse encerrada; não, pelo menos, uma conversa com o pai, que podia deixar muitas coisas inacabadas, mas nunca uma palavra por dizer. Como não tinha chegado a uma conclusão na hora de desembarcar do ônibus, o que aconteceu foi o que ela nunca parou para considerar, que foi que o pai — talvez formulando cumprimentos impossíveis em seu próprio plano de ação — teve a sabedoria de aparentemente resolver ignorar toda a questão do cumprimento por ser uma civilidade inútil que só servia para arrependimentos mais tarde e decidira fazer sua verdadeira recepção a Natalie em um momento mais conveniente. Quando Natalie desceu do ônibus e reconheceu o pai, com um choque de consternação desrespeitoso, ela parou e ele parou, e então ela disse, sem nenhuma honestidade até ouvir o que estava dizendo, "Tenho que voltar na sexta".

"Me desculpe por ter que voltar na sexta", ela repetiu no carro.

"Sua mãe vai ficar chateada", ele disse em tom seco.

"Como a mamãe *está*?"

"Muito bem, obrigado."

A entrada da garagem da própria casa lhe veio como uma surpresa, e por um instante ela se sentiu à vontade ao reconhecer, com uma sensação satisfatória de dissidência, os antigos pontos de referência, olhando com orgulho para os novos lugares no gramado caseiro e as árvores e flores, e mirando com desdém os limites estreitos de seu mundo de outrora.

"Que bom estar em casa", ela disse, constrangida; *inacreditável* talvez fosse uma palavra melhor, ou *espantoso*.

Cumprimentar a mãe não foi um problema; por um instante o ar esteve tão repleto da aparência de Natalie, de sua suposta saúde, suas roupas chocantes, que não havia necessidade de que ninguém respondesse, até a mãe, de novo acostumada a Natalie depois de três minutos, cair em seu habitual silêncio cortês; Natalie e o irmão se cumprimentaram com uma falsa cordialidade e se empenharam de coração para não se falarem nada além do necessário.

Àquela altura já eram dez horas da noite, e todos os quatro perceberam que dali em diante teriam uma noite heterodoxa para enfrentar; a tradição era que ficassem acordados até tarde, e aquela noite era uma espécie de noite de gala, já que todos tinham sido induzidos a abrir mão de outros planos porque Natalie iria para casa, e a própria Natalie tinha se esquivado de compromissos para poder estar ali, e então, depois de Natalie chegar e se mostrar pouco mais divertida ou interessante do que a Natalie que fora embora setenta e cinco dias antes, não tinham o que fazer afora entabular o tipo de conversa formal adequada ao tipo de convidada formal que Natalie havia se tornado. Setenta e cinco dias antes, nenhum deles acharia necessário se dirigir a ela a não ser que quisessem, mas agora era quase uma obrigação que lhe garantissem entusiasticamente que sempre seria bem-vinda em sua própria casa — sempre bem-vinda, com a clara insinuação de que, portanto, ela sempre seria uma visita ali.

Como resultado, a sra. Waite se esforçou para dizer, "Vamos comer um peru de nove quilos amanhã, Natalie". Todos os comentários parecidos com esse eram, também, dirigidos direta e quase acusatoriamente a Natalie por meio do acréscimo de seu nome. "O maior peru que eu consegui achar."

"Que bom", Natalie disse, com um entusiasmo que nunca havia demonstrado por perus. "Faz um bom tempo que não como um prato decente."

"Como *são* as refeições na faculdade?", a sra. Waite perguntou com avidez.

"Horríveis", Natalie respondeu, tentando se lembrar das refeições na faculdade.

"O que você está achando de lá?", o irmão perguntou, fazendo um esforço extremo.

"É bom", Natalie afirmou com sinceridade. "Eu acho bom. Como está a *sua* escola?"

"Ah, é boa", ele disse. "Boa."

"Bom", a sra. Waite disse com afeto, e suspirou, examinando o círculo familiar. "Enfim está todo mundo em casa, e todo mundo junto."

"Estudando muito?", Natalie perguntou ao irmão, apressada.

"Não mais do que o necessário", ele declarou, e todo mundo sorriu.

"E Arthur Langdon?", perguntou o sr. Waite, que não estava imune ao convulsivo e generalizado toque emotivo do momento. "Como ele está?"

Natalie, que estava cheia de coisas para contar ao pai sobre Arthur Langdon, disse, "Bom, não tenho visto ele muito ultimamente".

"Tem dado muito duro, imagino", o pai respondeu. Tarde demais, pois tinha perdido a prática, Natalie percebeu a ironia na voz dele, mas já havia respondido com um excesso de cautela, "Bom, não tão duro quanto eu *devia*".

"*Que tal* um cafezinho com bolo?", a sra. Waite sugeriu, olhando com alegria para todos.

"Obrigada", Natalie respondeu, educada.

Eles marcharam até a cozinha, usando a tênue relação familiar como desculpa para que o bolo não fosse servido na sala de estar, e sim que cada um esperasse civilizadamente que os outros cruzassem a porta primeiro.

"É *tão* bom ter minha menina de volta em casa", a sra. Waite sussurrou quando deu boa-noite a Natalie.

* * *

Na faculdade, no Dia de Ação de Graças, foram servidos peru com molho de cranberry, purê de batata, ervilha, empadão de carne moída e balinhas em cestas de papelão; no Dia de Ação de Graças da família Waite, foram servidos peru com molho de cranberry, purê de batata, ervilha, empadão de carne moída e velas pequenas nos baleiros de prata mais bonitos da sra. Waite. A não ser pelo fato de que não teria comido nada se estivesse na faculdade, Natalie não achou muito melhor estar em casa. A ceia de Ação de Graças era preparada única e carinhosamente pela sra. Waite, cuidada e planejada e cheia de toques sutis, e era comida pela família com mau humor e cansaço; como se, na verdade, fosse uma refeição como outra qualquer. Foi servida às três horas da tarde de quinta-feira, um horário em que, via de regra, ninguém estava com fome, e foi precedida por drinques, uma cerimônia que fizeram Natalie e o irmão se encararem bastante, já que nenhum deles estava bem preparado para o espetáculo imoral de ver o outro beber no seio da família.

"Deu para beber agora que está velha, Nat?", Bud perguntou a Natalie, e ela lhe respondeu de um jeito infantil, "E você? Esconde a garrafa debaixo do travesseiro?".

O sr. Waite desviou o olhar e a sra. Waite abriu um sorriso para eles, satisfeita em ver os dois filhos conversando como se, ela parecia pensar, não fossem irmãos. Os dois filhos, de repente cientes disso, se calaram na mesma hora, e a sra. Waite disse, radiante, "Bom, todo mundo junto de novo. Temos que fazer um brinde à nossa pequena família".

O sr. Waite olhou para a esposa inexpressivo por um instante, depois levantou o copo e anunciou em tom solene, "À nossa pequena família".

Olhando ao redor, para a filha alta e o filho viril, para o marido, para a mesa de jantar cheia, a sra. Waite perguntou, se derretendo, "Onde todos nós estaremos no ano que vem?".

"Mortos, talvez?", o sr. Waite fez o favor de sugerir.

"Não *diga* isso", a sra. Waite lhe pediu, "não gosto nem de *falar* nisso".

"Vamos nos convencer", o sr. Waite disse para o copo, "de que *eu* talvez seja o sobrevivente."

Na manhã de sexta-feira, Natalie procurou o pai, como sempre; sem saber até o último instante que ele a aguardava no escritório, foi relembrada do fato pelas caretas e gestos temerosos da mãe. Como resultado, quando bateu à porta e o ouviu dizer, contente, "Entra", sentiu que tinha uma vantagem vergonhosa sobre ele porque ele se sentiria humilhado caso soubesse que ela tinha se esquecido enquanto ele havia se lembrado. Ela lhe abriu um sorriso quando fechou a porta e disse, "Era *isso* o que eu estava esperando".

"Natalie, minha querida", ele disse, e retribuiu o sorriso de trás de sua escrivaninha. Era esse seu verdadeiro cumprimento; nem o encontro no ônibus nem o brinde antes da ceia de Ação de Graças eram comunicações do pai com Natalie; foi quando ele a olhou da escrivaninha e viu a porta se fechar atrás dela que enfim a reconheceu.

"Bem", ela disse, e se sentou.

"Bem, Natalie", ele disse.

Ficaram sentados, sem falar, por um instante, o pai olhando as próprias mãos em cima da escrivaninha, e Natalie percebendo com prazer a atmosfera do escritório, dos livros, do pai, e ouvindo um eco fraco que quase a fez sorrir ("E se eu dissesse que você foi vista?"); passado um tempo, ela disse, "Eu te falei do Arthur Langdon nas cartas?".

"Não", ele respondeu, a voz baixa para não estragar as possíveis revelações da filha, "o que tem ele?"

"Não paro de pensar na vez em que fui vê-lo no escritório, que me lembrou de quando venho aqui conversar com você, e ele foi um idiota."

"E eu?"

Natalie riu. "Estou feliz de estar de volta", ela declarou. "Mas é difícil falar isso."

"Está indo tudo bem?"

"Não", Natalie disse, pensativa. "Nada bem, acho eu. Estou me saindo muito mal."

"Como?"

"Em tudo."
"Você está precisando de mim para alguma coisa?"
"Não, não agora. Talvez depois."
"Você pode me contar?"

Isso não está indo bem, Natalie pensou; quanto ele quer saber, e o que devo lhe contar? Papai querido, sou um desastre, detesto a faculdade e detesto todo mundo? Ou isso é justamente o que ele espera? Ele tem uma resposta até mesmo para isso?

"Te conto quando puder", ela disse.

"O.k.", ele disse. "Trabalhando?"

Engraçado, Natalie refletiu, quando outra pessoa diz, "Trabalhando?", está na verdade perguntando se você está fazendo as coisas — indo à aula, se saindo bem nas provas, se terminou seu livro de biologia, arrumou um emprego, se o negócio de encanamento está rendendo, se tem um papel reservado para você em uma nova produção da Broadway, você está ganhando algum dinheiro? Quando meu pai e Arthur Langdon perguntam, "Trabalhando?", querem saber se está acontecendo algo dentro de você que possa interessá-los, como fermento no pão. "Claro", ela disse.

Houve uma breve pausa, e então seu pai disse com elegância, "Eu não sou muito bom de idiotice, Natalie, mas sou bom em reconhecer a idiotice nos outros. Ainda me lembro dos impulsos quase irresistíveis em direção ao melodrama que impressionam tanto na sua idade. Perdoe-me se digo que nunca esperei que você fosse imune aos impulsos comuns, embora também espere que você seja receptiva aos impulsos extraordinários. No entanto, sinto que você pode reservar seus impulsos sarcásticos para sua mãe, talvez, ou para seus amigos da faculdade, sem testá-los em mim. Eu tenho — por favor, me entenda, minha querida — problemas demais com minhas próprias ressacas de adolescente para ficar muito preocupado com as *suas*. Essa sua postura exige apenas uma ligeira mudança de ponto de vista, ainda que básica, para que se torne um estado de espírito valioso e construtivo, e quanto antes você adotar essa mudança de ponto de vista, mais rápido você se tornará um membro útil da sociedade. Não existe nisso — e, *por favor*, acredite em mim — uma mudança vital de personalidade. Não existe, a bem da verdade, nem mesmo dor. Você só precisa dar uma guinada de noventa graus e seus problemas acabam. Talvez não seja necessário nada além de uma visão clara da sua situação e dos seus atos presentes; é bem possível, sabe, fazer as coisas certas e ter pensamentos perfeitos para a situação, e no entanto se ter a impressão de que estão totalmente errados por faltar um leve toque de compreensão; talvez você sinta que está se saindo mal hoje porque não percebe que está, na verdade, se saindo muito bem, e só lhe falte a percepção de seu próprio valor para que você saiba exatamente como está indo bem. Talvez, Natalie, se eu te lembrar que pessoa incrível *você é*, isso lhe dê a guinada de noventa graus de que você precisa".

"Nada vai servir", Natalie rebateu; mesmo depois que o pai mencionou o melodrama, ela não teve como não dizer aquilo, embora não olhasse para ele ao falar.

"Bem", ele falou, passado um instante, "eu não pretendia lhe falar essas coisas tão cedo assim, muito menos na sua primeira volta para casa. Claro que você precisa alcançar certa solidez no seu jeito de ser antes de mudar de perspectiva para enxergar com nitidez. Ouso dizer que, da próxima vez que nos vermos — já que, como você enfatiza, você *tem que* voltar hoje —, talvez você já esteja mais preparada para me escutar. Eu detestaria privá-la precocemente das glórias da mentalidade suicida, já que tenho quase certeza de que privá-la da capacidade de se sentir desse jeito seria mais cruel do que qualquer tipo de tortura física que você possa se infligir, assim posso usar 'suicida' como um adjetivo descritivo sem de fato achar que isso implica alguma ação."

"Você está tentando me induzir a dizer que quero me matar", Natalie disse.

"Você não precisa dizer nada tão desprovido de sentido", ele retorquiu com rispidez, "e eu preferiria muito mais que você restringisse suas declarações a meras descrições de fatos. Confio tanto na sua autoestima, Natalie, que não acredito que dois meses em dezessete anos sejam capazes de destruí-la."

Ela sentiu uma vontade quase irresistível de lhe contar tudo sobre si mesma, de justificar de alguma forma os fatos sobre si mesma que ele parecia não entender, e que, tão terrivelmente críticos para ela, pareciam para ele apenas reforçar uma declaração sobre personalidades em geral; tinha vontade de esmurrar a escrivaninha e berrar, "O que é que *você* sabe?" andando de um lado para o outro do cômodo, puxando palavras do ar para lhe falar de si, e tinha vontade de berrar, de bater os pés, de chorar, e no entanto antes de ter tempo para fazer qualquer uma dessas coisas ela ouviu à sua frente a voz calma do pai dizendo, quando ela havia terminado, "Justamente, minha querida Natalie, justamente o que eu…". E em vez disso ela disse, "Ninguém gosta de mim".

"Não tiro a razão das pessoas", ele respondeu, lacônico.

Quando ela viu que ele ria, ela também riu, e quando ele se levantou para mostrar que estava na hora de ela ir embora, que ele não tinha nada mais, de verdade, a lhe dizer, ele acrescentou, "Acho que nos entendemos, Natalie, você e eu".

Ela havia chegado em casa na noite de quarta-feira, trazendo junto uma certa sensação de aventura, como quem pudesse trazer histórias devastadoras de terras assombradas, como quem tivesse visto e ouvido e tocado e conhecido o improvável, o inacreditável ("e nesse país eu vi também uma imagem, feita de pérola virgem, e os olhos eram diamantes e o cabelo era de ouro batido, e ficava em um bloco de mármore e ninguém podia venerá-lo cara a cara…") e tivesse trazido de volta talvez pequenas bizarrices, desencavadas do fundo de um baú e admiradas, seguradas com as duas mãos em um gesto terno… ("*Isso aqui* eu achei no fundo de um poço, e diziam que causa a morte de todos que encostarem nele… e *isso aqui*, *isso aqui* tem uma história — eu estava perdida, vagando pela selva, e fazia três dias que eu não comia, e seis semanas que eu não via ser humano nenhum, e quando despertei, delirando de febre, eu vi, curvado sobre mim… e então, olha só *isso*, presta atenção no entalhe minucioso, a escrita cifrada arranhada no cabo — eu trouxe de um velho…") …que tivesse visto e ouvido e tocado e conhecido mais do que jamais seria possível em casa. Que tivesse visto, talvez, bestas andando feito homens e joias brilhando feito estrelas, e que sorrisse ao relembrar certos cenários a milhões de quilômetros de distância, e olhasse com encanto paisagens familiares e achasse o rosto da mãe e do pai e do irmão mais estranhos do que o rosto no entalhe feito na pérola.

Não fazia nem vinte e quatro horas que Natalie estava em casa quando sentiu que sua visita estava concluída e seus objetivos cumpridos; tinha dormido outra vez na cama que gentilmente chamavam de sua, tinha beijado a mãe e o pai e sido ligeiramente surpreendida pela realidade de seu irmão, tinha provado coisas conhecidas e constatado que se lembrava muito bem delas, então chegou a hora de se afastar de novo. Chovia sem parar desde que saíra para o ponto de ônibus da faculdade, e o clima úmido inclemente enchia os cômodos da casa de um frio cinzento; tinha usado o casaco de chuva na viagem da faculdade para casa e, embora não tivesse saído de casa desde então, o casaco continuava jogado em uma cadeira no vestíbulo dos fundos, amassado e molhado, o assoalho embaixo dele enlameado porque passara a noite pingando.

Dois dias antes o fogo da sala de estar tinha secado Natalie, mas nem mesmo a lembrança da chuva a ser enfrentada, como uma barreira impenetrável e sombria, antes que pudesse estar de novo na faculdade refreava sua agitação persistente ou a apaziguava. "Então você não vai ficar para o jantar?", a mãe lhe perguntou em tom suave na tarde de sexta-feira, e a pergunta foi uma afirmação sobre os olhos inquietos de Natalie, seu lugar diante do fogo, suas mãos se remexendo no tapete. E a pergunta também era uma continuação das boas-vindas da mãe a Natalie na noite de quarta-feira, sem sentido e cheia de apreensão incoerente; se a mãe tivesse dito, "Então você vai ficar para o jantar?", Natalie teria se virado às pressas e talvez respondido sem o controle constante de medo sob o qual vinha se mantendo em casa, talvez tivesse respondido, uma resposta sendo necessária, com a impaciência sublime que se apossara dela enquanto passava aqueles dias com a família. Se a mãe tivesse lhe feito qualquer pergunta, qualquer uma para induzir Natalie a falar, todo o avanço silencioso do dia poderia ter sido facilmente tolhido, os momentos extras esbanjados poderiam ter feito Natalie voltar à faculdade mais tarde, e assim, privada de alguma coisa, a mãe poderia ter obtido uma resposta e não ficaria melhor por conta dela.

Agitando-se, inquieta, diante do fogo, Natalie disse, com a mesma suavidade usada pela mãe, "É melhor eu voltar logo". Sabia que, atrás dela, a mãe tinha largado a agulha no pano, sem fazer nenhum barulho, e que descansava as mãos nos braços da poltrona, fitando a cabeça de Natalie no fogo; Natalie sentiu mas não escutou a mãe tomar fôlego para falar, e depois se conformar. Não valia a pena falar, não tinha nada lógico a dizer. Tudo havia sido debatido incessantemente no segundo entre a tomada de fôlego da mãe e o movimento involuntário de Natalie que o freou. A mãe quase dissera, "Natalie, você está feliz?", e Natalie quase respondeu, "Não"; a mãe quase dissera, "Não sei como, mas parece que tudo dá errado", e Natalie quase disse, "Eu sei e não tenho como evitar"; a mãe quase dissera, "Deixa eu te ajudar", e Natalie quase disse, "O que é que *você* pode fazer?", e esse foi o movimento exaltado de sua cabeça que a mãe havia reconhecido e que a silenciara antes de falar qualquer coisa.

Depois de um tempo, de novo manuseando a agulha, a sra. Waite disse, como se tivessem passado a tarde inteira discutindo questões banais, "Querida, você está tentando arrumar trabalho?".

"Claro", disse Natalie, porque esse tipo de conversa poderia ser facilmente continuada sem reflexão, ou verdade.

"Eu já te falei", a mãe disse, e sua voz acrescentou, *tantas, tantas vezes*, "eu já te falei, Natalie, e eu sei que você detesta se estender sobre o assunto — mas você *sabe* que mandar você para a faculdade tem um preço com que seu pai não pode arcar. Nós nos privamos de muitas coisas."

Natalie entendeu que deveria ter abordado a mãe com gratidão, como fora provocada a fazer inúmeras vezes, para que as duas fizessem inúmeras promessas fajutas, e esboçassem futuros brilhantes irreais, e se consolassem com emoções imperfeitas; em todas as suas viagens Natalie não tinha aprendido a abordar a mãe com gratidão, e simplesmente virou a cabeça e disse, "Eu sei, e não me esqueci. Vou tentar não me meter em encrenca".

"Não é *encrenca*", a mãe respondeu, como se encrenca fosse assassinato ou roubo ou incêndio criminoso, algo que ela fosse capaz de entender e talvez perceber entre suas tentações, "não é encrenca, Natalie; só tente se sair melhor nos estudos e com as outras meninas e mesmo com os seus professores."

Estranho, Natalie ponderou, com toda a sabedoria que tem, meu pai nunca percebeu pelas minhas cartas que não me dou bem com as pessoas; imagino que seja esse o principal medo da minha mãe, assim como também tem medo de que eu tenha sido visitada por todas as tristezas dela, porque estas ela consegue curar melhor em mim do que em si mesma. Parecia que talvez o pai estivesse tentando curar seus fracassos em Natalie e que a mãe talvez tentasse evitar, por Natalie, refazer aquelas coisas que agora acreditava terem sido erros.

"Está tudo bem, de verdade", Natalie disse à mãe. "Estou indo muito bem. Todo mundo diz." Ela decidiu que essa última afirmação tinha um grande sabor de avidez, e virou a cabeça de repente para voltar a contemplar o fogo.

"Eu não contei para o seu pai", a mãe disse, para sua surpresa.

"Não?" Era a coisa mais débil, mais errada e desnecessária de se dizer, mas naquele momento Natalie não conseguia pensar em nada direito. A mãe ficou em silêncio por um instante, talvez para dar a Natalie uma chance de dizer algo inteligente, e em seguida, com um farfalhar, dobrou a costura. Os pequenos ruídos da respiração da mãe quase puseram Natalie, suspensa no silêncio que a mãe não parecia inclinada a romper, para dormir diante do fogo, mas a constatação de que o pai e o irmão logo estariam em casa a impediu de relaxar por completo. Antes que eles voltassem precisava estar com o casaco a postos e a cabeça resolvida e estar de pé junto à porta, pronta para as despedidas; torcia para que o pai não quisesse levá-la ao ponto de ônibus, e ao mesmo tempo estava conformada com o fato de que não a deixaria pegar um táxi ou, melhor ainda, ir andando.

"Natalie?", a mãe chamou, impotente, olhando para a nuca de Natalie, e, como se a mãe a estivesse advertindo, Natalie se levantou, sem fazer esforço, orgulhosa dos movimentos ágeis de seu corpo esguio. "Você está ficando tão grande", a mãe murmurou. "Mal reconheço minha menininha."

"Melhor eu me preparar para ir", Natalie disse às pressas, indo em direção à porta e se contorcendo sem querer ao passar pela mãe, como se evitasse que mãos a agarrassem. "O ônibus sai às quatro."

A mãe voltou a falar, mas Natalie se apressou, e pôde fingir que não a escutava quando a mãe já estava pronta para falar alguma coisa. O cheiro do casaco de chuva úmido era empolgante, carregando em si, bem de longe, os aromas institucionais da faculdade, um leve eco de uma colônia que Natalie nunca tinha usado na vida; perto do bolso havia uma queimadura de cigarro que não fora obra sua; o casaco de chuva era um símbolo do ir e vir, do desejo e temor, ou, precisamente, a saída de uma casa aquecida, com lareira, rumo a um frio de partir o coração.

Ela amarrou o lenço em volta da cabeça e pensou que agora já não conseguiria escutar as últimas admoestações da mãe; quando voltou à lareira, a mãe já estava de pé, parada onde Natalie estivera antes, e o pai estava ao lado da mãe, junto ao fogo. Não o ouvi chegando, Natalie pensou, e pensou de novo, imagino que a esta altura já esteja fora de forma para suas chegadas e partidas; ele e o irmão dela tinham feito uma visita a pessoas que ela nem sequer conhecia, e embora a tivessem chamado para ir junto, ela conseguira recusar o convite sem se importar muito; seus novos conhecidos estavam todos na faculdade e um novo conhecido em casa seria, afinal, um grande desperdício de tempo.

Algo incômodo aconteceu: o pai falou e por um instante Natalie pensou que se dirigisse à sua mãe. "Bom, minha querida", ele disse, e de novo a conversa entre ele e a mãe enquanto Natalie pegava o casaco de chuva de repente ficou explícita; ele não acreditava que a esposa tivesse permitido que Natalie fosse embora, talvez estivesse surpreso com o esforço necessário para manter Natalie ali, tinha ponderado e abandonado, por considerar vã, a ideia de ele mesmo pedir que ela ficasse, estava incrédulo com o fato de que a esposa tivesse a expectativa de que Natalie *não* partisse.

"Você se divertiu?", Natalie perguntou em tom formal.

O pai fez uma reverência irônica. "Não mais do que o esperado", ele declarou, "creio que tenhamos companhias melhores em casa."

"Ficamos sossegadas aqui", Natalie disse. Ela se aproximou e passou os braços em torno da mãe; um pouco desse afeto não era fora de propósito numa despedida, e o gesto não obrigava Natalie a nenhuma linha de ação que não a de ir embora. Até aquele momento, sua partida não era mais que um ímpeto injustificável, mas é claro que se despedir da mãe a tornava definitiva, e o pai se inquietou, mexendo nas chaves do carro que estavam no bolso.

"Ônibus das quatro?", ele perguntou.

"Melhor ir logo", Natalie disse, se afastando com facilidade da mãe e recuando para assentir para o irmão, que assentiu de volta e disse, "Até logo".

Natalie e a mãe e o pai ficaram parados, inseguros, no meio da sala, todos com algo a dizer aos outros ("Vai ser sempre igual?" "Algum de nós vai mudar até a próxima vez?" "Sempre foi assim?"), e embarcaram em uma espécie de dança, uns desviando dos outros para chegar à posição mais favorável para um gesto cuja simplicidade extrema, o de partida, tinha virado, de repente, uma esquisitice. Natalie, por fim, se mexeu primeiro. Percebeu que ao se dirigir à porta ela dizia, "Tchau, tchau", como que para confirmar que ia, e que o pai, atrás dela, continuava a chacoalhar as chaves no bolso. "Tchau", Natalie disse enfim, novamente hesitando no umbral da porta, olhando além da figura maciça e encasacada do pai, além da figura expectante da mãe, para seu próprio lugar diante do fogo, desocupado e provavelmente sem interesse para ninguém além de si mesma, a permanecer vazio até a próxima vez, ainda otimista, que ela voltasse para casa. "Tchau", ela repetiu, olhando para a mãe, e saiu sob a chuva.

Já no carro com o pai, mas ainda assim debaixo de chuva, ela fitou com interesse um poste de luz na esquina, adornado e suburbano, sem dúvida pertencente à casa onde a mãe e o pai viviam, e viu com satisfação a chuva caindo oblíqua, brilhante contra a luz; já estava escuro naquela tarde chuvosa e aquele era o último posto avançado do pai. Depois dali, as pessoas que veria eram menos familiares, menos uma propriedade exclusiva do pai, mais o possível mundo resplandecente dela mesma.

"A sensação é de que mal deu tempo de eu dizer um oi", declarou diplomaticamente ao pai, a voz cálida pelo entusiasmo da partida.

"Espero que você venha de novo", o pai disse. "De qualquer forma, um oi seu não era algo inédito para nós."

"A mamãe tem ficado bem mesmo?", Natalie questionou.

"Muito bem, obrigado. Muito bem mesmo."

Já no ônibus, aninhada no assento fundo, o pai acenou pela janela grossa, o movimento das rodas grandes debaixo dela, a família atrás e a faculdade adiante, Natalie se recostou, à vontade; agora não tinha tempo para remorso pela forma mecânica com que tinha tratado a carinhosa mãe e o pai e até o irmão — o importante nesse momento era o controle ágil dos músculos de cima e de baixo da perna, agora dobrada, mas com potencial para se esticar, a solidez estreita de seus dedos, nus e ainda úmidos de chuva, a unidade que começava pelos seus olhos e testa e se ligava às costas e voltava às pernas, tudo vinculado em um conjunto provocante que só podia ser contido por um triz dentro da pele e da ideia de Natalie Waite, indivíduo.

 Ela queria cantar e foi o que fez, sem emitir sons, a boca contra a janela embaçada do ônibus, pensando enquanto cantava, E da primeira vez que vi Natalie Waite, a personalidade mais incrível da nossa era, aquela criatura vívida, de talento inacreditável, quase infantil — da primeira vez que a vi, ela estava sentada no ônibus, exatamente como eu e você poderíamos estar, e por um instante não percebi sua exuberância... e então ela se virou e sorriu para mim. Agora, sabendo quem ela é, a atriz (assassina? cortesã? dançarina?) mais distintamente talentosa da nossa era, e talvez de qualquer era, vejo com nitidez as encantadoras contradições que existem dentro dela — seu humor, seu temperamento cruel lampejante, tão facilmente instigado e tão rapidamente controlado por sua determinação de ferro; seu ceticismo exausto perante o mundo (afinal, talvez tenha sofrido mais do que ninguém os ataques de um destino ultrajante), sua mente magnífica, tão cheia de informações, de cavidades profundas jamais exploradas onde jazem ideias fulgurantes como joias que nunca foram vistas...

 Ela também pensou nos mundos que haveria adiante para Natalie Waite, e tentou avaliá-los segundo sua fórmula secreta: cem, por exemplo — cem anos, cem dólares —, era o auge que tinha superado e ultrapassado níveis insuperáveis como cinquenta e noves e setenta e quatros; setenta e quatro é, afinal, um ponto tão além de um ou dois, e muito além de três; o mês de maio (pensando melhor, Natalie achava que nunca na vida tinha sobrevivido ao mês de maio; era uma lenda, um mês inexistente, um mês feito para a celebração de maio e os gramados, não um mês comum, cheio de semanas e dias e provavelmente terças-feiras e domingos feito qualquer outro mês) era algo que poderia ou não acontecer muito depois dos obstáculos inimagináveis de janeiro e março e quando o dia de São Valentim e o Aniversário de Lincoln já tinham passado de uma forma ou de outra. À frente dela, portanto, havia cem anos, todos ultrapassando com alegria e sem hesitação o setenta e quatro e fevereiro, e talvez uma centena de maios, todos bem-vindos e devidamente enfeitados. Uma ânsia vaga e sem voz a encheu, de pegar esses dias e forçá-los a tomar uma forma tangível sólida e suntuosa, de martelar essa bobagem de tempo e transformá-lo em... em... Ela adormeceu aqui, e dormiu até o ônibus parar no ponto da faculdade, quando, se elogiando pela precisão certeira e a noção de tempo sobrenatural, despertou e percebeu onde estava.

    Na fila regular e ofensivamente reta de janelas do terceiro andar da casa onde morava na faculdade, Natalie encontrou uma escura que era a dela, e o arrepiozinho de expectativa a acompanhou até a caminhada totalmente equilibrada até a porta; dentro da janela escura estava seu canto seguro, e estivera longe dele. Ela se demorou ao atravessar a trilha, prolongando os últimos minutos antes de entrar.

    Quando abriu a porta da casa e entrou no corredor onde os escaninhos de correspondências dominavam as linhas graciosas copiadas de uma casa geminada do século xviii, a atmosfera peculiar de que tinha de certo modo se esquecido em dois dias a arrebatou e quase lhe tirou o fôlego por um instante. Primeiro, e esmagador, havia o cheiro da madeira escura barata que usavam nos móveis, e o cheiro da sopa do meio-dia que vinha da cozinha — as alunas contavam a piada de que o lustra-móveis e a sopa eram feitos da mesma substância básica — e depois, muito reminiscente do lustra-móveis e um pouco da sopa, havia o aroma que a Velha Nick, cujos aposentos ficavam no primeiro andar da casa, usava em si mesma, no quarto e nas roupas. O aroma varria o corredor desde o apartamento da Velha Nick até uma parte do refeitório, deixando vestígios escada acima e pelos corredores até do terceiro andar, identificando as janelas acima das portas pelas quais a Velha Nick escutava, aderindo às maçanetas que tocava, uma influência mais forte e generalizada do que qualquer das recomendações da Velha Nick.

    De onde estava, na portaria do século xviii, Natalie via, à direita, o corredor que dava no refeitório, depois da porta entreaberta do apartamento da Velha Nick — essa porta, aliás, era tema, devido à proximidade com os fornos da cozinha e o fato de ser habitada pela Velha Nick e o dado complementar de que ficava no térreo, a uma série de piadas de alunas que sem dúvida a Velha Nick já tinha ouvido e fomentado —, e a longa fileira de portas estreitas no papel de parede do século XVIII, que se abriam para o nada. À esquerda de Natalie ficava a escada, que fazia uma curva acima de sua cabeça e passava pelos quartos do segundo andar e passava pelos quartos do terceiro andar — no terceiro andar ficava o quarto de Natalie, e ela só precisava galgar os degraus para chegar a ele. Depois da escada, mais adiante no corredor, à sua esquerda, ficava a sala de estar onde fora convocada a dizer seu nome na primeira noite na faculdade, um ambiente onde tinha entrado talvez duas vezes desde então, embora algumas meninas da casa o usassem sempre, como se fosse delas.

Não via ninguém, mas de trás da porta do apartamento da Velha Nick vinha o som de vozes, no tom de duas amigas de longa data trocando elogios e tomando xerez antes do jantar. Natalie, de mocassins que não faziam barulho no assoalho de linóleo que copiava os ladrilhos pretos e brancos de um saguão do século XVIII, foi até seu escaninho, mas ele estava vazio; sem olhar nenhum outro, se virou de repente e ia subir a escada quando foi pega, indefesa e inesperadamente, pelo barulho do sino do jantar e a correria lunática das meninas escada abaixo. Em vez de ser espremida no meio da escada, ela recuou na mesma hora, irritada consigo mesma por não ter cronometrado as coisas direito; começou a andar pelo corredor mas foi interrompida pela abertura total da porta da Velha Nick e sua voz robusta insistindo para que a amiga fosse ao refeitório. Natalie foi em direção à porta da frente e por fim ficou sob a sombra da escada, escutando as pisadas descendo sobre sua cabeça. As vozes eram estridentes e animadas; seria de imaginar, Natalie refletiu com enfado, que vale a pena chegar ao refeitório, pelo jeito como elas correm. Depois de um minuto, mais ou menos, os passos começaram a desacelerar e o fardo das vozes chegava em ondas do refeitório. Havia uma algazarra bem-educada de talheres e um questionamento persistente às vozes, como se trezentas garotas juntas se perguntassem, "O que é que tem para o jantar?".

Quando os últimos passos na escada terminaram, Natalie saiu das sombras e passou às pressas pelo saguão rumo à escada. Parecia ter passado despercebida. Da última vez que tinha estado no refeitório se sentia encabulada, e entrara sozinha e se sentara em uma mesa perto da entrada; as três meninas já sentadas à mesa aguardaram, observando-a até se sentar, o guardanapo no colo; então tinham se levantado, as três, e se mudado, sem aviso nenhum, para outra mesa. O jantar em si não era uma tentação para Natalie — comida nenhuma no mundo poderia levá-la a entrar naquele refeitório outra vez.

Subiu a escada depressa, os pés úmidos sem fazer barulho nos degraus de linóleo. Ela não hesitou, foi direto para cima e se apressou no corredor rumo ao próprio quarto; sempre levava a chave em vez de deixá-la na caixa de correspondência como fora instruída a fazer, para o caso de a velha Nick querer entrar no quarto e ter perdido a chave mestra e não achasse a da governanta e por alguma razão não tivesse como pegar uma das chaves mestras no escritório da faculdade e não conseguisse encontrar nenhuma das outras meninas — as que moravam no dezessete, no trinta e sete ou no sete — cujas chaves abririam a porta de Natalie. O quarto estava quente e abafado. Sem acender a luz, ela largou o casaco de chuva no chão e foi para a cama, que estava empurrada contra a janela. Ela se sentou na cama, abriu a janela e, apoiando a cabeça no parapeito, descansou de olhos fechados.

Já havia barulhos de novo no corredor antes que se sentisse revigorada e conseguisse levantar a cabeça; as garotas saíam do refeitório e subiam e o ar escuro da noite tinha preenchido o quarto; ela enxergava a escrivaninha e a máquina de escrever no breu, a fileira de livros que dava a volta no quarto junto ao rodapé, a cadeira reta ao lado da escrivaninha. Uma noite, enfurecida por não ser capaz de se movimentar com liberdade no próprio quarto, ela tirou as roupas da cômoda e as amassou dentro das malas que estavam no armário, e empurrou e rebocou a cômoda até o corredor, além de uma poltrona de bordo e a estante que a faculdade fornecia. O faz-tudo da faculdade fora petulante quanto aos móveis no corredor, mas acabou levando-os embora e agora Natalie, com a cama debaixo da janela e a escrivaninha e a cadeira enfiadas em um canto e a porta sempre trancada e — fora um impulso de um mês antes, que já não a surpreendia pela conveniência — a lixeira pendurada para fora da janela por um fio amarrado à cabeceira da cama, conseguia transitar pelo quartinho apertado e quadrado sem perturbações. Era necessário, claro, manter a janela acima da porta sempre fechada, e a chave segura na fechadura quando estava no quarto.

 Sentia-se muito só ali. Tanto, na verdade, que naquela noite, uns minutos depois de os barulhos no corredor se aquietarem, ela achou um cigarro no bolso do casaco de chuva e, segurando-o na mão, destrancou a porta com cuidado e saiu no corredor. Vozes vinham de quartos iluminados mais adiante; várias portas estavam abertas, passando a impressão de que as meninas entravam e saíam de um quarto para outro, então Natalie foi de fininho até a escada e desceu até o primeiro andar, e atravessou o corredor até uma porta onde, ficando à sombra tanto quanto possível, ela bateu como se suas batidas fossem distinguíveis de todas as outras, e esperou. Passado um instante junto à porta, fitando seus painéis, maravilhada, ela imaginou ter ouvido, "Entra", abriu a porta e entrou às pressas, fechando-a logo depois.

 "Olá", ela disse.

 "Pois não?", respondeu Rosalind. Ela estava deitada na cama, segurando uma revista de cinema, e ergueu os olhos com uma surpresa educada. Natalie, olhando para o pijama laranja que Rosalind usava, pensou que atualmente Rosalind ficava contente no meio de um grupo, admirada e apreciada, era uma das meninas que as outras meninas desejavam conhecer; uma mudança tão pequena, Natalie ponderou, uma variável tão trivial; um dia, a única coisa de que se lembraria a respeito de Rosalind, ela sabia, seria uma imagem luminosa de Rosalind andando pelo campus com uma menina de cada lado; "Pois não?", repetiu Rosalind.

 "Posso pegar um fósforo emprestado?", Natalie perguntou; manteve a voz suave, como se o pedido fosse banal.

 "Claro", disse Rosalind. Ela jogou a caixa de fósforos que estava na mesinha ao lado da cama e acrescentou, "Pode ficar, eu tenho um monte". Sem olhar mais para Natalie, ela levantou a revista, esperando.

 "Tudo bem se eu ficar aqui para a gente conversar um instantinho?", Natalie pediu, como se o pedido também fosse banal. "Você está ocupada?", ela perguntou. "Não quero interromper."

"Bom, eu *estava* lendo", disse Rosalind, e olhou para a revista.

"Claro", Natalie disse. Estava pensando, Eu sei, eu sei, eu sou a única que sabe, e ela não tem medo nenhum de mim, e eu poderia contar se quisesse e ela acredita que ninguém me daria ouvidos, mas *eu* sei. Na pressa de sair do quarto, ela caiu.

Com a porta fechada às suas costas, pensou, com bom senso, que seriam dois lances de escada até seu quarto e tão pouco espaço para percorrer até que chegasse lá fora, e soube aonde estava indo mesmo antes — com um gesto de menosprezo que gostaria de ter conseguido fazer dois minutos antes — de rasgar a caixinha de fósforos ao meio e jogá-la no chão, diante da porta de Rosalind. A porta de seu quarto lá em cima estava trancada, pois a trancava mesmo se fosse dar dez passos no corredor. Estava com seus cigarros e seus fósforos, embora o casaco de chuva ainda estivesse no quarto. Movimentando-se de levinho, sem fazer barulho, ela correu escada abaixo e saiu pelo campus, sentindo-se grata ao pisar no gramado.

A chuva tinha parado, mas dava todos os sinais de que continuaria após uma pausa para respirar. Gotas de água deslizavam das árvores no cabelo de Natalie e embora desejasse ter trazido o casaco de chuva, a ideia de ir buscá-lo, de entrar de novo na casa iluminada, era insustentável. Muito antes desse horário, no final de novembro, já estava escuro; Natalie já sabia como achar seu rumo nas trilhas do campus quase sem olhar, e a ideia do tenso quadrado iluminado de seu quarto atrás de si era repulsiva, ali fora onde podia dar passos largos e ir aonde quisesse. À sua frente, via as luzes da casa dos Langdon, e vozes vinham, indistinguíveis, das casas pelas quais passava, e de algum lugar vinha um rádio; apesar de não conseguir identificar a canção que tocava, ela poderia ter reduzido as possibilidades a meia dúzia de músicas que ouvira as meninas assobiarem no corredor ou cantar em harmonia nos quartos.

Ela não era a dona daquela terra, e ao se virar para entrar na trilha estreita que a levaria aos fundos dos prédios onde ficavam as salas de aula e depois às casas do campus, ela pensou, estou andando pelo meu país, estou reconhecendo seus limites, descrevendo suas fronteiras, encerrando-o. A bela clareza de todos os contornos marcados passou por sua cabeça — haveria uma grande satisfação em reforçar as cercas, por exemplo, caminhar junto a uma cerca forte que encerrasse um terreno amplo, se debruçando para fora para empurrar o limite extremo da propriedade; também, o que dizer da definição adorável da folha de papel sozinha em sua escrivaninha, retangular e inteira, da justeza com que o céu se encaixava à terra no horizonte, do ato de acariciar a lombada de um livro? Irresistivelmente, ela pensou com um arrepio sobre a margem afiada como uma lâmina fazendo um corte horizontal em seus olhos, dentro de sua boca, e depois dobrando a curva brusca de um prédio, viu de novo o campus e suas luzes e ouviu seus barulhos. Ela parou por um instante, avaliando seu país com interesse e com tolerância; ela era infinitamente alta e aqueles prédios minúsculos — embora dimensionados com exatidão: dois milímetros e meio para, talvez, cada trinta centímetros — tinham sido montados por suas próprias mãos, mobiliados e povoados por bonequinhas que havia criado, planejando com cuidado e talvez não muita inteligência os números de seus braços e pernas e o lugar em suas cabeças.

Talvez amanhã, ela pensou, quando estiver claro, eu cogite botar todas as árvores juntas para fazer uma floresta de verdade em uma das pontas do campus. De modo geral, pode ser melhor não deixar as casas formarem duas retas de frente uma para a outra, e sim organizá-las de modo aleatório, assim nenhum homúnculo que saia pela porta de uma casa se depararia com a porta de outra casa. Talvez eu deva colocar os bonecos dos Langdon no campanário do prédio do Refeitório, e deixá-los lá por uma semana, enquanto soluçam e imploram para serem libertados e eu os olho de cima, tão enorme que não consigam me ver, e rio deles.

Talvez amanhã eu escolha uma das casas, qualquer uma, e, segurando-a com delicadeza na mão, eu a desmonte cuidadosamente com a outra mão, tirando um pedaço depois do outro com muita sutileza; primeiro a porta e depois, soltando os parafusos frágeis com cuidado, o canto direito da frente da casa, tábua a tábua, e em seguida, varrendo a mobília, derrubaria a parede direita da casa, removendo-a com cuidado, sem encostar no segundo andar, que deve permanecer intacto mesmo depois que o primeiro andar sumir por completo. Depois a escada, degrau a degrau, e tudo isso enquanto os bonecos lá dentro correm, berrando de cada lado da casa para um cômodo mais alto e mais escondido, se acotovelando e tropeçando e puxando num frenesi, batendo portas ao sair enquanto meus dedos fortes puxam com suavidade cada uma das portas das dobradiças e arrancam as paredes e levantam as janelas, deixando-as intactas, e tiram as caminhas e cadeirinhas; e por fim estarão todos juntos como sementes em uma romã, em um quartinho apertado, mal conseguindo respirar, alguns desmaiando, alguns chorando, e todos espremidos, olhando na direção de onde eu venho, e então, quando tiro a porta com dedos cuidadosos mas seguros, eles estão todos ali, amontoados e apoiados contra a parede, e eu como o quarto com uma só bocada, mastigando sem piedade as tábuas e os ossinhos adocicados.

E depois, pegando outra casa (os pequenos desventurados, erguendo a cabeça sem ousar se perguntar qual casa será a próxima, vendo a mão inevitável que paira, hesitando sobre uma das casas, talvez escolhendo outra, ou descendo terrivelmente e com determinação sobre aquela onde se escondem), eu talvez me divirta violando todos os moradores; talvez — e essa deve ser a parte mais engraçada de todas — ponha cinquenta bonecos nus espremidos em um cômodo com Arthur Langdon dentro, e cutuque e empurre todos eles e ria quando estiverem soluçado e tentando se mexer em um lugar tão apertado. Ou pegue a boneca da Velha Nick e a arraste pelo pé campus afora, batendo-o com delicadeza contra as portas de todas as casas e contra as cabeças de todas as bonecas que olharem para fora. Ou, despindo uma das bonecas com enorme cuidado — apesar de as bonecas serem tão pequeninas que seja quase impossível, é claro, despi-las sem rasgar as roupas e às vezes até sem beliscar seus bracinhos —, talvez eu a enrole em uma longa faixa de pano e prenda o tecido à boneca com um alfinete nas costas e a ponha em uma cadeirinha no telhado de uma das casas e berre com a minha voz ressonante vinda dos céus que ela é a rainha e todos devem escalar até o telhado e beijar os pés da rainha.

Ou pegar todas as casas e empilhá-las de um jeito doido, uma em cima da outra, com as bonecas lá dentro e no alto da pilha cambaleante de casas pousar o boneco de Arthur Langdon e virá-lo de ponta-cabeça e depois, com uma gargalhada sonora...

"Oi? É a Natalie Waite?"

Ela estacou, se perguntando, aterrorizada, se estaria falando alto e ele teria reconhecido sua voz. Mas então ele disse, "Imaginei ter reconhecido você, mesmo nessa escuridão; o que é que você está fazendo, andando por aí numa noite como essa?".

"Estava muito abafado lá dentro."

"Eu também achei. Pensei em ir à biblioteca. Você está indo na mesma direção?"

"Não", disse Natalie, embora estivesse percorrendo o caminho que dava na biblioteca. "Vou para o lado oposto."

Ele deu uma olhada na fileira de casas, como se tivesse certeza de qual ela procurava. "Seu feriado foi bom?", ele perguntou.

"Foi bom."

"Como está o seu pai?"

"Bem. Trabalhando muito."

"Espero conhecê-lo um dia desses."

"Ele disse que vem me ver muito em breve."

"Espero conhecê-lo. Bom", ele acrescentou, em tom vago, dando um passo adiante no caminho que levava à biblioteca. Então, como se de repente se lembrasse, ele se virou e disse, "Imagino que você já saiba da novidade".

"Não", respondeu Natalie.

Ele riu, acanhado. "Vamos ter um filho", ele anunciou, e como um pronunciamento tão simples obviamente causou nele a impressão de que carecia de um teor emotivo real, ele continuou, dizendo com a voz fraca e sem qualquer toque de convicção, "Estamos muito felizes".

"Parabéns", disse Natalie, pensando, A Elizabeth? "Que maravilha." Parecia haver pouco mais a acrescentar; quando tivessem o filho de fato talvez fosse possível comentar gentilmente que era lindo, ou que era a cara de Arthur, ou que era tão pequenino, e olha para essas mãozinhas, mas no momento ela realmente só podia repetir, "Que maravilha para vocês dois".

"Estamos muito felizes", ele disse. "Bom, boa noite."

"Boa noite", retribuiu Natalie. Não queria aguardar que ele fosse embora — talvez por medo de que voltasse com outro anúncio tão espantoso —, então acelerou seus passos pela trilha, rumo à casa que

Arthur Langdon tinha notado e para a qual ela sempre soubera que estava indo.

Depois que tomou o caminho da casa — em relação à sua, ficava na diagonal do campus, e poderia ter chegado lá muito antes se fosse direto, em vez de vagar pelos cantos do campus para chegar nela por vias indiretas — ela foi depressa, quase correndo até o fim da trilha. Enquanto essa casa era rococó, a dela era clássica, e o corredor era colorido e adornado com filigranas de ouro. Ela entrou em silêncio, sabendo exatamente qual direção tomar, e subiu a escada, pisando de leve e mal encostando no corrimão com as pontas dos dedos, seu objetivo mais vital o de se movimentar sem fazer barulho e se possível passar despercebida. Não se deparou com ninguém na escada, mas ao chegar ao segundo andar ela hesitou, olhando para o corredor onde filas de portas abertas, iluminadas, pareciam muito com as da própria casa. Teria que passar por todas elas, e a questão era se devia andar com dignidade ou ir correndo. Havia luz, ela via, clareando a janela acima da porta no fim do corredor, ela endireitou os ombros, quase riu de si mesma, e começou a caminhada pelo corredor com passos silenciosos mas firmes. Não chamou a atenção da primeira porta aberta; ninguém sequer ergueu a cabeça, mas a segunda porta aberta estava cheia de garotas, estiradas na cama e no chão, e alguém a notou e anunciou, "Ei, lá vem ela". Sem virar a cabeça, percebeu que as garotas se amontoavam na porta, e percebeu o que suas vozes pouco audíveis diziam e como estavam seus olhos, seguindo-a pelo corredor. O barulho levou garotas às portas de todos os lados do corredor, e até à sua frente Natalie viu portas se abrirem. Fingiu estar tentando não sorrir e andou sem virar a cabeça até a última porta à esquerda. Ao hesitar diante dela, ouviu o enorme e zombeteiro silêncio do corredor inteiro e um ecoante acesso de gargalhada e escárnio que quase obscureceram suas batidas. Então perdeu a coragem, sentindo todas a observando, e, sabendo que a porta raramente era trancada, ela a abriu sem convite e entrou de mansinho. Parada com a porta fechada às suas costas, ela respirou fundo e riu; lá fora, ouvia as risadinhas e o som dos passos se aproximando devagar da porta e depois voltando atrás — o som de muitas garotas juntas dizendo coisas hilariantes que deveriam ser ouvidas de trás da porta.

Natalie disse, "Me desculpa, de verdade. Eu vim para te pedir desculpas. Eu não devia ter ido, e peço desculpas".

"Eu nunca fico brava *de verdade* contigo, de qualquer forma", Tony disse.

"Foi horrível", Natalie contou.

"Claro que foi."

"Eu te avisei que eles agiriam assim. Eles ficaram te segurando?"

"Estavam todos lá. Até o meu irmão."

"Eles me alimentaram", Natalie disse. "Acho que não fizeram mais nada *além* de me alimentar. Posso entrar?"

"Do que você tem medo?", Tony perguntou. "De mim?" Estava sentada de pernas cruzadas em cima da cama; não se mexeu quando Natalie abriu a porta e agora só levantava a cabeça e sorria. Estava jogando paciência com um baralho antigo de adivinhação da sorte chamado de tarô, cartas velhas e grandes e lindas e bem enfeitadas e vermelhas; Natalie olhou para elas e quase sentiu a maciez de que se lembrava, que de tanto tempo de uso já não parecia mais cartolina, e sim, ponderou, quase um pergaminho. Tony e Natalie acreditavam ser as únicas duas pessoas do mundo que amavam cartas de tarô, e as usavam — tão reminiscentes de jogos arcaicos, nunca sonhados — para seus próprios jogos, jogos de cartas inventados, e jogos de movimentação, e uma espécie de cartomancia afetiva que era sempre fiel aos significados das cartas como registradas no livro do tarô, mas que de alguma forma sempre revelava que Tony e Natalie eram as pessoas mais legais e mais sortudas do mundo. De todos os naipes, Tony gostava mais das espadas, e o Valete de Espadas era sempre sua carta pessoal; Natalie gostava de uma carta chamada O Mago, e achava que o rosto na carta lembrava o seu. O jogo de paciência de Tony com as cartas grandes cobria quase metade da cama, e Natalie percebeu que o Mago tinha sido tirado para preencher um espaço, e que o valete de espadas estava em cima da rainha de copas. "Vem", Tony disse. "Já que você já está de volta."

Natalie se afastou da porta e parou no meio do quarto para tirar os sapatos. "Molhados", ela explicou.

"Você vem ao meu encontro infeliz e desamparada e encharcada e provavelmente esfomeada", Tony disse em tom amistoso.

"Mas tenho quinze dólares", Natalie declarou, se lembrando de repente do que antes não lhe parecia real. "Meu pai que me deu."

"Esplêndido", Tony disse, sem prestar atenção, olhando as cartas sobre a cama, "agora vou conseguir um selo para mandar uma carta para casa pedindo dinheiro." Ela se alongou. "Sete de ouros na oitava", ela disse. "O problema dessas cartas infernais é que eu nunca sei se ganhei ou não na paciência."

Natalie, andando pelo quarto, parou de repente para prestar atenção. "Elas estão ficando cada vez piores lá fora", declarou.

Tony levantou a cabeça para escutar um instante. "Umas bestas", reagiu. "Elas já comeram?"

"Faz um tempinho. Quase morri pisoteada na escada."

"*Você* imagina", disse Tony, se admirando, "*você* imagina que tenham conseguido um *homem* lá fora?"

"É o que parece, pobre coitado. Essas cartas não são mesmo feitas para dar respostas sensatas — não dá para jogar paciência com elas."

"Imagino que não." Tony juntou as cartas e as embaralhou. "Mas eu gosto do toque delas. E as cartas normais são muito sem graça e bobas." Com as cartas ainda na mão, ela se levantou com facilidade, e aparentemente sem objetivo nenhum foi à porta e a abriu. "*Saiam daí*", disse em tom cordial.

As meninas de fora se dispersaram aos gritinhos, e Tony fechou a porta e voltou a se sentar na cama. "Um dia eu vou ter licença para torturá-las", declarou. "Creio que eu vá pegá-las uma a uma e descascar feito maçãs." À toa, espalhou as cartas diante de si. "Amanhã a gente arruma um baralho novo, se você quiser", ela sugeriu. "Um cheio de valetes e espadas e ouros, daí eu posso jogar paciência com *ele* e deixar o baralho de tarô para você ler futuros duvidosos e *ainda assim* eu não vou saber se venci a paciência."

"Se você tivesse um baralho com uma só carta...", Natalie disse.

"Um dia", Tony respondeu, distraída.

"Os Langdon vão ter um filho."

"Valete de espadas", Tony anunciou. "Imagine Elizabeth procriando com Arthur. O American Kennel Club vai ter que destruir todos os filhotes."

Natalie se deu conta, feliz, de que estava com muito sono; era uma sensação de ternura e conforto e segurança, e disse sem pensar, "Você disse que voltaria logo para cá".

"Eu disse?", Tony riu. "Maldita rainha de ouros." De novo ela levantou a cabeça e ficou olhando para Natalie. "É melhor você dormir."

Sonolenta, Natalie se levantou e foi para a cama. "Chega pra lá", ela pediu, e sem esperar se espremeu na cama entre Tony e a parede.

"Justamente quando eu tinha arrumado as cartas", Tony resmungou, Ela juntou o baralho e escorregou da cama para o chão. "Fica com a porcaria da cama", disse. "Tinha uma carta para você, do Comitê Estudantil, que eu peguei na sua casa ontem. Diz que faz duas semanas que você não vai às aulas."

"Eu não vou?"

"Você tem que ir falar com eles amanhã de manhã, às dez horas", Tony continuou. "Perdi a carta não sei onde."

"Que pena", Natalie disse. Quase dormindo, ela cobriu a cabeça com as cobertas. "Porta", ela disse.

Tony de novo foi à porta quase em silêncio, abriu, e com um gesto expansivo e ameaçador afugentou as meninas que estavam ali fora. Quando voltou ao quarto, se sentou no chão, ao lado da cama, e afastou as cartas de si.

"Vou ler para você", anunciou. Passado um minuto, sua voz começou, baixinho, "'... Ela gritou, genuinamente assustada, quando Alice saiu do quarto só de sapatos e meias, e seu enorme chapéu vesperal, um objeto muito sedutor, indecente de tão picante! A pobre Fanny enrubesceu ao ver a patroa e não sabia para onde olhar quando Alice saiu dançando, seus olhos percebendo com evidente aprovação o lugar onde eu havia deixado sua criada.

"'*Mes compliments, mademoiselle!*', eu disse com uma reverência quando ela se aproximou.

"Ela sorriu e enrubesceu, mas estava atenta demais a Fanny para brincar comigo. 'Adorável, Jack!', ela exclamou após uma inspeção cuidadosa da criada agora trêmula, 'mas sem dúvida ela pode se libertar!'.

"'Não, não, senhor!', choramingou Fanny, amedrontada; 'Sim, Jack, faça isso!', exclamou Alice, os olhos brilhantes. Era evidente que tinha pensado em uma tortura nova para Fanny, e, com a máxima atenção, ela ficou me observando enquanto eu amarrava os tornozelos finos da criada apesar das súplicas da pobre moça!"

Sem fazer esforço, Natalie se viu pegando no sono, à vontade e feliz. Tinha uma consciência agradável do relaxamento vagaroso de suas mãos, dos pés, do rosto, e sentia as linhas em torno da boca se suavizarem e o rosto repousar em nada mais do que um revestimento ósseo; pensou, distraída, que nesse momento devia estar como estaria ao morrer, e ouviu Tony se levantar para ir outra vez até a porta. "Vocês *poderiam* nos deixar em paz?", ela pediu baixinho.

Um murmúrio confuso lá fora, e então Tony disse, "O que esperar de vocês, suas pobres coitadas? Vão dormir — *daqui* não vai sair mais nem um barulhinho".

Muito, muito depois, Natalie percebeu dormindo profundamente que Tony se enfiava na cama ao lado dela. Lado a lado, feito dois gatos grandes, elas dormiram.

Ao abrir os olhos de manhã, Natalie viu primeiro que mal havia luz lá fora e depois de se virar se deparou com os olhos de Tony nela.

"Bom dia?", Natalie disse.

"Vamos, preguiçosa", Tony ordenou.

Elas se levantaram da cama juntas, aproveitando o sossego da manhã, quando todo mundo estava dormindo, e aproveitando também a sensação de estarem juntas sem medo. Não falaram muito, mas se movimentaram como se palavras fossem desnecessárias: primeiro Tony, rolando para fora da cama, deu uma cambalhota no chão e se levantou, rindo em silêncio, depois Natalie, se esticando e se virando para a janela para ver o sol nascer, se curvou e tocou nos dedos dos pés sem dobrar os joelhos. Juntas, uma avisando à outra que não podiam rir, elas atravessaram o corredor tomado dos sons do sono vindos dos quartos dos dois lados, rumo aos chuveiros, onde se banharam juntas, uma lavando as costas da outra e tentando esguichar água sem fazer barulho. Em seguida, secas e trêmulas por causa do banho frio, voltaram ao quarto de Tony e se vestiram.

"Tenho que pegar o dinheiro no meu quarto", Natalie sussurrou, se lembrando ao ver suas roupas.

"Eu pego", Tony afirmou. "Você termina de se vestir."

Natalie riu, sem conseguir se conter e sem fazer barulho, enquanto Tony saía do quarto em um roupão de banho azul surrado. Embora da janela do quarto não desse para ver o campus e o caminho que Tony precisava fazer, ela pôs os cotovelos no peitoril e contemplou o sol nascente e especulou, achando graça, sobre o provável avanço de Tony pelo campus adormecido rumo ao quarto de Natalie em um roupão azul velho e a insolência de estar acordada antes de todo mundo.

"Pegou? Alguém te viu?", ela perguntou, nervosa, quando Tony voltou ao quarto. Tony jogou o casaco de chuva de Natalie na cama e fez que não.

"Eu poderia ter ido dançando até lá", Tony disse.

Vestindo-se às pressas, então, porque embora tivessem acordado antes de todo mundo o tempo passava sem elas, e ainda poderiam ser pegas por alguma madrugadora, elas pentearam o cabelo uma da outra, se enfiaram nos casacos, abriram a porta devagar e saíram para o corredor. Natalie pensou, ao seguir Tony, como seria fácil criar uma comoção naquela casa ou em qualquer outra; como seria fácil escrever uma espécie de recado, provavelmente obsceno, ou talvez ameaçador, e passá-lo por baixo de todas as portas, e ficou orgulhosa e contente consigo mesma por não ter feito isso, e já era tarde demais.

Elas desceram a escada na ponta dos pés, temendo despertar alguma curiosa que perguntasse aonde iam, e chegaram à porta da frente a salvo. Depois que Tony abriu a porta, tiveram absoluta certeza de que conseguiriam sair, e desistiram de fazer silêncio; Tony deixou a porta bater em um gesto calculado para acordar quem quer que estivesse dormindo ali perto, e, seguida por Natalie, correu pela trilha — corria não de medo, mas porque era bem cedinho e estavam juntas e tinham quinze dólares e um mundo adiante e ninguém que soubesse em momento algum onde estavam.

A faculdade era situada, com uma falta de imaginação singular, na rua da Escola, e ficava a cerca de um quilômetro e meio do centro da cidade de onde vinha seu nome. A faculdade era dona da maioria dos terrenos da rua da Escola, e de todas as terras atrás da rua da Escola; onde terminavam as dependências da faculdade não havia mais nada além de campos e árvores. De um lado da faculdade, onde acabava a rua da Escola e começava a rua Sempre-viva, havia uma zona residencial sossegada e um pouco deteriorada, habitada em grande medida por professores solteiros e alunas casadas. Do outro lado da faculdade, onde acabava a rua da Escola e começava a rua da Ponte, havia — com o bizarro toque literal característico dos inventores de cidades — um rio com uma ponte que o cruzava. A rua da Ponte virava a rua Principal quando sua função de rua por cima de um rio se encerrava, e a rua Principal era, inevitavelmente, a rua que levava ao centro da cidade. As lojas de onde a rua da Ponte virava a rua Principal tinham um visual estéril, absolutamente simples; tiveram o atrevimento de se intrometer numa parte antes destinada a lojinhas sujas com mercadorias suspeitas, se estabelecendo e se impondo sob faixas de "desenvolvimento" e "ajude nossa cidade a crescer", e agora se viam, suas faixas ainda corajosas e seu asseio imaculado, sem lucro e sem clientela, já que as pessoas que faziam compras e ansiavam por uma cidade mais limpa naturalmente se dirigiam ao centro da cidade, rumo às lojas imundas que já conheciam. Em um canto, ali, havia um mercado novo, todos os balcões cromados e vitrines grandes envidraçadas, com cartazes vermelhos e pretos e brancos que bradavam, "Costeletas de vitela, preço especial" e "Nosso café é o melhor da cidade" e "Promoções de feriado" — o feriado não especificado para o caso de o cartaz não ser tirado dali antes do Natal, da Páscoa ou do Dia do Juízo Final. Aninhado bem perto do mercadinho iluminado havia um buraco manchado que se proclamava "Cafeteria", com um balcão tosco na frente que exibia barras de chocolate e chicletes ao público, e, lá dentro, outro balcão guarnecido por três banquetas, nas quais, sem dúvida, o freguês cansado poderia se sentar para tomar um café feito, pelo menos segundo se supunha, do melhor café da cidade, vendido pelo estabelecimento vizinho. Do outro lado da rua havia um antiquário, que ostentava sua poeira seguindo as garantias da lei tácita que exige que antiquários sujem as luvas de matronas que dão uma entradinha, aos risos, para ver se conseguem achar ornamentos de latão iguais aos que faltam na cristaleira da avó. Ao lado, um showroom vazio que a certa época expunha pianos, em outro momento abrigava uma importadora de artigos de lã de primeira qualidade e agora era ocupado uma vez por ano pelas escoteiras para a Venda de Elefantes Brancos, pelas bandeirantes para a Mostra de Trabalhos Manuais, pela Associação de Pais e Mestres para a Venda de Comidas Caseiras, pela Liga das Crianças Deficientes, pelas Filhas da Revolução Americana, por todas as organizações que aceitam, e vendem, a roupa suja alheia. Além desse centro beneficente que naquele momento — sem dúvida por conta dos feriados iminentes — estava livre de pedintes, havia a minúscula alfaiataria, malcheirosa e que mal teria espaço para um casaco de inverno que precisasse de reparos. E ao lado da oficina do alfaiate, mas tendo seus próprios cheiros por causa dos queijos importados, havia um estabelecimento que se dizia uma "Loja Gourmet" e vendia principalmente alimentos importados muito bem embalados; a loja era a única do bairro que tinha alguma clientela, pois era praticamente impossível achar arenque norueguês com creme de leite ou doce sírio autêntico ou *espresso* ou biscoitos enlatados ingleses em qualquer outro lugar da cidade. No mesmo quarteirão, mais adiante, ficava o único cinema que só exibia filmes estrangeiros e deslumbrava a burguesia decente com *Sangue de um poeta* sete vezes por ano. As alunas da faculdade frequentavam os cinemas grandes do centro da cidade, e eram apenas pessoas como senhoras bibliotecárias, que andavam em bandos, decoradoras de interiores ambiciosas, que vinham de apartamentos recém-adaptados nas áreas residenciais mais antigas da cidade, e um ou outro docente francês que às vezes iam ao cineminha rústico para ver *Sangue de um poeta* ou *O gabinete do Dr. Caligari* ou *M, o Vampiro de Dusseldorf.*

Essa rua seguia em frente, se alargando e se tornando mais povoada, até virar (com o cruzamento onde quatro lojas de departamentos se encaravam com ares sorumbáticos, todas teimando que suas pechinchas eram mais pechinchadas do que as das outras, todas contando, segundo a própria decoração e combinação de cores, com um Restaurante no Jardim, um Salão de Chá Espanhol, uma Churrascaria Guarda Negra ou um Terraço da Baía) o centro da cidade e se tornar a rua Principal, movimentada, imperativa, cheia de carros. Ali havia lojas de roupas de mais qualidade, ali havia uma loja de chocolates e uma livraria — que também era uma lojinha de presentes e de suvenires —, ali havia os restaurantes com Churrascos para Homens e Almoços para Executivos, e a joalheria e o enorme hotel com bailes no chá da tarde. Ali os ônibus se reuniam, e a estação de rádio lançava sua antena, curiosamente, para os céus. Havia escritórios onde secretárias (garotas da cidade que não tinham como bancar uma faculdade) datilografavam sem parar, uma loja de aparelhos de som, uma loja de brinquedos, um banco.

Se uma criança brincando com blocos tivesse planejado uma cidade, dizendo, "Essa é a cidade, e é aqui que as pessoas fazem compras, e aqui é onde o homem mora, aqui é onde a moça vai quando leva o filhinho ao dentista, e *aqui* fica a escola, e quando você quiser ir à praça, ela fica *aqui*, e aqui é por onde os trens passam, e a estação com o funcionário da estação está aqui, e..." — se essa criança, brincando em uma tarde chuvosa, tivesse planejado uma cidade, talvez a planejasse exatamente daquele jeito: quadrada, respeitável, cuidadosamente estruturada sem elementos criminosos ou estrangeiros ou insubmissos, orgulhosa de sua faculdade, cultivando dentro de si uma organização comunitária pequena e bastante digna, um teatro comunitário, um posto de saúde, um jornal destemido e extraordinário de tão parcial e todos os outros ingredientes necessários em uma cidade para que seus leais moradores não se tornassem irrequietos, desapiedados ou satisfeitos.

Por essa rua — se transformando de rua da Escola em rua da Ponte e depois em rua Principal, Natalie e Tony chegaram, quase dançando; eram vinte para as oito.

"Três de paus", anunciou Natalie, parando na frente do antiquário e apontando para um candelabro de três velas.

Tony, que segundo as regras do jogo tinha que dar o significado no tarô do símbolo da carta que Natalie encontrasse, ponderou por um instante e então disse, "Força estabelecida. Negócios, comércio, descoberta. Navios cruzando o mar. Invertida, o fim dos problemas".

"Eu vi três navios singrando o mar", Natalie disse, sem fazer sentido, mas as duas riram.

"Três de ouros, então", disse Tony, apontando para a placa de uma casa de penhores numa esquina, posicionada sem atrapalhar mas de forma enfática, mais como se não quisesse ter preferência do que por timidez.

"Nobreza, aristocracia", afirmou Natalie. "Invertida, mesquinhez."

"O que será que elas vão fazer do tempo delas?", Tony falou, distraída. "Você acha que elas vão para a aula como sempre? Ou será que a faculdade inteira desapareceu ou virou pó ou desmoronou..."

"... ou se esmigalhou ou se apagou de repente como uma lâmpada..."

... Só porque a gente saiu?, Tony pensou. "Estamos em um tapete", anunciou, séria. "Ele se desenrola na nossa frente, mas atrás de nós ele se enrola e não existe nada debaixo dele."

"O lugar onde estamos andando é o único lugar que existe", Natalie disse.

"Ás de copas", disse Tony, apontando para o hidrante.

"Casa do amor verdadeiro", disse Natalie. "Alegria, fertilidade."

"Invertida, revolução", completou Tony.

"Melhor ainda", disse Natalie, "imagine que todas elas viraram estátuas quando saímos? Que nem em *As mil e uma noites*, e que tudo vá ficar igual por milhares de anos."

"Todas elas ficaram pretas e vermelhas e peixe-dourado", Tony acrescentou. "A gente tem que voltar e bater três vezes no chão com um cajado de latão."

"Ás de paus", Natalie disse, rápido.

"A origem de todas as coisas. Invertida, ruína."

Havia tanta grana naqueles quinze dólares que não precisavam esbanjá-los de uma vez só, levando-se em conta que estivessem certas ao supor que o dinheiro era na verdade um meio de troca. Talvez, aliás — nunca tinham certeza, de um dólar para outro —, a cédula verde ou uma moeda pesada de prata ofertada ao homem atrás do balcão fosse recebida com um olhar incrédulo, ou com gargalhadas, e ele insistisse que pagassem em cacos de vidro ou punhados de leite ou alguma substância não identificada que todo mundo conseguisse enxergar e tocar, menos elas. Em um país estranho, é preciso ter muitíssima cautela; "Que tal a gente tomar um café para começar?", Tony sugeriu.

Já estavam tão no centro da cidade que achar uma loja de conveniência era fácil. Sentaram-se juntas diante do balcão, olhando uma para a outra e se observando no espelho à frente. Natalie, à direita (a da direita *era* Natalie?), parecia muito magra e frágil de suéter preto;

Tony (à esquerda?) estava soturna e melancólica de azul. Nenhuma delas era parecida com as meninas de maiô que relaxavam em cores vivas nas propagandas de refrigerantes acima do espelho. O rosto de Tony estava bastante pálido sob as assépticas luzes fluorescentes da loja, e além de seus dois rostos, se amontoando na imagem e formidáveis em sua diversidade empilhada, havia as mercadorias do lojista: unguentos contra o sol, bonecas — talvez amuletos contra o espírito do mal? seriam superstições dos indígenas? —, caixas de balas e caixas de balas sem açúcar, e um número infinito de artigos a serem usados no controle da luz: apetrechos para fazer luz, apetrechos para apagar a luz, apetrechos para aprimorar e destilar a luz, apetrechos que só funcionavam com luz ou que só funcionavam na ausência de luz, livros questionando a origem da luz e livros que questionavam a velocidade da luz e livros negando a existência da luz ou recomendando que ela fosse usada como alimento. Havia também uma infinidade de produtos para controlar o ar, e produtos para controlar a água, e produtos para controlar o fogo e o vento e a chuva, e muitos produtos, também, para controlar, com mais eficácia, a terra. Uma seção da loja — e só uma parte dela se refletia no espelho — era totalmente dedicada a panaceias para controlar o corpo humano, e esse departamento, ao contrário dos outros, era pequeno e altivo e suas transações eram conduzidas em voz baixa. Tony e Natalie no espelho ficavam exatamente da mesma altura, seus ombros se tocando e atrás de suas cabeças o cintilar do cromo.

Por fim, Tony disse, em tom pacífico, "Vamos para a estação".

Natalie assentiu; como o dinheiro estava no bolso do casaco de chuva azul que Tony usava, foi Tony quem ofereceu o dinheiro ao homem atrás do balcão, e ele o aceitou sem nada falar.

Quando saíram da loja, a cidade começava a se encher de gente a caminho do trabalho e Tony disse, despreocupada, enquanto andavam pela calçada, "Vamos chegar atrasadas ao trabalho se não apressarmos o passo".

"Tenho que preparar cinco relatórios para o velho esta manhã", Natalie foi logo dizendo. "Têm que estar nos correios hoje à tarde. Relatórios para as autoridades, sobre pessoas que foram pegas fazendo as mesmas coisas dia após dia, recomendando a pena capital."

"A velha Langdon nos pegou fumando no banheiro ontem", Tony prosseguiu, "e disse que contaria ao velho."

"Ela não ousaria", Natalie retrucou. "De qualquer forma, vamos abandonar. Não vamos para o escritório hoje. Vamos para Siam."

"Tinham que aposentar a velha Langdon", Tony disse. "Vamos para o Peru."

Elas passaram pelo maior hotel da cidade; trabalhadores em andaimes o lavavam com mangueiras de alta pressão e Tony e Natalie pararam, sem vergonha nenhuma, para olhar. O jato suave das mangueiras caiu nelas por entre a garoa nevoenta e depositou gotículas em seus cabelos.

"Esta é a única cidade que eu conheço", Tony declarou, "onde, se já está chovendo, eles te jogam mais água."

Andaram por um tempo, indo por onde queriam, mas sempre em direção à estação de trem. Pararam e fitaram o taxista que tentava limpar cocô de pombo do para-brisa; eles chapinhavam na água da sarjeta.

Enfim chegaram na estação de trem de mãos dadas, pequenas no imenso portal, ofuscadas pela janela de vitral acima de suas cabeças. No alto da escada imponente, elas pararam e olharam para as pessoas lá embaixo, todas seguras de seus vários destinos; escutaram a mensagem do locutor, dignamente parado à sua mesa debaixo do relógio e obediente às vontades e vozes distantes dos trens, com licença para traduzir os grandes sons para qualquer um que quisesse ouvir.

Natalie e Tony desceram a escadaria, atravessaram o corredor largo e se sentaram em bancos de uma das filas, escutando e observando; perceberam uma linha estreita de táxis que era o que separava pessoas na estação da cidade ali fora, a barreira transparente e tênue das idas e vindas iminentes, a virtude consciente de criaturas escolhidas para viajar com os trens, a harmonia da disciplina que controlava aquela ordem gigantesca, operante, onde não deixavam de contar nenhuma cabeça e não deixavam de honrar nenhum bilhete; ouviram o ímpeto paternal longínquo dos trens.

Curiosamente, Elizabeth Langdon e os outros só iam ali por necessidade, com a intenção de sair daquele lugar assim que chegassem. E no entanto duas pessoas que queriam de fato ser estranhas podiam ficar sentadas ali por horas a fio e nunca perder a impressão vivaz de que estavam prestes a ir embora, e provavelmente não veriam ninguém que soubesse seus nomes, ou se desse ao trabalho de se lembrar deles. Passado um tempo, Tony e Natalie se levantaram em silêncio e atravessaram o corredor de novo, rumo ao restaurante da estação. Sentaram-se a uma mesa com vista para os movimentos nervosos dos táxis e as malas que inevitavelmente eram deixadas em cima de poças, e pediram presunto com ovos e suco de laranja e torrada e panquecas e rosquinhas e café e pão doce. Comeram desbragadamente, trocando nacos de comida, olhando com satisfação a tampa de vidro da cafeteira atrás do balcão, as cúpulas de vidro sobre os montes de bolinhos ingleses, os assentos vermelhos e redondos das banquetas. Quando Tony se serviu da terceira xícara de café, Natalie disse, "Não precisa se apressar, a gente tem até as dez".

"Espero mesmo que nosso trem não se atrase", Tony disse. "Já vamos nos atrasar bastante pegando esse."

"A gente pode telegrafar de Denver", Natalie sugeriu.

"Ou telefonar de Boston", disse Tony. "Eles vão estar esperando o nosso telefonema mesmo, provavelmente de New Orleans. Temos duas horas entre um trem e outro; pensei que poderíamos passar um tempo na livraria. Temos *muito* dinheiro, afinal."

"Daqui a uma semana estaremos no barco."

"E daqui a duas semanas", Tony complementou, "estaremos em Veneza."

"Em Londres", disse Natalie.

"Em Moscou", Tony disse. "Em Lisboa, em Roma."

"Em Estocolmo."

"Só espero que o trem não *se atrase*", disse Tony.

"Você acha que o Juan vai nos buscar?", Natalie perguntou. "E o Hans e a Flavia?"

"E a Gracia e a Stacia e a Marcia", Tony acrescentou. "E o Peter e o Christopher e o Michael."

"E Langdon", disse Natalie. "A nossa querida e patética Langdon, ela vai ficar tão *feliz* de nos ver, vai pular em todo mundo e latir sem parar."

"Espero que tenham se lembrado de tosá-la por conta do calor", Tony disse, aflita. "Ela sofre *mesmo*."

"Ela nunca se recuperou totalmente da castração", Natalie disse, e caíram na gargalhada, sem conseguir se conter, e a garçonete atrás do longo balcão olhou delas para o relógio, num ato mecânico.

Ao longe, escutavam a voz do locutor da estação. "Albany", ele anunciava, "Nova York."

"Nova York", Tony repetiu baixinho. Deram-se as mãos por cima da mesa e se calaram, escutando a voz do locutor ecoando, monocórdia, pela estação. "Nova York", ele gritou com urgência.

"A gente só precisaria de um quarto", Natalie disse. "Nunca nos achariam."

"Eu poderia arrumar um emprego." Tony se inclinou para a frente, ávida. "Afinal, sei falar francês."

"Quem sabe não trabalho como garçonete."

"A gente podia abrir uma livrariazinha. Só com os livros que a gente gosta."

"E a gente *tem* quinze dólares."

Ambas pegaram cigarros do maço em cima da mesa e Tony os acendeu; "Posso te servir mais café?", ela perguntou.

Natalie deu uma olhada no relógio. "Sim, obrigada. Ainda falta bastante."

"Nosso trem sai quase às onze", Tony disse.

Daria para viver muito bem em uma estação de trem; havia um enorme teto em arco que serviria de abrigo, e comida no restaurante; havia o banheiro feminino e um lugar encantador com livros e revistas e brinquedinhos coloridos para divertir as crianças de Paris, de Lisboa, de Roma. Era até melhor do que morar em uma loja de departamentos, não tão bom, talvez, quanto viver em uma água-furtada na Espanha medieval.

Era quase meio-dia quando deixaram a estação e saíram com relutância, se demorando na escada em virtude da garoa lá fora.

"Entendo que seja uma cidade charmosa", Tony disse quando saíram naquele clima úmido; sobre suas cabeças, a janela de vitral brilhou brevemente com o reflexo da luz do letreiro em neon do restaurante do outro lado da rua.

"*Muito* provinciana", Natalie replicou. "A ponto de ser risível."
"Mas tem umas belas casas antigas."
"E uma faculdade muito moderna."
"E os cinemas", disse Tony. "E as lojas."
"A gente tem que procurar a velha Langdon, aproveitando que estamos aqui", Natalie disse.

Perto da estação, por algum motivo, o mundo estava cheio de pássaros voando; todos os movimentos que faziam no mundo se concentraram, por um ou dois minutos, em um ponto, e Tony cercada de tantos pássaros era um prodígio de quietude; Natalie riu e correu, e os pássaros a seguiram um pouco e depois voltaram para Tony.

"Eles acham que você está com um peixe no bolso", Natalie berrou para Tony, e Tony berrou de volta, "Queria estar com meu querido falcão Langdon".

"*Senão que, espectral, ela segue a me obsedar, Alice a percorrer estranhas terras Nunca vistas por quem não sabe sonhar*", Natalie declamou quando Tony veio correndo.

"Vamos voar?", Tony sugeriu, acenando para os pássaros. "Ou você prefere andar?"

"Você entre os pássaros", Natalie disse. "Valete de espadas. Vigilância, sigilo."

"Olha", Tony exclamou, e segurou o braço de Natalie a fim de pará-la diante dos pôsteres de um cinema; o filme que estava sendo exibido era antigo, e parecia já não poder ser salvo por adjetivos, portanto a gerência havia simples e resignadamente deixado os retratos nas molduras da fachada, e agora parecia que estavam todos se escondendo lá dentro, fora do alcance dos clientes enraivecidos. Uma das imagens mostrava uma cena gloriosa entre um homem de chapéu de caubói e com pistolas desconfortáveis, que se encostava a uma porta para encarar um vilão mais soturno, igualmente armado; em segundo plano, uma donzela torcia as mãos, nervosa, e os três pareciam se voltar, aflitos, para a câmera, que por si só justificava as emoções violentas que se forçavam a sentir. O retrato deixava claro que o dia chegava ao fim; o sol se punha teatralmente na janela do segundo plano; o herói dava a impressão de que logo se desfaria das armas e esporas e iria para casa no carro que havia comprado mas que não tinha como bancar; a heroína parecia pensar, sob sua bela expressão de medo e preocupação, que talvez fosse melhor não deixar que os filhos fossem à escola até que o surto de catapora passasse. Também o vilão — que, agora cansado das piadas sobre sua vilania e de ser tratado pelos amigos, em tom de zombaria, como um possível homicida, tinha dito a si mesmo, "Só mais essa vez, depois eu volto a ser eu mesmo" — rosnava, e suspirava, e rosnava de novo; "Deve ser um filme adorável", disse Natalie. "Vamos entrar?"

"Prefiro *não* envergonhá-los assistindo", disse Tony. "Olha, esse aqui é vampiro."

Era mesmo, com chifres e sangue e uma capa preta e provavelmente uma máquina que criava vilanias cruéis enquanto poupava seu público paternalista de qualquer senso de proximidade ("É *só* um filme; não precisa ter medo de olhar.") e que talvez em certo sentido de justiça suprema fosse o tipo de máquina que a maioria dos espectadores imaginava vagamente que um dia dominaria o mundo, depois que seus filhos e os filhos dos filhos e qualquer posterioridade que pudessem conhecer já tivesse desaparecido; era exatamente o tipo de máquina que deveria dominar o mundo (postulando-se, claro, que fosse um mundo que valesse a pena dominar, e relevante o suficiente para que uma máquina justificasse sua conquista) — exatamente o tipo de máquina para dominar o mundo: impiedosa, vil, sem imaginação. "Vampiro?", retrucou Natalie. "Eu acho que é um lobisomem. Olha só o rabo."

"Acho mais provável que seja uma daquelas personalidades ocultas", replicou Tony.

"Olha aqui", disse Natalie. "Ele capturou uma menina. Meninas pegas por lobisomens sempre ficam com essa cara surpresa, você já reparou?"

"Ela teria bons motivos para ficar surpresa se soubesse alguma coisa sobre lobisomens", Tony afirmou com sensatez. "Perplexa, é essa a impressão que *eu* tenho."

"Lembro do dia que Langdon foi pega", Natalie disse.

"*Ela* não pareceu muito surpresa", Tony respondeu. "Não, também não parecia perplexa. Ela só parecia estar aliviada, depois de correr atrás *dele* por anos a fio."

"Se nós fôssemos vampiras", Natalie disse, se postando bem ao lado de Tony, "não atormentaríamos Langdon."

"Amo meu amor com um V", disse Tony, "porque ele é um vampiro. O nome dele é Vestis e ele mora em Verakovia. Ele…"

"Amo meu amor com um L", disse Natalie, "porque ele é um lobisomem. O nome dele é Louis e ele mora em Louisville."

"Ele também é lendedor de roupas masculinas", Tony complementou. "O *meu* é um vécnico em consertos."

"Não tem muito trabalho para ele em Verakovia", Natalie criticou. "Acho que não vi nenhum vécnico sem trabalhar na temporada que passei lá."

"Ah", disse Tony, "mas *você* esteve lá na época *das chuvas*."

"Mesmo assim", disse Natalie, "o que, afinal, é preciso para consertar um vécnico? Um fio ali, um parafuso ali — nada."

"É necessário um homem forte", disse Tony, "*Você* conseguiria?"

"Eu pensava", Natalie disse, "quando era criança, que tinha um estoque limitado de 'sins' e 'nãos', e que quando chegasse ao fim eu não teria como conseguir mais e não poderia mais responder a maioria das perguntas que as pessoas tolas me fazem."

"Como 'O que você aprendeu hoje na escola?' e 'Diga seu nome a essa senhora tão gentil'?", Tony quis saber.

"Eu me consolava lembrando que poderia fazer meu estoque durar mais com coisas como 'Sei lá' e 'Bom, quem sabe'."

"E 'Se você não se importar' e 'Muito obrigada, tenho certeza' e 'É melhor você pensar bem no que vai dizer porque posso chamar a polícia'."

"E é essa a razão", Natalie prosseguiu, "para eu não responder suas perguntas muito pertinentes a respeito do…"

"O enforcado", Tony disse de repente. "O enforcado."

"*Não* é isso", Natalie rebateu, indignada. "Não é justo usar um brinquedo."

"A gente nunca *disse* que não era justo."

Natalie parou e fitou o homem enforcado de Tony. Era um brinquedo da vitrine, um bonequinho em um trapézio que girava e balançava, rodopiando, sem parar, irritante. "O enforcado", Tony insistiu.

"A árvore do sacrifício não é de madeira viva", Natalie protestou.

"Não dá para ver direito", rebateu Tony, espiando. "Fazem coisas extraordinárias para as crianças hoje em dia. Bonecas que andam, pássaros que botam ovos, e imagino que animais com sangue de verdade para que sejam abatidos. Para não falar…"

"Está *bem*", Natalie interrompeu, de mau humor. "Vida na morte. A alegria da morte construtiva."

"Invertida?"

"Invertida, é provável que não seja conveniente para nenhuma criança inteligente", disse Natalie, e seguiu em frente.

Tony a alcançou aos risos. "Vamos comer alguma coisa."

"Não quero comer nada."

"Eu retiro meu enforcado", Tony argumentou, ainda aos risos. "Não devia mesmo ser de madeira viva."

Andaram em silêncio por um tempinho, e então Natalie disse, com a voz suave, "Eu pensava, quando era criança, que era um horror ter que continuar respirando sem parar, a minha vida inteira até eu morrer, tantos milhares de anos. E depois eu pensava que agora que eu tinha consciência da respiração, ela seria que nem todas as outras coisas, e eu faria isso sem pensar por um tempo, depois tomaria consciência, e seria esquisito e difícil respirar tão bem estando consciente, e quando já tinha pensado nisso eu me dava conta de que enquanto eu pensava eu também respirava."

O restaurante self-service estava repleto de gente usando galochas e roupas pretas, se movimentando numa triste indecisão diante de balcões coloridos de comida. Um homem de sobretudo de lã molhado segurava uma fatia de torta de cereja; uma mulher de casaco com gola de pele úmido hesitava, desejosa, diante de uma salada de tomate com pimentão, e abaixo do bolo de morango e do presunto fatiado e dos bolinhos de milho e do macarrão quente, o assoalho estava cheio de pegadas e enlameado, e o prateado das bandejas estava opaco e refletia turvamente os pratos de comida apoiados neles. Natalie escolheu rolinhos de canela e três tipos de torta; Tony pegou um tipo de torta e um tipo de bolo e um prato de sorvete e rolinhos de canela. Sentaram-se junto à parede, deixaram as bandejas na mesa de tampo de mármore, colocaram o sal e a pimenta e a mostarda e o açucareiro e a latinha contendo guardanapos de papel e o cinzeiro usado exatamente entre as duas, e a comida, sem cor e sem gosto depois de separada do balcão de origem, as esperava opaca nos pratos que seriam lavados e reutilizados depois que a torta e o bolo e até os rolinhos de canela fossem consumidos.

A mesa delas era tão comprida que acomodaria oito pessoas (espremidas, encaloradas e sedentas depois da caçada, erguendo os copos para saudar o dono da mansão, berrando para que os inferiores os escutassem), mas estavam sozinhas porque tinham escolhido uma mesa mais ao fundo, e aparentemente destinada a ficar vazia senão por elas. Tony comentou, a voz macia, "Ela *falou* que estaria aqui ao meio-dia em ponto, e já é quase meio-dia e vinte".

"Talvez ela tenha mandado algum recado", Natalie disse. "Você sabe que ela é de confiança. Talvez alguém esteja nos procurando com um recado para dar. Tenho certeza de que tem um recado chegando; não é do feitio da Langdon chegar atrasada."

"Mas ela não confiaria em *ninguém*", Tony argumentou. "Não um recado destinado a nós duas, não a Langdon. Temos que estar preparadas para aceitar o recado por mais estranho que ele soe. Não interessa como ele soe, será, sem dúvida, um recado para nós."

"Você acha que ela pegou as joias?", Natalie perguntou. "E os documentos e as armas?"

"Você acha que aquela mulher extraordinária do outro lado está nos procurando? Qual vai ser o recado? 'Já vivi o bastante para ver um fato...'"

"Creio que seja o garoto de boné preto; ele parece ter perdido alguma coisa. Ou aquele senhor ali com o sanduíche de queijo."

"Ela esmaga e fere homens em sua hora", Tony disse, feliz. "*Isso sim* é recado para mandar para alguém."

Uma bandeja foi posta na mesa, com força, ao lado de Natalie, e ela se calou, embora tivesse começado a dizer a Tony um verso que começava com "Assim falou Satã...". Ela olhou para Tony para ver nos olhos dela o reflexo do recém-chegado; Tony ergueu os olhos uma vez, rapidamente, e depois os abaixou, e Natalie teve que espiar de soslaio, com cuidado, e viu apenas uma jaqueta xadrez e, supunha-se, um homem sob ela. Ele tirava as coisas da bandeja aos poucos, as colocava em cima da mesa como se gostasse de comida e até mesmo daquela comida; estava comendo o bolo de carne, inacreditavelmente xadrez como sua jaqueta, vagem e purê de batata com molho (Ás de copas?, Natalie pensou; Não, este nós já usamos.) e sorvete de baunilha e café; seria impossível escolher um almoço mais desagradável do que aquele, Natalie ponderou, mesmo se dissesse a si mesmo, "Vejamos, o que me parece pior? Do que vou me lembrar com menos prazer? O que é mais provável que eu coma no jantar?". Quando ele se curvou para deixar a bandeja no chão, sua cabeça encostou no ombro de Natalie e ela recuou abruptamente.

"Perdão", disse o homem, e Natalie assentiu, supondo que ele tivesse percebido, e se afastou ainda mais.

"Cinco de ouros", Tony disse para Natalie, de súbito, e Natalie, em choque, a encarou. "O quê?", exclamou Natalie, pensando, Problemas materiais, falta de caridade; invertida, amor terreno. Olhou para Tony e depois abaixou os olhos, angustiada com a mão grossa e suja que manuseava a xícara de café logo atrás de seu próprio prato, onde o rolinho de canela de repente ficou rançoso e melado.

"Será que você poderia?", o homem perguntou. Natalie viu que ele segurava uma faca. "O quê?", ela repetiu.

"Eu faço isso", Tony se ofereceu abruptamente. Estendeu o braço e, num gesto espantoso, pegou a faca do homem e puxou o prato de pãezinhos do sujeito para perto. Quando Tony acabou de passar manteiga nos pãezinhos e empurrou o prato de volta, Natalie enfim se virou e encarou o homem; ele tinha apenas um braço.

É claro, Natalie ponderou, tentando não rir, que não poderia passar manteiga nos próprios pãezinhos, e é claro que era por isso que comia bolo de carne, mas seria de se imaginar que compraria uma jaqueta que não parecesse *tanto*...

"Tenho que pedir ajuda toda vez", o homem explicou em tom cordial. Sorriu para Natalie com a boca cheia de pão com manteiga. "É sempre melhor pedir a uma mocinha gentil."

"Cavaleiro de espadas invertido", Tony anunciou, olhando para o café.

Briga com uma tola, Natalie pensou. "Está ficando tarde", disse a Tony, sem querer dizer nada na verdade; parecia ser o tipo de coisa a dizer para indicar ao homem a seu lado que eram pessoas ocupadas, que tinham mais o que fazer do que passar manteiga nos pãezinhos dos outros.

"Sal, por favor", o homem pediu a Natalie.

Ela se perguntou, enlouquecida, se precisaria botar sal na carne para ele, mas, lhe passando o saleiro encardido, refletiu, Só precisa de uma mão se ele apoiar o garfo. "É surpreendente como as pessoas em geral são prestativas", comentou o homem.

"Você parece se sair muito bem", Natalie disse, observando Tony.

O homem se virou na cadeira e lhe deu um sorriso, como se a falta do braço automaticamente lhe conferisse o direito de pedir ajuda a quem quisesse, e assim começar relações informais com base em confidências e confissões, mas como se, também, não fosse sempre que recebesse os parabéns por esse seu raro talento.

"Já faz tempo", ele disse. "A gente se acostuma."

"Se já faz tempo", disse Tony, "como você ainda não aprendeu a passar manteiga no seu pão?"

O homem olhou para ela e depois para Natalie. "Você come sempre aqui?", ele perguntou. "Acho que nunca tinha te visto nesse lugar."

"Não é muito comum", Natalie disse, nervosa.

O homem empurrou o prato e pegou um maço de cigarros do bolso da jaqueta. Ele os ofereceu a Natalie e, sem saber o que fazer (era um maço novo e ela teve a ideia louca de que, se ninguém pegasse o primeiro cigarro, ele nunca conseguiria tirá-lo dali), ela aceitou um; quando ele enfiou a mão no bolso outra vez e pegou uma caixa de fósforos, Natalie aguardou com educação, mas ele lhe entregou os fósforos e disse, como antes, "Será que você poderia?".

"Aqui", Tony disse, enfática, do outro lado da mesa. Ofereceu o fósforo aceso, primeiro para Natalie e depois para ele.

"Qual é o problema da sua amiga?", o homem perguntou, se recostando para olhar para Tony, expirando fumaça ao falar. "Ela tem alguma deficiência?"

Natalie também olhou para Tony e foi fechando o casaco depressa. O homem a ajudou com seu único braço e, quando Natalie se

levantou, ele acenou para ela e disse, "Volta outra hora, quando você não estiver com a sua amiga".
"Tchau", Natalie disse em tom educado.
Ele riu e disse, "Até mais, menina".

Quando saíram do restaurante, estava uma escuridão anormal para o começo da tarde. Parecia que a luz tinha sido retirada do dia, como se temesse enfrentar uma tempestade, como se o sol e o ar fresco, prevendo há dias a chegada de inimigos, tivessem dado passos bem calculados para se consolidar em seus cargos em outros cantos para visitar, talvez, outros de seus reinos, abandonando aquele por um tempo às forças da chuva e agora, naquela tarde, à tempestade. Pessoas que geralmente andavam olhando para o chão, talvez na esperança de achar uma moeda, agora andavam olhando para o céu, aflitas, e a chuva que tinha enchido o ar de forma inconclusiva por quase uma semana agora adquiria certa firmeza por saber que havia reforços por perto.

Tony e Natalie ganharam a calçada usando seus casacos de chuva, mas pela primeira vez era como se estivessem indo a algum lugar, agora com um rumo, já que antes só perambulavam felizes. Embora caminhassem lado a lado pela larga rua principal da cidade, Natalie achava necessário passar a mão debaixo do braço de Tony para acompanhar seu ritmo, e nenhuma delas se pronunciava. Natalie não sabia o que Tony pensara sobre o homem de um braço, tampouco sabia por que Tony falara com ele daquele jeito; não sabia nem aonde Tony estava indo. Era, de qualquer forma, para longe do restaurante.

"Então?", disse Tony, quando chegaram à primeira esquina.

Natalie não conseguia decidir o que falar. Havia inúmeras declarações que talvez restabelecessem o antigo estado de paz, mas dizê-las conscientemente e com cautela não era a mesma coisa, e dizê-las conscientemente e com cautela também poderia não restabelecer o antigo estado de paz, mas iniciar um novo estado que começaria já sendo falso. Então algo novo? Nunca dito? Nunca pensado? Estou cansada, Natalie disse a si mesma, entristecida, e se calou.

"A pergunta é", Tony ponderou devagar, as duas paradas na esquina, "se a gente ainda consegue fugir ou se vamos nos entregar a eles, afinal."

"Eu acho", Natalie disse, hesitante, "que se a gente se apressasse..."

Tony riu. "Você não entende", ela disse, "que se *nós* corrermos e *eles* correrem, nós não estamos nos apressando?"

"Não, não entendo."

"Melhor ir devagar, de qualquer jeito", declarou Tony. "Não voltar para a faculdade."

"Não, voltar para faculdade não."

Tony estava indecisa. "Tem certeza de que não está cansada?"

"Não."

"Você vem a um lugar comigo? O caminho é longo."

"Vou", disse Natalie.

"Você nem sabe para onde."

"Tudo bem."

"Entenda", disse Tony, a voz ainda bem baixinha para que ninguém as escutasse, mas de certo modo feroz e zangada, "me *assusta* quando as pessoas tentam nos segurar daquele jeito. Não consigo ficar sentada, deixando que os outros me olhem e falem comigo e me façam perguntas. Entenda", ela repetiu, como se tentasse conter suas palavras e explicar, "eles querem nos empurrar para trás e nos fazer recomeçar que nem eles, fazendo as coisas que eles querem fazer e agindo como eles querem agir e dizendo e pensando e querendo todas as coisas com que eles vivem todos os dias. E", ela acrescentou, a voz ainda mais baixa, "sei de um lugar onde a gente pode ir e ninguém vai nos incomodar."

"Então eu quero ir."

"Você não vai ter medo?"

"Não."

Tony ficou parada na esquina e olhou ao redor, fitando Natalie com serenidade. Adiante, havia um cruzamento, com suas lojas e ruas e os habitantes correndo para resolver problemas, recolhendo suas coisas para acabar antes do pôr do sol, ou antes que a tempestade caísse sobre eles. Atrás de Natalie e Tony, a rua principal terminava de repente, a cerca de dois quarteirões dali, em uma súbita e insistente suspensão de lojas, e o começo das estradas de ferro e em seguida dos lotes de terra. À direita ficava o Hotel Washington, com murais no saguão que retratavam Washington escrevendo a Declaração de Independência, Washington fazendo as pazes com os indígenas, Washington — um deus local — fundando o primeiro banco da cidade. À esquerda delas ficava a torre distante da companhia de eletricidade, e o radiofarol da estação de rádio. Tony viu todas aquelas coisas, que já tinha visto antes, e tornou a olhar para Natalie.

"Você está pronta?"

"Estou."

"Então vem."

Atravessaram a rua principal rumo ao ponto onde os ônibus paravam e aguardavam, ofegantes, os passageiros. Elas não costumavam usar essas coisas, Tony e Natalie, e era estranho para ambas se acotovelarem no amontoado de pessoas à espera, para subir os degraus estreitos e darem empurrões e entrar no ônibus enquanto ele seguia depressa, deixando para trás figuras ainda apressadas na rua, que levantavam mãos enluvadas imperativas, brandiam moedas, ainda correndo.

Natalie, avançando com os outros pelo corredor do ônibus, mais caiu do que se sentou por vontade própria; havia um assento vago na fileira do corredor e, antes que pudesse segurar Tony, a multidão já a havia empurrado e Tony tinha sumido.

Por um tempo ela ficou sentada, tentando se encolher e evitar as pressões das pessoas que vinham de todos os lados. Teve a impressão de que não conseguia respirar, com alguém no assento ao lado dela, alguém no corredor ao lado dela, alguém na frente dela e alguém às suas costas e sem enxergar Tony. O homem no banco vizinho era grande e parecia transbordar sobre Natalie, e ela via que ele também estava espremido contra a janela. Ela pensou que talvez ficasse menos apertada quando o ônibus entrou sacolejando no meio da rua e as pessoas se acomodaram em seus lugares, mas na verdade elas balançavam contra ela de um lado e do outro. A ideia de fugir do ônibus lhe passou pela cabeça, e quis brigar e arranhar e berrar quando percebeu que não daria nem para se levantar, que dirá passar entre as pessoas para chegar a uma das portas. Eles a seguravam apenas com seu peso, todos se curvando na direção dela para que pudesse mexer as mãos, se quisesse, ou virar a cabeça, mas só podia se atormentar com isso porque, afora esses gestos, estava paralisada. Ela se viu quase incapaz de respirar e por um instante cogitou a ideia louca de empurrar o homem ao lado até que seu peso quebrasse a janela.

Então ficou inteiramente claro que aquilo era uma consequência lógica de toda a sua vida, do início até ali. Tinha feito tanto para se proteger desse tipo de cativeiro e era inevitável que tivesse tomado uma das várias estradas que a levariam ao mesmo tormento; ficava indefesa entre pessoas que a odiavam e demonstravam isso imobilizando-a até que decidissem libertá-la. Todos os seus esforços para se apartar, todos os esforços de Tony, tinham levado Natalie àquele ônibus.

Agora, ela ponderou, preciso achar a Tony e cair fora daqui. A ideia de fuga a levava a pensar em prisioneiros em fortalezas e nos longos anos de pequenos esforços necessários para se chegar à derradeira simplicidade da libertação; eu poderia escavar o chão do ônibus, pensou, e teria sorrido sozinha se não tivesse certeza de que o homem ao lado a observava. Ela não conseguia ver o motorista, tampouco o caminho que o ônibus tomava, mas embora o ônibus parasse de vez em quando, parecia que a pressão em torno dela não diminuía. Ouvia, quando o ônibus parava, mais pessoas se aglomerando e se acotovelando, irritadas e reclamando. Pobres coitadas, ela pensou — precisam gastar toda essa energia só para me cercar? Parecia uma pena que aqueles autômatos fossem criados e desperdiçados, sem jamais conhecer mais que um minúsculo fragmento da estrutura na qual estavam envolvidos, para aprender e seguir, insensivelmente, um minúsculo passo na dança grandiosa que de perto era a destruição de Natalie, e, de longe, o fim do mundo. Eles todos tinham conquistado suas mortes, Natalie ponderou, fazendo um serviço bem-feito — a mulher no assento da frente, que nunca precisaria de um rosto, talvez tivesse ganhado, para cumprir seu papel, apenas a nuca e uma gola preta de casaco, o homem sentado ao lado de Natalie, um papel com traje completo, ganhara inclusive um relógio de corrente e uma gola de camiseta encardida — não tinha sido esse mesmo homem, a bem da verdade, que estivera perto de Natalie na estação, memorizando o rosto dela para que, no encontro seguinte, embora ela não o reconhecesse, ele pudesse identificá-la, piscando e gesticulando com a cabeça para os outros, murmurando, talvez para o motorista do ônibus, "É *aquela ali*"? A mulher do corredor, cujo casaco roçava, irritante, no rosto de Natalie — não seria ela a mesma que pegara a salada de tomate no restaurante, observando sob a aba do chapéu quando Tony e Natalie entraram, ela não passara apressada pelas duas na rua, lançando um olhar ligeiro para verificar que eram elas mesmas, ela não ficara parada, bilhete na mão, diante do portão de embarque, parecendo olhar o relógio? Talvez também fosse a mulher que espiasse, atenta, através dos olhos da heroína no pôster do filme, cochichando, espalhando a notícia, "Lá vão elas, por *ali* — avise *para eles*, adiante". E o motorista devia ter trocado depressa do uniforme de maquinista de trem para o avental branco de cozinheiro do restaurante, depois para o uniforme que usava agora, cronometrando cada segundo de seu tempo para estacionar exatamente na hora em que Tony e Natalie se aproximavam do ponto de ônibus. Será que o garoto de boné preto estava no ônibus? Talvez estivesse sentado atrás de Natalie e fosse a respiração dele que ela ouvia, os joelhos espremidos contra as costas do assento. E o homem de um braço, então, tinha sido enviado para montar a armadilha à medida que o círculo se estreitava; o homem de um braço fora enviado com um recado; falar com elas as identificara e servira de sinal para que o círculo se fechasse.

    Como não podia virar a cabeça, não via Tony, que estava em algum lugar no fundo do ônibus. Imaginou sentir Tony a observando. "Este é o ponto de Cornford?", a mulher de pé a seu lado se inclinou e perguntou. "Não sei, desculpe", Natalie respondeu, mas o homem sentado a seu lado disse (com um olhar de advertência?), "Não, é o próximo". "Obrigada", agradeceu a mulher, e se movimentou de um jeito que fazia seus pacotes roçarem na cabeça de Natalie. "Perdão", Natalie disse ao homem, "mas qual é o último ponto?" "No fim da linha", ele respondeu, e lhe deu um sorriso astuto.

    De repente, uma mudança ocorreu. O ônibus, dobrando a curva brusca de uma esquina, parou por mais tempo, e muitos dos passageiros desceram. "Baldeação para Linden", o motorista do ônibus bradou, meio que se virando no banco, e o homem ao lado de Natalie disse, "Perdão", passou por ela e seguiu a mulher de casaco preto corredor abaixo. Inesperadamente, Tony se sentou ao lado de Natalie.

"Achei que eles não iriam embora *nunca*", disse Tony.

"Eles estavam me observando", Natalie explicou. Ela se virou e tentou olhar para trás pela janela enquanto o ônibus partia, mas não enxergava nada na chuva, que só aumentava e escurecia o dia, dando a sensação de que agora era quase noite, embora não pudesse ser mais que meio-dia.

"Você acha", Natalie perguntou, "que cada um deles é responsável por tomar conta de uma certa área, e que eles têm que voltar para ficar de olho nos próximos?"

"Que trabalho ruim, esse", disse Tony. "Imagine, sempre fingindo conduzir o mundo. Sempre imitando o tipo de pessoa que eles acham que poderiam ser se o mundo fosse o tipo de mundo que não é. Fingindo ser palavras como 'normal' e 'íntegro' e 'honesto' e 'decente' e 'com amor-próprio' e todo o resto, quando nem as palavras são de verdade. Imagine, ser gente."

"O homem do meu lado", Natalie disse. "Era um homem honesto com amor-próprio. Devia ser o tipo de pequeno comerciante que não foi longe na vida, e que teve que se contentar com menos do que gostaria por não ser muito capaz e ter consciência disso. Ele atuou muito bem, na verdade. Eu estava quase convencida, mas então ele fez uma piada a meu respeito."

"Todos eles se entregam", disse Tony. "Eles têm que ter a certeza de que você os notou, senão qual é a graça para eles?"

"Não acho que eles nos avaliaram direito", disse Natalie. "Parecem pensar que somos mais fracas do que somos. Pessoalmente, acho que tenho talentos para resistir de que eles nem sequer desconfiam."

"Vai ver", Tony avaliou, em tom seco, "que eles têm antagonistas que você ainda não encontrou."

Natalie riu. "Se *eu* estivesse inventando este mundo", ela declarou, "e pode ser que eu esteja, aliás, eu mediria meus adversários com mais precisão. Assim, vamos supor que eu quisesse destruir as pessoas que vissem claramente e se recusassem a se misturar às minhas pessoas comuns e desinteressantes, àquelas pessoas que se arrastam às cegas. O que eu faria não seria colocá-las contra inúmeras pessoas desinteressantes, mas inventar para cada uma delas um antagonista elaborado para ser forte exatamente nos pontos certos. Entende o que eu estou dizendo?"

"O problema é", disse Tony, sorrindo, "que você tem este mundo, entende? E você tem seus inimigos nele, e são inimigos porque são mais inteligentes. Então você inventa alguém inteligente o bastante para destruir seus inimigos, você os inventa com tanta inteligência que você mesma arruma um novo inimigo."

"Que inferno", exclamou Natalie. "Talvez seja melhor desistir de inventar mundos e viver sem nenhum por um tempo."

"Pelo menos até você entender melhor a situação", disse Tony.

O ônibus seguia em frente, parando sem propósito de vez em quando para que as pessoas subissem e descessem; não havia objetivo em andarem de ônibus agora, aquelas pessoas, além da pura formalidade da espionagem. A rota do ônibus talvez fosse desesperadora de tão familiar para o motorista, que devia tê-la percorrido inúmeras vezes para conseguir segui-la da forma certa quando interessasse, e a rota também era familiar para as pessoas que subiam e desciam, familiar em maior ou menor grau para todos eles.

"Imagine", Tony disse baixinho, "imagine que a gente viva aqui, no meio deste quarteirão. Naquela casa com alpendre grande que conhecemos tão bem; a gente vive lá. Você varre o alpendre e eu espano a sala de estar, logo ali na entrada. Sabemos tão bem como a casa é que entramos nela por instinto, sem nem olhar para ela, e ficamos estranhamente à vontade em qualquer outra casa parecida. E agora estamos passando do nosso ponto. Até aqui, a rota do ônibus nos é familiar, e conhecemos sem olhar todas as esquinas e quase todo mundo que entra e sai todo dia, e todas as placas de trânsito e todas as lojas — ali atrás, aliás, está o nosso mercado, onde uma ou outra faz compras todo dia. Depois desta esquina, é tudo mato."

"É por isso que é tão ruim sermos levadas além do nosso ponto", Natalie disse. "Pode ser que você nunca mais ache o caminho de volta — está no território alheio, em lugares familiares para quem desce no *próximo* ponto. Os mercados *dos outros*."

"Mas hoje estamos indo bem mais longe", Tony disse.

Mais e mais pessoas desciam do ônibus, vez por outra lançando olhares para Tony e Natalie, com curiosidade e certo espanto. O ônibus tinha percorrido a área comercial da cidade, a melhor área residencial, a pior área residencial, e agora estava em um bairro de lojinhas imundas e prédios baixos com janelas escuras, sombrias e hostis naquela tarde escura.

"Este deve ser o finzinho da cidade", Natalie supôs. "Eu nunca tinha vindo aqui."

"Eu já tinha vindo aqui", disse Tony. "Foi há muito tempo, antes de saber quem você era."

"A gente vai descer logo?"

"Logo", respondeu Tony.

A vizinhança ruim abriu caminho para trilhos de trem e, mais à frente, a campos abertos. Terrenos baldios de ambos os lados da estrada separavam casebres e havia uma rara placa de trânsito junto a um meio-fio retangular, como se em algum momento pessoas otimistas tivessem planejado casas ali, e ruas, e jardins grandes e ensolarados, e tivessem se postado sobre dois metros e meio de meio-fio cimentado já finalizados, olhado ao redor e pensado, Podemos pegar o ônibus nesta esquina e estar na cidade uma hora depois; as crianças vão ter muito espaço para brincar. Uma ou duas das poucas casas tinham cercas, e numa delas as roupas penduradas para secar estavam debaixo da chuva torrencial.

"Vamos ser as últimas pessoas no ônibus", Natalie comentou. "Se a gente descesse, o motorista poderia dar meia-volta e voltar para casa."

"Quem mais iria tão longe?", Tony disse. "Logo."

"Acho que tem um lago mais adiante", Natalie disse, espiando pela janela molhada. "Claro que *pode* ser só a chuva descomunal, mas *parece sim* um lago."

"É um lago", Tony confirmou. "Muito popular no verão, quando o tempo está mais ameno do que hoje."

"Estou vendo casas", Natalie disse. "Do que as pessoas vivem depois que acaba o cachorro-quente?"

"De peixe, imagino eu", Tony respondeu, distraída.

"Estamos bem fora da temporada", Natalie comentou. Estar tão perto do lago a incomodava; era um lugar onde, podia perceber, existira calor humano e movimentação, onde um esqueleto de montanha-russa presidia com morbidez os resquícios de um carrossel, um rinque de patinação, uma sauna pública. Sentiu arrepios.

"É *para lá* que a gente vai?"

"Você quer voltar?"

Ao lado da janela do ônibus, tão perto que assustou Natalie, uma placa surgiu, apontando para o lago com um braço imperativo; "Parque do Paraíso", ela anunciava.

"Você quer voltar?", Tony repetiu.

Natalie pensou na mulher de casaco preto subindo de volta no ônibus, cansada, em seu ponto de destino, e riu. "Imagine...", ela começou.

"Você quer voltar?", Tony repetiu.

"Não", Natalie respondeu.

Adiante, os vestígios dos prazeres do último verão se esparramavam misteriosamente, o ar úmido do lago trazendo consigo os odores fracos, quase indetectáveis dos maiôs molhados, da mostarda rançosa e da pipoca velha; era impossível se lembrar com nitidez do calor do verão ou do gosto de suor ou da sensação das roupas a aprisionando no calor, embora a visão do carrossel evocasse à distância a doce dissonância de sua música. Natalie se espremeu mais contra a janela, com uma consciência desconfortável do calor duvidoso do ônibus e da umidade pegajosa do casaco de chuva em suas pernas; até mesmo Tony, a seu lado, a desagradava com sua proximidade e insistência, e a súbita visão das linhas finas do rosto de Tony contra, pela outra janela, os contornos inclinados da montanha-russa na escuridão que se acumulava fez Natalie sentir calafrios e dizer, bem alto, "A gente nunca vai *descer?*".

Como se fosse um sinal, o motorista traçou um círculo com o ônibus, pisou no freio e se virou para olhar para elas. "Vão voltar?", ele perguntou, numa atitude estapafúrdia, ao ônibus inteiro, "Ou vão descer aqui?".

Tony se levantou e andou pelo corredor, Natalie seguindo atrás, o corpo enrijecido. "Vamos descer aqui", declarou Tony.

"A fim de um parque de diversões?", perguntou o motorista, e encolheu os ombros e riu delas. "Grande noite na praia? Ver as paisagens, nadar um pouco, olhar as meninas, ganhar uma boneca, tentar a sorte?" Ele riu outra vez, sarcástico, quando elas pisaram com cuidado nos degraus escorregadios do ônibus. "Deem uma volta no carrossel por mim", ele gritou para elas, e a porta do ônibus se fechou.

Natalie correu depressa até a margem da pista enquanto o ônibus dava a volta, desajeitado, porque lhe passou pela cabeça a ideia vívida de que ele poderia muito bem tentar atropelá-las — quem jamais saberia, numa noite como aquela? Poderiam dizer que fora um acidente — e por um instante, na escuridão atordoante que se seguiu às luzes do ônibus, ela perdeu Tony de vista. "Mudou de ideia?", o motorista gritou, se inclinando em sua direção pela janela do ônibus. "Última chance!" Como Natalie não respondeu, o ônibus seguiu em frente, acelerando ao continuar pela estrada, e Natalie ficou observando as luzes, pensando, Ele agora vai voltar às luzes da cidade, aos sons e às luzes e às pessoas.

Havia escuridão à sua frente, com uma estranha claridade majestosa vinda da água logo além, mas não havia nenhuma luz humana perto do lago. "Você vem?", perguntou Tony, parecendo achar graça. "Ele tinha razão, sabe?", ela acrescentou. "Devia ser o último ônibus."

No caminho de volta para a cidade, a placa apontava maldosamente para elas com seu único braço, provavelmente ainda dizendo "Parque do Paraíso", e mais adiante a montanha-russa se inclinava para a frente para escutar o que elas diziam. A única luz, além do céu pouco luminoso, era seu reflexo na água; o único som (afora, talvez, a respiração ansiosa do carrossel?) era o murmúrio das ondas na praia. Irresistivelmente Natalie seguiu em direção ao lago, com um impulso humano de chegar ao fim do mundo e parar, mas Tony a pegou pelo braço e disse, "Por aqui".

"Que porcaria de lugar é esse?", questionou Natalie; estava brava, e fazia mais frio do que gostaria, e tinha a desagradável consciência de que aquele era mesmo o último ônibus para voltar à cidade.

"Olha", disse Tony, e ela estacou mas não se virou, "se você não quiser ir, não precisa. *Eu* vou de qualquer jeito."

"Aonde mais eu iria?", Natalie retrucou. "É longe?"

"Não, não muito longe."

"Não vou ficar muito tempo", Natalie disse, sem jeito. "A não ser que esteja quente."

Tony riu. "Como você faria com o céu?", perguntou. "Você só ficaria se fosse quentinho?"

"Escuta", Natalie disse, sensata, "eu estou com frio. Está molhado. Não sei onde estou nem aonde estou indo. Se eu disser..."

"Você quer ir para casa?"

"*Dá* pra você parar com isso?"

"A gente *poderia* estar a caminho de Paris", disse Tony. "Ou de Siam." Ela riu de novo. "E ninguém vai encontrar a gente", ela declarou. "Um dia, imagine que fôssemos estranhas e nos conhecêssemos em Londres. Você me faria uma mesura na rua, pensando, já conheci uma pessoa igualzinha a ela, e então quem sabe eu não acenasse para você, pensando, Ela não parece aquela menina chamada Natalie que uma vez eu levei por uma estrada solitária? Imagine que fôssemos desconhecidas depois disso tudo e nos conhecêssemos em Londres?"

"Eu pensaria, 'Tony, Tony'", disse Natalie.

"Eu sei", disse Tony.

Tinham se distanciado do parque deserto, e a estrada que seguiam parecia ter sido feita para namorados que não achavam o rinque de patinação um lugar reservado o bastante. Acima de suas cabeças, árvores se curvavam umas às outras, assentindo e talvez cochichando que elas tinham enfim chegado, depois de tanta demora; sob seus pés, o chão estava molhado e de certo modo era encorajador — cada passo parecia instá-las a seguir em frente; poderiam andar para sempre naquele vazio.

Tony parou de repente, os pés na lama, e olhou para a chuva que ainda as encontrava no meio das árvores. "E se eu batesse o pé no chão e gritasse", ela disse baixinho, "será que alguma coisa desceria correndo do céu, fazendo tremer o mundo e falando numa voz..."

"Não *nessa* lama", Natalie replicou. "Nessa lama não daria para você bater o pé."

"Eu só preciso", disse Tony, "de um desejo tão forte que o mundo, o mundo inteiro, tenha que se dobrar e esquecer de si mesmo e romper seus círculos e se agitar feito louco, só para fazer o que eu quero, e tenha que haver um enorme barulho quando o chão debaixo dos meus pés se abrir e o fogo de dentro for forçado a se arrastar para longe dos meus pés, e o céu também tenha que dar meia-volta para que não haja nada acima de mim e nada abaixo de mim e nada nunca a não ser eu e o que eu quero."

"Tony, *para* com isso."

"Ele nos levaria aonde quiséssemos ir", Tony disse bem baixinho. "A gente só precisaria sussurrar, 'Longe daqui', e ele nos levaria, na cabeça dele, para algum lugar onde fizesse calor e o sol descesse sobre nós e houvesse água azul se mexendo e uma areia bem quente debaixo dos nossos pés. Ou podíamos estar deitadas em um morro verde com a cabeça na grama e nada lá em cima além de nuvens ou andando de elefante com sinos esquisitos tilintantes nos chamando ou dançando pelas ruas de uma cidade onde ninguém além de nós esteja vivo e as casas sejam redondas e vermelhas e azuis e amarelas ao luar e as ruas sejam tortas e tenham luminárias suspensas e sejam estranhas ou podíamos ter um mundo que fosse plano em todas as direções e nós apoiássemos o queixo na beirada e não tivéssemos corpo e com os olhos meio fechados poderíamos olhar em paz para o mundo plano em todas as direções ou poderíamos…"

"Então, por que estamos *justamente* aqui?"

"É onde deveríamos estar", disse Tony. "É onde temos que estar primeiro."

"Você já esteve aqui?"

"Algumas vezes."

"Então por que estamos aqui de novo?"

"Ou, se você preferir, podemos estar em uma nuvem, dormindo naquela maciez perto do sol, ou podemos estar no topo de uma montanha onde o céu esteja azul e as árvores sejam muito verdes e tudo tenha cheiro de pinho fresco e a terra seja de um marrom reluzente e você enxergue duzentos quilômetros adiante porque até o ar é resplandecente. Ou podemos dizer que queremos viver para sempre em um palácio de mármore azul com fontes que jorrem vinho roxo, flores que cresçam pelas janelas abertas, cetim verde-claro pendurado nas paredes e tetos de ouro, um repasto de frutas e vinho servido em todos os cômodos e música feita de pratos e liras, e criadas…"

"Você vai entrar *aí*? No meio das árvores?"

"Ou escolher, quem sabe, um trono mais alto que a lua, em uma rocha negra, de onde você pode governar o mundo, onde as estrelas fiquem em volta dos nossos pés e o sol se levante quando olhamos para baixo e acenamos, onde lá embaixo haja concursos para nos fazer rir e lá em cima não exista nada além das nossas coroas, e ficando sentadas ali, para sempre, a gente possa assistir e dar fim à eternidade com um gesto do dedo..."

As árvores aguardavam no breu adiante, esperando em silêncio. Árvores não são artigos humanos, com seus pés no chão e suas costas firmes contra o céu; elas toleram as pequenas ternuras humanas se mexendo lá embaixo, e, sem obedecer aos caprichos das criaturas que se mexem, é difícil que tenham mais pena de uma Natalie do que de um arganaz ou um faisão, se mexendo com um orgulho particular mas caindo fácil. Sob as árvores a escuridão não era a escuridão de um quarto quando as luzes artificiais são apagadas; era a escuridão profunda e natural que vinha com o abandono da luz natural; os pés de Natalie não faziam barulho ao seguir pela trilha — feita por quem? com que objetivo? para os pés de quem? — e ela não conseguia desviar a cabeça da contemplação dos próprios pés na trilha, embora tivesse a certeza de que as árvores se curvavam em sua direção, tentando, talvez, encostar em seu cabelo. Seus pés sentiam a trilha e ela sabia que havia musgo, ou algo tão temerosamente macio que não fazia barulho.

"É tudo tão *fácil*", a voz de Tony disse mais à frente. "Dá para se lembrar de tudo se você tentar, você só precisa se deitar sobre uma mão consoladora, fechar seus olhos pesados e dizer, 'Estou aqui, estou no meu lugar, cheguei em casa'. Assim como temos feito sempre, da forma natural e sossegada e empolgante de fazer as coisas... enquanto nos lembramos, enquanto durante todas as nossas andanças nos lembramos, enquanto nos lembramos..."

Um pé à frente do outro, parecia ser o único jeito de andar por entre aquelas árvores, e que ninguém nunca tinha trilhado aquele caminho e virado as costas para voltar atrás, nem nunca tinha sequer entrado e saído de livre vontade. "Tony?", Natalie chamou. "Tony?"

A voz de Tony chegava mais fraca, à frente dela. "E você se lembra da glória? Da maravilha de dançar e ver à luz da fogueira os outros dançando?" Era como se Tony tivesse se afastado um pouco, dado a volta numa árvore que não estava ali, como se Tony tivesse entrado mais e mais na escuridão a cada passo, ainda falando em tom sedutor, e agora estivesse tão longe que até sua voz vinha apenas com a licença das árvores, retransmitida numa zombaria.

"Tony?", Natalie repetiu, com mais ansiedade, de repente se dando conta, concreta e precisamente, de que estava de fato muito escuro e de que à sua frente a figura que imaginara ser Tony era apenas mais uma árvore.

"Não tenha medo", disse Tony, sua voz desaparecendo, agora inaudível; seria *esse* o caminho? Galhos cobrindo sua boca?

"Tony", chamou Natalie, de repente com muito medo.

Não teve resposta, e Natalie estacou e ficou totalmente imóvel entre as árvores, sentindo com pavor que elas se abaixavam para observá-la. Pôs a mão no rosto e ele continuava lá, tateou o casaco de chuva com cuidado e ele continuava escorregadio e firme sob sua mão. O *olhar*, ela disse a si mesma, fechando os olhos. Saímos para caminhar e entramos no ônibus e chegamos ao lago e passamos pelo parque de diversões e percorremos uma estrada escura debaixo de chuva, e Tony disse — o que foi que Tony disse? — e começamos com uma brincadeira, uma brincadeira de *colegial*, de seguir uma trilha esquisita em meio às árvores, e quem já ouviu falar de alguém que se perdeu em um bosque como este com uma dezena de árvores, próximo de um lago e um parque de diversões e ainda mais debaixo de chuva? Ora, as pessoas devem ter passado por aqui milhões de vezes, e achado graça. Ora, é provável que ninguém tenha sentido medo nesse bosque de quatro árvores e sem dúvida ninguém se afastou mais de quinze metros da estrada e se estivesse dia seria engraçadíssimo, e até meio idiota, feito crianças brincando de fantasma. Então agora dê meia-volta, Natalie disse a si mesma, e você verá que não tem nada a temer.

Ela se virou, corajosa, antes que pudesse mudar de ideia, e olhou para trás; a trilha fazia uma curva e saía de seu campo de visão quase de imediato, mas é claro que *era* uma trilha e levava de volta à estrada, e sem dúvida a estrada — se *houvesse* uma estrada? se tivesse um dia *existido* uma estrada? — levava de volta à cidade. As árvores tão próximas à trilha que era quase impossível passar entre elas sem encostar em troncos obviamente eram apenas árvores, e só o fato de ser difícil enxergá-las nitidamente no breu e na chuva é que as tornava terríveis. E já que era apenas um aglomerado de árvores, afinal, a trilha tinha que seguir em frente e deixá-las para trás, e era bem provável que Tony estivesse naquele instante um pouco adiante, depois da curva da trilha, entre as árvores, e esperando e rindo.

E esperando e rindo, Natalie disse a si mesma outra vez, e sentiu um arrepio. E esperando e rindo, e rindo e esperando, e, Natalie falou para si em tom sério, isso tem que parar, e pensou, As pessoas só têm medo de outras pessoas. Esperando e rindo, ela pensou, e disse, acanhada, "Tony?".

Como mais uma vez não obteve resposta, ela de repente sentiu o medo elementar de outra pessoa que não fala quando falam com ela, e que assim nega a similaridade de sanidade entre uma pessoa e outra, uma outra pessoa que, esperando e rindo, decide em segredo e aos risos se regalar de sua própria espécie. "Tony?", ela chamou, e, percebendo depois de se mexer que estava andando, começou a acelerar o passo pela trilha. Tropeçando sozinha, ela por fim conseguiu chegar, quase chorando (pensando, O que eu conheço que significa estabilidade e afeto e lar? Arthur Langdon? Elizabeth?, e seus nomes não significavam nada), a um lugar estéril onde o lusco-fusco, ou a luz do lago bem atrás refletida das nuvens lá em cima, caía com uma claridade insolente e lúgubre.

Então lhe ocorreu que era aguardada ali. Aquela pequena clareira entre as árvores tinha sido arrumada porque não poderia mais ficar debaixo das árvores, e era necessário que achasse um lugar para descansar. Nada acontece sem que haja necessidade, disse a si mesma, e viu com um prazer complacente uma árvore caída na pequena clareira e, como sabia que era o esperado, sentou-se nela. Se eu ficar aqui um minutinho para me acalmar, falou para si mesma, se eu tentar relaxar e não ficar tão nervosa com nada, se eu conseguir botar as coisas em perspectiva em vez de...

Sem tropeçar, como se tivesse sido autorizada, Tony veio andando, tranquila, por entre as árvores e não pela trilha, parecendo não pisar no musgo silencioso. Era uma figura escura e desconhecida se aproximando, por um instante, então Natalie se virou de repente, sentada no tronco, e não conseguiu falar, e teria corrido de volta entre as árvores, mas percebeu a tempo que era Tony. Tony chegou mais perto, com o casaco de chuva azul, as mãos no bolso, sorridente. "Te perdi", Natalie disse, impotente.

Tony olhou com serenidade para as árvores que as rodeavam, fitando-as com audácia e deleite. "Eu estava ali."

"Só um antagonista... só um inimigo", disse Natalie.

"É a pura verdade", declarou Tony.

Ela fez o que mandaram que fizesse, então, Natalie ponderou; ela me trouxe aqui pela amizade e sem usar a força, ela seguiu as instruções ao pé da letra e provavelmente será elogiada. Será que está com remorso? Ela se arrepende nem que seja por um minuto, será que uma imagem fugaz lhe passa pela cabeça, de nós duas juntas quando isso estava apenas começando? Será que consegue se esquecer dos métodos que precisou empregar, das piadinhas e das pequenas intimidades — ou é na íntegra uma traidora, que se vale de quaisquer meios necessários para alcançar o fim traiçoeiro, sem dispensar nem sequer um pensamento às emoções tremendamente pessoais, genuínas, que ficaram indefinidas nas ordens recebidas ("Leve-a para lá") e no entanto eram tão inclusivas, tão desejáveis e tão sigilosas; será que precisará declarar no relatório os meios que usou?

Uma vez, tente uma vez, Natalie pensou, e disse, "Tony, estou com medo deste lugar. Vamos voltar, por favor". Talvez houvesse, de algum modo, uma fraqueza na traidora que tornasse a batalha equilibrada, talvez houvesse alguma piadinha relembrada capaz de soltar as correntes, subornar os guardas, empurrar uma parede secreta, talvez — e só para tornar a batalha equilibrada, Natalie prometeu —, talvez houvesse...

"Mais tarde", Tony disse, pacata, a traidora impenitente, a maior traidora entre os traidores. "Talvez mais tarde eu deixe você voltar."

Natalie apoiou a cabeça nos joelhos e pensou, Eu queria ir para casa, e talvez tivesse falado em voz alta, e Tony, a cabeça encostada em um tronco, sem cerimônia, disse, "Que bom enfim estar aqui; este é o único lugar possível".

"Você já esteve aqui?", Natalie perguntou um minuto depois, querendo dizer, Houve outras pessoas? Você é experiente? Sou a primeira? O que elas disseram? Fizeram? Elas tiveram medo? Aconteceu aqui? Por que acontece, afinal? Quem foi que mandou você fazer isso? Posso, por favor, ir para casa? Posso, por favor, ir para a minha própria casa? Por favor? — porque não conhecia nenhuma outra expressão que poderia pedir por favor, nenhuma outra expressão além de por favor. "Claro que eu já estive aqui", Tony exclamou, surpresa. "Como é que você acha que eu sabia o caminho?"

E todas elas tiveram medo?, Natalie quis perguntar, mas disse, "Sempre fez esse frio?".

"Frio? Você está com frio?", Tony perguntou, e houve um quê de sarcasmo, como se dissesse, E ela sentiu frio, pobrezinha, ela sentiu frio? E quis a mamãe, pobrezinha, pobrezinha?

"Tony", Natalie disse, meio que se levantando, mas Tony pôs a mão no braço de Natalie, num gesto quase casual, e a segurou.

"Espera um pouco", Tony pediu. "Estou quase pronta." Ela ergueu os olhos para Natalie e sorriu, e parecia medir Natalie, pois olhou até os pés de Natalie, e tornou a sorrir. "Estou quase pronta", ela repetiu, em tom apaziguador. "Não vai demorar muito. Do que você tem medo?" Como Natalie, de repente impotente, não respondeu, ela deu batidinhas leves no braço de Natalie e disse, "Não tenha medo", e acrescentou, como quem tranquilizasse uma criança chorona com uma rima conhecida, "Valete de ouros". Já que Natalie de novo não se mexeu nem respondeu, ela disse, "Então está bem. Soldado, criança. Invertida, degradação ou pilhagem".

"Eu achava que era um jogo", Natalie reagiu.

"Continue achando que é um jogo", Tony disse, e apagou o cigarro com cuidado. Com as mãos de Tony em seu rosto, em suas costas, segurando-a, Natalie estremeceu. *Um é um e está sozinho e para sempre estará*; "*Não* vou achar", retrucou Natalie, e se desvencilhou. Ela me *quer*, Natalie pensou, incrédula, e repetiu, em voz alta, "*Não* vou".

"É claro que não", disse Tony, se mexendo em silêncio, e Natalie percebeu no último instante e recuou de novo e disse, "Não tenho medo de você".

Houve um breve, um absoluto silêncio, as árvores de repente alertas, prestando atenção. Então, "Tenho certeza disso", falou Tony. "Se você quiser ir correndo pra casa, ninguém vai te forçar a ficar *aqui*." E ela riu.

Eu deixo a desejar, Natalie refletiu; me tornei inaceitável e não valho nada. Ela hesitou, meio que indo, esperando que a mão ou um galho a derrubasse, com rispidez novamente e ao mesmo tempo sabendo que ela não valia nada, e então perguntou, "Vem?", como se não fosse nada de mais. Tony a olhou uma vez, e depois desviou o olhar para as árvores e não respondeu. Está tudo à minha espera, Natalie pensou; ela meio que se mexeu outra vez e estacou. Talvez agora?, pensou com esperança, mas Tony não se moveu, e Natalie deu um passo em direção à trilha. "Tony?", Natalie chamou. "Vem?"

"Não."

Está tudo à espera de que eu vá embora, Natalie pensou. É hora de eu ir embora, sou inocente, meu pai tem trabalho para fazer, Elizabeth vai se deitar, Tony me quer longe. Está tudo à espera de que eu saia e faça alguma coisa sozinha, está tudo à espera de que eu aja sem mais ninguém; estão todos ocupados demais para mim agora, até mesmo Tony, sombria sob as árvores sombrias. "Tony?", ela repetiu, insistente. "*Por favor*, Tony."

De novo não obteve resposta, e Natalie já estava no ponto onde a trilha passava entre as árvores. Sabia que Tony não responderia; sabia que encontraria o caminho de volta pela trilha sem dificuldade, as árvores se afastando dela à medida que seguisse, os pés fazendo farfalhar as folhas mortas e a terra, e, agora chorando, ela saiu da luz para o bosque escuro, pelo qual via as luzes, agora, da estrada que levava de volta à cidade.

"Tony?", ela chamou mais uma vez, parando com a mão em uma árvore, suas costas ásperas inertes sob os dedos, "Tony, volta comigo", mas não houve resposta.

Os pés de novo na estrada, com a montanha-russa — que em breve seria reativada para o movimento do verão — à sua frente, ela pensou em tom teatral, Nunca mais vou ver a Tony; ela se foi, e soube que, teatral ou não, era a verdade. Tinha derrotado a própria inimiga, ponderou, e nunca mais teria que lutar outra vez, e pisou na lama, cansada, e pensou, O que foi que eu fiz de errado?

A incrível visão dos faróis de um carro a pararam na estrada, de surpresa, e quando o carro se aproximou ela teve a impressão assustadora de que eram sua mãe e seu pai, procurando por ela. Então o carro parou a seu lado e uma voz disse, aumentando à medida que a janela era abaixada, "O que é que você está fazendo aqui sozinha?".

É a minha mãe, Natalie pensou, que veio me buscar. "Acho que estou perdida", ela explicou.

"Bom, entra aí", disse a mulher. Ela se debruçou no banco para abrir a porta de trás e Natalie entrou, obediente; era um carro velho e o banco de trás estava apertado e abarrotado de lixo acumulado; havia garrafas, ela as ouvia tilintarem, e papéis velhos, e uma espécie de coberta que parecia o pelo horrível de algum animal. O carro se movimentou enquanto Natalie se recostava e a mulher virou de lado para olhar para Natalie. O motorista do carro, de quem Natalie só via a nuca e a parte de trás de um chapéu, se inclinou para a frente para olhar a pista, como se pudesse enxergar mais longe com os próprios olhos do que com a ajuda dos faróis. "Bom", disse a mulher, olhando Natalie no escuro, "*você* estava mesmo longe de qualquer lugar."

"Estava perdida", justificou Natalie.

"Seria uma longa caminhada até a cidade", disse o motorista.

"Vocês foram muito gentis em me pegar", Natalie disse.

"A gente *sempre* pega as pessoas", a mulher declarou, querendo reconfortá-la. "Não aguento ver alguém andando enquanto nós temos carro. E foi sorte *sua*."

"Foi mesmo", concordou Natalie.

"De onde você é?"

"Da faculdade."

A mulher assentiu contra a luz refletida dos faróis. "Faculdade", ela confirmou, nada surpresa.

"É mesmo muita bondade de vocês", Natalie disse.

"Quantos anos você tem? Dezoito?"

"Dezessete."

"A *nossa* tem dezoito", disse a mulher, apontando um defeito irremediável em Natalie. "Ela estuda administração."

"Não entra na mata", o homem acrescentou.

"Bom, nunca se sabe", a mulher disse, pensativa. Ela se virou e olhou para ele e depois de volta para Natalie. "Acho que mães e pais nunca sabem *mesmo* o que os filhos andam fazendo", ela conjecturou.

"Acho que não", Natalie concordou.

"Acho que a *sua* mãe ficaria muito brava se visse você andando sozinha pela estrada deserta."

"Acho que sim."

"Nunca se sabe o que pode acontecer com uma menina sozinha por lá", o homem acrescentou.

"Agressores", a mulher disse, e assentiu. Mais além de sua cabeça que assentia, as primeiras luzes da cidade apareceram de repente. "Coisas *terríveis*", disse baixinho para Natalie, como quem comunica fatos femininos inadequados aos ouvidos dos homens. "Agressores e coisas assim."

"Aonde ela quer ir?", o homem perguntou à mulher.

"De volta para a faculdade?", a mulher perguntou para Natalie.

"Mais três quilômetros", anunciou o homem.

"O centro da cidade está ótimo", Natalie disse, apressada. "Afinal, vocês já me salvaram de uma caminhada longuíssima."

"Mais que *isso*", disse a mulher, tornando a assentir. "Por uma estrada deserta."

"E se", o homem sugeriu, fazendo uma concessão, "a gente levar ela até a ponte? Que tal?"

"Seria uma maravilha", respondeu Natalie. "De lá até a faculdade são cinco minutos."

"E todas as ruas são iluminadas", a mulher declarou com satisfação. Todos observaram com um prazer silencioso a cidade tomando forma ao redor, enchendo as ruas de lojas, de hotéis, de luzes. Percorreram a rua principal e Natalie viu sem surpresa que os postes estavam enfeitados com guirlandas e que fios de luz tinham sido pendurados como preparativos para o Natal; o amarelo e o azul e o vermelho dos letreiros em neon piscavam freneticamente dentro do carro quando passaram da rua principal à ponte.

O homem desacelerou o carro e parou com precisão no centro da ponte, e a mulher estendeu o braço para abrir a porta para Natalie. "Pronto", ela falou.

Ao sair, Natalie disse aos dois, "Muito, *muito* obrigada. Nem sei dizer o quanto eu agradeço."

"Não foi nada", disse a mulher, e o homem disse, "Tudo certo".

"Obrigada de novo", declarou Natalie, e fechou a porta. Acenou para eles enquanto o homem fazia uma meia-volta cautelosa, metódica, no meio da ponte, e acenou outra vez quando voltaram pelo caminho que já tinham percorrido. Então, um pouco confusa por sua rápida transição da estrada deserta e molhada para o meio de uma ponte iluminada, ela atravessou a calçada até o parapeito da ponte e olhou para baixo, para ter certeza de onde estava, mas o que viu foi a água lá embaixo, com gotas de chuva caindo nela.

Por que eu não deveria...?, ela pensou com uma lógica irresistível e se debruçou ainda mais, e mais; pôs um dos sapatos na pedra para tomar impulso e subir e pensou, exultante, Agora minha mãe não vai se importar se eu arranhar; ele vai se perder antes que fique gasto.

"Vai nadar?"

Natalie desceu depressa da beirada, tateando para verificar se a saia estava abaixada, se virando para ver quem tinha falado com ela naquele momento irrecuperável; não passava de uma figura que desaparecera na chuva e que virara o rosto molhado e sorridente para trás, na direção dela; por um instante lhe ocorreu que poderia tranquilamente ser o homem de um braço do restaurante.

Mais pessoas estavam perto da ponte, mas ela não teve vergonha de dar as costas para o parapeito e andar em silêncio até a faculdade; passou por sua cabeça que, a menos que pulasse no rio, pouco interesse teria para elas. Ao passar, olhou para seus rostos, e elas riam ou conversavam ou caminhavam em silêncio, e nenhuma delas deu mais que um olhar de relance para Natalie, que andava calada, sem importância.

Os blocos reconfortantes dos prédios da faculdade surgiram à sua frente, e ela os olhou com carinho e sorriu. Como nunca antes, ela agora estava sozinha, e era adulta, e forte, e não tinha medo nenhum.

ESTA OBRA FOI COMPOSTA PELA ABREU'S SYSTEM EM ADOBE GARAMOND
E IMPRESSA EM OFSETE PELA GRÁFICA BARTIRA SOBRE PAPEL PÓLEN SOFT DA
SUZANO S.A. PARA A EDITORA SCHWARCZ EM JULHO DE 2021

A marca FSC® é a garantia de que a madeira utilizada na fabricação do papel deste livro provém de florestas que foram gerenciadas de maneira ambientalmente correta, socialmente justa e economicamente viável, além de outras fontes de origem controlada.